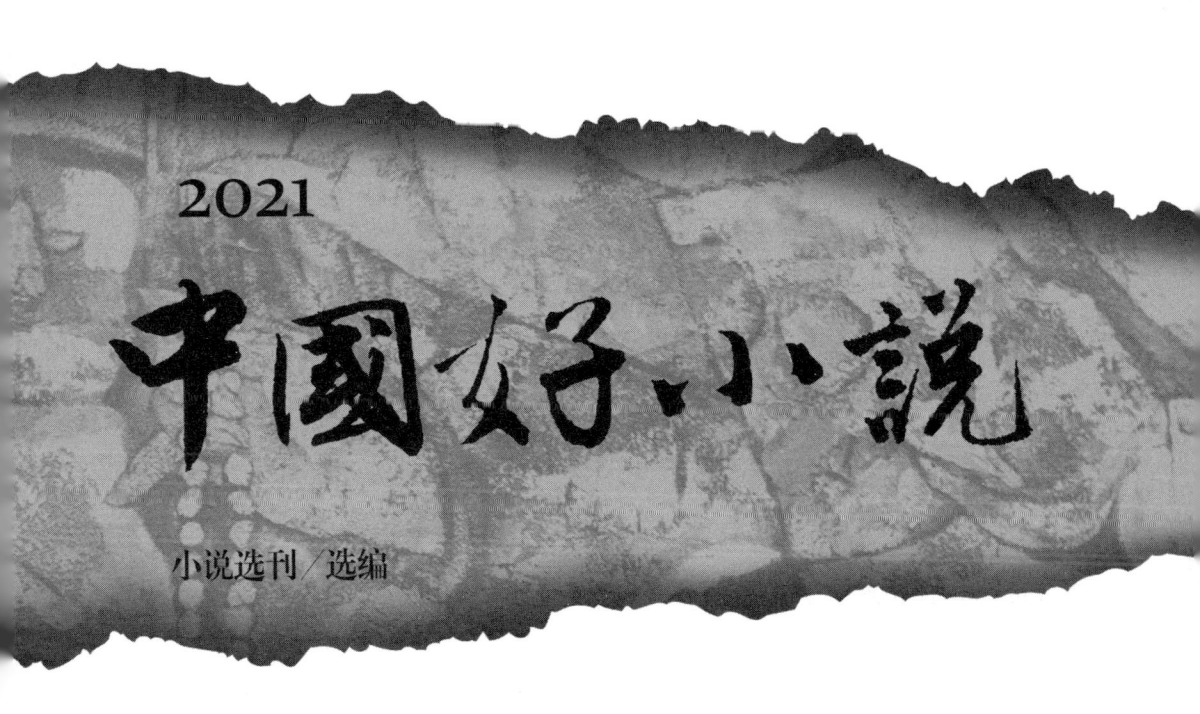

2021
中国好小说

小说选刊/选编

〔短篇卷〕

中国书籍出版社
China Book Press

图书在版编目（CIP）数据

2021中国好小说.短篇卷/小说选刊选编.——北京：中国书籍出版社,2022.3

ISBN 978-7-5068-8922-3

Ⅰ.①2… Ⅱ.①小… Ⅲ.①短篇小说—小说集—中国—当代 Ⅳ.①I247

中国版本图书馆CIP数据核字（2022）第017227号

2021 中国好小说·短篇卷

小说选刊　选编

图书策划	武　斌
责任编辑	牛　超
责任印制	孙马飞　马　芝
出版发行	中国书籍出版社
地　　址	北京市丰台区三路居路97号（邮编：100073）
电　　话	（010）52257143（总编室）（010）52257140（发行部）
电子邮箱	eo@chinabp.com.cn
经　　销	全国新华书店
印　　刷	三河市华东印刷有限公司
开　　本	710毫米×1000毫米　1/16
字　　数	191千字
印　　张	15.5
版　　次	2022年3月第1版
印　　次	2022年3月第1次印刷
书　　号	ISBN 978-7-5068-8922-3
定　　价	48.00元

版权所有　　翻印必究

目录

信　使	□ 铁　凝 / 001
父亲简史	□ 蔡测海 / 020
会唱歌的浮云	□ 叶兆言 / 038
丁字路口	□ 徐则臣 / 058
虚构的花朵	□ 张　者 / 072
石头里的老虎	□ 胡性能 / 085
一个形而上的下午	□ 朱文颖 / 101
笑春风	□ 张鲁镭 / 118
萨赫勒荒原	□ 朱山坡 / 136
蚯蚓汤	□ 金岳清 / 154
那　人	□ 周瑄璞 / 171
一路平安	□ 裘山山 / 188
重　圆	□ 杨小凡 / 205
养水仙花的人	□ 夏鲁平 / 229

信使

□ 铁凝

四月的这个下午，空气清透，雾霾不在。街边的樱花、榆叶梅忽然就盛开了，白丁香、紫丁香也这里、那里喷放着苦而甜的团团香气。陆婧坐在车里，车窗关着，也能感受到樱花的烟云带给她的眩晕，丁香的苦甜有点呛人。她落下车窗，像有意呃摸这春天的"呛"，享用这扑面而至的"呛"带来的鲜亮欢喜。

在一个嘈杂的路口，车遇红灯。陆婧偏头看着窗外，眼光落在临街一间门脸不大的体育用品商店。一辆人力三轮车停在门前，两个年轻人正从车上卸货。一个腿有残疾的女人从店里出来，身体歪向一边。她跛着脚走到三轮车前，弯腰从地上拎起两摞半人高的捆绑在一起的鞋盒，板鞋？跑鞋？当她抬起头无意间扫一眼路口停滞的车队时，陆婧的眼光刚好对上了她的扫视。这是一位已不年轻的妇女，一头染成灰咖色的整齐的直短发，颧骨的颜色偏酡红。同样已不年轻的陆婧早就是戴花镜读报的视力，可瞬间还是认出了这张脸：李花开！

李花开是陆婧三十多年未见的故人，虽然这故人如今拖了一条残腿，但陆婧还是很肯定，她就是李花开。拎着鞋盒的李花开没有认出坐在车里的陆婧，她扫视的是车的洪流，临街店铺的门前，哪天没有车流呢。很快，她两手各拎着一摞鞋盒，斜着身子进店去了。

绿灯亮了，车子倏地驶过路口，陆婧甚至没有看清那间商店的名字。她不打算叫车停下，开车的是她丈夫。副驾驶座上的女儿，正掏出气垫粉饼补妆。陆婧盯着女儿的后脖颈，女儿的丸子头使后脖颈落下一些散发，故意落下的吧，看似不经意的慵懒和风情。她们母女并不交流这方面的内容，但在这个下午，陆婧从女儿的后脑勺上明确地看见了三十多年前的自己：克制地追逐时尚，貌似叛逆，有点虚荣。三十多年前，陆婧和李花开同在一个城市，一个名叫虽城的北方城市。

那还是一个人人需要单位的时代，没有单位的人总显得可疑。幸运的是她们都有稳定的单位，陆婧在一个地方戏研究所当编辑，李花开在市属的印刷厂做文秘。一个时代有一个时代的词汇，二十世纪八十年代，陆婧和李花开是大学同学，是朋友。套用时下的说法，她们是"闺密"。这"密"后来又通俗成了腻乎乎的"蜜"。当年的她们漠视一些老词，不像今天，人们把老词翻腾出来再做揉捏变作另一种时尚。传统意义上的闺中密友大多联带着两家通好，陆婧和李花开的两家长辈却互不相识。

从西客站回家时，陆婧在副驾驶就座，女儿已下车，乘高铁去了外地出差。陆婧的方向感很差，这时却发现车子是循着原路返回，再遇那个路口，她那混乱的方向感突然明晰起来，她觑着眼朝马路对面一溜商铺望去，看见了那个小店"时代体育"。

她认出这是东单，同仁医院附近。医院附近的车多人乱又给她的方向辨别带来了困难。她是急切地想要记住"时代体育"的准确位置么，还是对跛脚的李花开怀有好奇？想不到三十多年后李花开也来了北京，她丈夫，那个叫起子的也来了吧。陆婧心里加重着"也"字的分量，好像北京是她的地盘，李花开的现身让她有种不适感——曾经的闺密往往最方便成为仇敌。什么时候她的脚给跛了？敢情她也受过伤啊。"也"，她心里玩味着这个字，刚刚迎接着她的这个美得眩晕的春天，那呛人的丁香、樱花们不也慷慨迎接着从"时代体育"里走出来的李花开么。

1

那是她们共同的激情时代。先是李花开突然告诉陆婧她要结婚了，对方是虽城的远房表哥。李花开说，表哥在街道办的一个镜框社画出口彩蛋。陆婧嗤之以鼻地抢白道，那也叫单位呀。李花开说就算不是单位吧，可他有房，私房，独院儿。硬道理在这儿呢，陆婧想。

李花开是当年系里的美人，有男生为她那长而柔韧的脖颈献过诗。她的脖子洁净、细润如骨瓷，女孩子拥有这般脖颈，会显得傲然，且十分方便左顾右盼。可她并不自知自己有条好脖子，不会搔首，亦不懂弄姿，还常常爱犯轴脾气。轴，在北方语系里通常形容性格而非品德，和一根筋、死心眼相近。李花开穿家做布鞋，常年背一只紫红两色方格交织的土布书包，好比特意拿自己的乡村出身背景示众。她家在离虽城百里外的山区，穷。大二时，一次李花开的下铺丢了几张饭票，认定偷窃者是上铺的李花开。李花开激愤地绝食两天以示清白。第三天，同宿舍的陆婧强行背着李花开到校医务室去输生理盐水、葡萄糖。过了一个星期，下铺的饭票找到了，在她送回家去洗的一包脏衣服里。和李花开不同，陆婧家就在虽城，工作之后仍然和父母同住。李花开住印刷厂的集体宿舍，周末经常被陆婧拉着去家里吃饭。陆婧记得母亲第一次见到李花开时还感叹了一句，真是高山出俊鸟呢。

冬日的一个周末，陆婧随李花开去了她将要嫁进去的私房、独院。推开吱嘎作响的单扇榆木院门，眼前的院子只是一条狭窄的夹道。夹道一侧仅两间西屋，另一侧是院墙，院墙即是前院人家的后山墙。若从西屋推门出来，仿佛走几步就能撞墙。虽不能比喻成开门见山，却可以说是出门见墙。西屋窗下整齐地码着蜂窝煤，挨着蜂窝煤的，是被旧提花线毯盖着的同样码放整齐的大白菜和鸡腿葱，叫人嗅出过日子的烟火气。当年的陆婧们不屑于这类烟火气，眼前的蜂窝煤、大白菜只让她相信，李花开真的要结婚了。李花开说这是表哥的爷爷留下的一点房产，爷爷从前是个经营南方竹货的小业主。想必，经过了那场革命，这院子是被挤占去了大部的剩余吧，陆婧思忖。

那天陆婧见到了李花开的表哥，一个微胖的长发青年，李花开叫他起子。起子热情地和陆婧握手，三人进屋后他还伸手从李花开肩上择下一根头发，或者不是头发，是线头，或者什么都没有，他只是愿意让人看见他在她肩上择。这个表示关切或男女关系不一般的动作让陆婧觉得多余，但那感觉仅仅一闪，因为房间正中一只铸铁蜂窝煤炉子引起陆婧格外的好奇。那本是一只普通的青黑色铸铁炉，圆柱形炉身正方形炉盘。在暖气并不普及的时代，北方城市大多人家都有这类炉子，取暖、做饭、烧水，间或也充当烤盘：烤馒头、烤窝头、烤包子、烤枣儿。起子家这只炉子所以引人注目，是因为它那锃光瓦亮的炉盘，陆婧还没见过谁家的铁炉子能有这样一尘不染，这样光明可鉴，这样泛着蓝幽幽光泽的镜子般的炉盘。他们围炉而坐，受着这炉子的吸引,又好像这神气活现的炉子才是这家的主人,乃至屋内所有家具的主人。炉子上坐着一把熟铝壶,壶中水已烧开,壶盖噗噗响着,壶嘴冒出缕缕水蒸气。起子拎起壶去给客人沏茉莉花茶,他把热茶端给两位女客,顺手抄起铁炉钩,从炉前铁畚箕里钩起同样锃光瓦亮的炉盖,半遮半掩盖住炉口,复又将水壶错开炉口坐上炉子。这样水能保温,炉口减弱的火力也不至于把壶烧干。陆婧喝着热茶,问起这炉盘如何能这般明亮。起子说用猪皮擦的。他母亲在世的时候每天必擦几遍,即使在肉类凭票供应的年代,也总能想法了省出指头长的一块猪皮供炉盘去"吃"。擦了二十几年,生是把一块粗糙的铁炉盘擦成了镜面。母亲去世后,他接过这活儿,有空儿就擦,才保持了这炉盘的成色。

陆婧喝着热茶,想着一个大小伙子除了画彩蛋,就是手持一块猪皮在炉盘上擦呀擦的,她好像还闻见了猪皮蹭上热炉盘那嗞嗞的响声和轻微的油烟,不臭,也不香。看看李花开,李花开显然对猪皮擦炉盘不感兴趣。煤是金贵的,她家烧柴火灶,上大学之前她就没见过铁炉子,也很少见过真的煤。结婚以后起子会让她擦炉盘么?她可不情愿。这需要耐心,更多的是一种情趣。就陆婧对李花开的了解,她不具备这方面的情趣。出了那院子,李花开只问了一句,你说值吗?陆婧没有回答,眼前只闪过一个模模糊糊的影子,李花开对她讲过的一个中学同学名叫锁成的,和她同村,后来她考上大学了,他没考上。

几天后,一个坏消息震惊了她们:当年那个下铺的母亲,因为厂里分房不公平,吞了过量的安眠药。李花开说,房比命大么?陆婧说,房是命的一部分吧。李花开又问,你说值吗?她没有听见应答。很快,她嫁给了表哥。很快,陆婧也恋爱了。

2

陆婧的恋爱像是一场无药可救的疟疾。民间对疟疾的归纳有间日疟、三日疟等等,意指隔日发作一次或三日发作一次,高热、高寒乃至抽搐。陆婧的爱之疟疾却持续了近两年。对方名叫肖恩,是她父亲的同学,且有家室。陆婧刚读初中时,肖恩随着他的单位——北京一个大部的文工团来到虽城做集体改造锻炼,他们被安置在当地驻军大院,过着半军事化、半农场农工的生活,军队有自己的农场。平时不准离院,每周休息半天。肖恩在这座举目无亲的城市联系到了他的大学同学,陆婧的父亲。当革命和运动使熟人、朋友都断了消息的时刻,陆家为肖恩在虽城的出现尤为高兴。那段时间,陆婧的家是肖恩吃饭解馋、放松身心之地。每周的半天休息,他差不多都是在陆家度过。那时陆婧叫肖恩叔叔,逢肖恩感冒生病,或者为部队演出突击排练不能前来时,陆婧会自告奋勇地骑上自行车,为肖叔叔送去母亲烹制的鸡汤、榨菜炒肉丝。满满一罐榨菜肉丝够肖恩吃一个星期,也要用掉陆家半个月的肉票。那个推着自行车站在部队大院门口、冒着寒风等待他出来的陆婧,那个围着大红围巾、戴着厚厚的棉巴掌手套、晶莹的鼻头冻得通红的孩子,给肖恩留下了美而干净的印象。他送给陆婧一双淡绿色斜纹卡其布芭蕾鞋,足尖嵌有软木的真正的芭蕾舞鞋,正热衷于校文艺宣传队各种活动的陆婧,连续一个星期每晚睡觉都把这双鞋供在枕边。后来陆婧并没有在舞蹈方面有所长进,以她当时的年龄,腿已经太硬,开胯也不再容易。当年那些小女孩对文艺的热爱,充其量相当于今天的时尚女生对奢侈品的追逐。

十年之后,肖恩已是北京那个大部文工团的业务团长,陆婧的父亲也做了虽城文教局局长。肖恩的文工团有时来虽城演出,他带着演出赠票和茅台，到陆家和老同学畅饮。肖团长和陆局长一改从前的落魄，精神、气色俱佳，就像换了个人。陆婧从旁看着想着，人没换啊，换的是人间。

换了人间。肖恩再见十年后的陆婧，他惊喜地打量着她，喃喃自语着小姑娘已经出落得、出落得……他始终没有完成那后半句话：她出落得怎样？但半句话对陆婧足矣，她尤其喜欢"出落"这个词，一个带有弹性的神奇蜕变的好词。陆婧突然不叫肖恩叔叔了，她叫他肖老师。每逢文工团来茧城演出，陆婧便也忙了起来。她为同学、朋友、同事、近邻向肖恩讨要招待票，她替当地媒体联系采访肖恩以及团里的男女演员，她不是名人，但她已是个认识名人的名人，她为此得意、满足，她和肖恩的关系也就落入了那个时代可能的套路。肖恩开始邀请她去北京看戏看电影——一些尚未公开、只供圈内人优先欣赏的外国电影，陆婧自己也频频寻找去北京的理由。一个地方戏研究所原本没有更多出差北京的机会，多数时间她利用周末自费前往。那些日子她轮流住遍了亲戚家：姑姑、叔叔、舅舅、姨妈。她庆幸他们的家都在北京，就像从前她的父母一样。在北京疯跑的时光里，她作为一个曾经的北京孩子，常常生出些情不自禁的得意和略带焦灼的期盼。

秘密恋爱固然秘密，却仿佛必得选出一个可靠的人分享才更够秘密。几个月之后，陆婧把李花开约到一家卤煮火烧小馆。她脸色潮红、嘴唇颤抖，十指交叠着扭绞着，忽又神经质地把双手搓来搓去。她的讲述琐碎累赘而又宏大激昂，她顾自笑着，眼里有泪光，她已经为自己这高级的恋爱所倾倒，她的闺密李花开也必将为她这不凡的倾诉所倾倒。

李花开的嘴里却只是偶尔迸出一句："我娘！"逢关键时刻，李花开的山村口头语还是会冒出来，比如"我娘！"听着生硬，但干脆、有劲。这是一个本身不含褒贬的感叹词，但在此刻，李花开喊出它来表达的是决不同意。两人争吵起来，昏天黑地。陆婧急赤白脸，碗中的卤煮火烧一口没动。李花开连吃带喝，一海碗卤煮火烧下肚，也没能堵住她那张压着嗓音、连呼反对的嘴。直到碗空了，她才发现了陆婧的一脸憔悴，她闭嘴了。或许恋爱中的憔悴才能唤起人的怜悯，而绝对平等的友谊也并不存在，似乎总有一方在紧要关头非服从另一方不可，比如让卤煮火烧和争吵弄得满头是汗的李花开。陆婧判断李花开有缓和的迹象，再添些央告加耍赖的言辞，李花开到底让了步。她答应保密，还答应了陆婧的提议：肖恩写给陆婧的信从此寄往李家。在一场无法光明正大的恋爱里，情书寄往当事人的单位是危险的，李花开的家，那私房、独院在陆婧看来最是安全。

　　北京寄往虽城的平信隔天可到，陆婧一个星期至少两次去李花开家取信。那个当初在她看来有点陈旧、俗气的小院，如今在她生命中已变得如此要紧，如此友善而温暖。她多是在晚上下班后赶往李家，弓着身子把自行车骑得飞快。不能用奔向或跑向来形容她的姿态，那是扑向，扑向一团情话或者简直就是一场约会。她进了门，敷衍地和李花开或者李花开的丈夫——那位叫起子的寒暄几句，接过李花开递上的有点压手的厚厚的信封，便逃也似的夺门而去。她不急着回家，此刻家也危险。她急不可待地找一根电线杆把自行车和自己都靠上去，就着昏暗的路灯开始捧读肖恩写给她的大段的文字。她的心大声跳着、酥着、醉着。在夏日，那些粗糙的松木电线杆上爆裂的木刺有时会扎进她的衬衫。当她回家之后脱下衬衫小心择着上面的细刺时，她会偷着笑。她被扎疼过么？这样的时刻，疼也是幸福。

　　有时李花开在厂里加班回家晚，陆婧奔到李家推门进屋后，永远在家的起子会代替李花开把信送至陆婧手中。他并不留她坐一会儿，像通常主人对客人那样。他知道她不需要，就像陆婧也明白起子已经知道了她的恋爱，他和这幢私房、独院共同知道了她这场恋爱，再坐下假装等李花开回家反倒虚伪了。第一次从起子手里接过肖恩的来信，她只是稍显尴尬，也仅是稍显，对肖恩来信的渴望压倒了一切，一切都不在话下。

3

又是冬天了，起子画了一会儿彩蛋，外贸公司的订单，复活节前要发货的。画彩蛋是个手艺活儿，类似简单的重复性劳动，起子得心应手，或者说熟能生巧。初中没毕业他就跟着邻居一个师傅学画彩蛋，多少年画下来，有时他也感到腻烦，看着纸箱中被瓦楞纸板隔开的那一排排花里胡哨的蛋们，常常觉得自己就是个卖鸡蛋的。李花开没有嫌弃他这份活计，他不用出去上班正好在家做饭。可那个陆婧从一开始就对他怀有轻蔑。那轻蔑是暗含的不易觉察的，起子还是莫名地感受到那轻蔑的蛛丝马迹。他是个小心而敏感的人，又是一个随着惯性生活的人，每当自卑心翻腾上来，他便会拿他的私房、独院将其打压下去。是啊，在计划经济时代，福利分房时代，有人会为分不到住房吞一把安眠药的时代，他起子能够坐拥一个院子一套私房，你们还要怎么样。"你们"是指他的对立面，有时指李花开和陆婧吧，多数时间是泛指。这时他的情绪又昂扬起来，他尤其喜欢"坐拥"这个词，这是个主动、气派、敞亮的词，他不仅坐拥房子院子，还坐拥单纯貌美之妻子。生活对他不薄。

想想这些，起子放下手中的彩蛋，揉揉眼——画彩蛋费眼。他花三分钟做了一套自编的用力眨眼的眼保健操，接着他要犒劳一下自己。他把沾着颜料的手仔细洗干净，行至那炉盘锃亮的著名炉子跟前，拎起那把铝壶，壶中水开着，顶得壶盖噗噗响着。他沏上一杯茉莉花茶，搬把椅子坐在炉前，喝两口热茶，放下茶杯，起身把房门锁好，然后才从他的彩蛋工作案的小抽屉里拿出一封信，邮递员刚刚送到的北京来信。他举着信复又坐回炉前，将信封一端凑着炉盘上铝壶壶嘴里冒出的徐徐水蒸气来来回回扫那么几次，信封一端便软塌下来。他就势拿根牙签轻轻挑开信封封口一角，封口轻易就打开了，如同吃酥皮点心时用手揭去那层层酥皮，绵软、无声、可心。起子从大张着嘴的信封里抽出不薄的情书，从容不迫地欣赏起来。一些段落仍然让他耳热心跳，但情绪已不像初读第一封信时那般亢奋了。他始终腻歪的是肖恩在信中把陆婧称作"我的小软木塞"。他常常半是艳羡、半是鄙夷地把过目后的信推送进信封，再小心翼翼地用胶水封好，以手掌外侧轻按均匀，宛若终于为肖团长放行的秘密检察官。

　　第一次把北京来信送到陆婧手上，他就已经生出一种身在暗处的优越感。这时期的陆婧，却仿佛处于下风头了。陆婧不时会给他们夫妻带些礼物，给李花开买过马海毛的毛衣，还送过起子一件当年正时髦的沙色皮夹克。这本是朋友间的心照不宣，却渐渐让起子愈加不满足了。优越感是什么呢？那就像是人生的一种主动，起子就在一次次优先阅读那些北京情书的亢奋中获得了既朦胧又主动的渴盼，难道他当真要画一辈子彩蛋么？

　　这天上午，陆婧在办公室接到起子的电话，只电报式的两个字："有信"。这是个善解人意的电话，起子的积极热情使她连矜持一下的表演也用不着了，她决不打算等到晚上下班后再去取信，甚至中饭也不吃，骑车直奔那"有信"之地。

　　他和她对坐在炉前，炉膛里淡橘色的火光恰到好处地映着两人的脸。她本不想坐下，打算拿了信就走的，但起子邀请她坐下。她发现他手里没有信。他当然看出了她的疑惑，随即从裤兜里抽出一个他们都已熟悉的信封：红蓝两色斜线圈边的航空信封。在这儿呢。他说。他微微前倾着身子从炉口上方把信封递向对面的陆婧，在陆婧看来这很危险，好像那信是要蹚过炉火才能抵达它的目的地，又好像起子原是要把那信封丢进炉中的。陆婧伸出双手在炉口上方托住那信封，手背让炉火炙烤得一阵干疼。当她终于将那沉甸甸的信封"引渡"到自己胸前，仍然双手托着它，就像托着一个刚从火海里得救的人。接着，她觉得这姿势有点失态，便把信封平放在腿上，这又仿佛肖恩正把嘴吻在她腿上，说着绵绵絮语。她的腿一阵阵酥麻，腿暗示了她拿起信封，掖进棉大衣口袋。这时起子说出了他的想法。

陆局长肯定能办到，群众艺术馆啊，艺术学院啊，画院啊，都行。他说。

你和李花开商量过么？她问。

这不重要，我的事还是我直接说更好。他说。

可人的调动需要多种条件，特别是艺术类的单位，不是普通人就能去的啊。她像是在提醒他。

但我觉得我不是普通人。他坦然地看着她，也像是对她的提醒。

她听出了话中的厉害，也领会到这位起子的"不普通"。想到李花开随厂领导去南方几家印刷厂参观学习，两个星期才能回来，起子是特意选了这个时间的空当来和她谈如此要事吧？

她从炉边站起来，眼睛并不看他，只答应回家试着跟陆局长去说。

陆婧选了一个晚饭时间对陆局长提及起子的事，晚饭时间家里的气氛是轻松的。陆局长却立刻拒绝了女儿的请求，"异想天开，异想天开！"他手很重地把筷子拍在饭桌上，一迭声地重复着这四个字，不知是讥讽起子，还是斥责女儿，也许二者皆有。基于对父亲的了解，她知道结果会是这样的，曾经闪过的一点侥幸之念确凿地破灭了。

这天，她又在办公室接到了起子的电话，还是两个字："有信"。

4

她和他对坐在炉边,这次他没有空着手,给她开门便及时送上捏在手中的信封,仿佛以此迎接她将带给他的好消息。她迅速把信揣进大衣兜里,就像生怕这信会遭遇不测。

开口是艰难的,但她必须开口。她向起子道了对不起,说再等等看还有没有其他办法。这明显的官腔让起子十分不悦,他举了某某熟人因为有关系而进入了似乎不可能的单位。

她打断他说,在我们家真的不行。

他直视着她,放慢语速说,要是不行也得行呢?

她这才有点警惕地向后捎着身子问道,你这是什么意思?

他说,我不是在央求你,是在要求你。

她觉出了他的无礼和过分,但大衣口袋里那沉甸甸的信封可是经由他的手抵达她手中的,她努力使自己克制并且客气。她站起来说,等李花开回来咱们再一起商量也许更合适。

起子也站起来,果决地告诉陆婧不用商量,他就是要去陆局长所管辖的那些单位。

陆婧到底没能把持住自己,她扫了一眼对面的起子,第一次发现他那一头打绺儿的"艺术范儿"长发滋着过多的油脂,好像每每以猪皮擦完炉盘都会捎带着再往头上蹭去。她恼火起来,边向门口走边提高嗓音说,你有什么权力命令我啊,你以为你是谁!

在她背后传来起子的声音。我知道我是谁,更知道你是谁!你不就是肖大团长的小软木塞吗?

她那刚伸向门把手的手缩了回来,后脑勺仿佛遭遇了棒击,似有一个黄豆大的小气球在颅内的某个位置炸了，一个瞬间，嗡的一声，她脑海里一片白色。她还是顶着一颗白色的头颅转过了身，并努力站稳自己，身体却已有点瑟缩，像曾经有过的梦境：她裸体着站在街上，到处找不到要穿的衣服，而街上面目不清的人们正肆无忌惮地看着她，比如此刻的起子。

起子就像听见了她那无声的感受，加码似的继续抖搂：是啊，不怕你笑话，我全看过，七十七封信，包括现在你大衣兜里这封。

她一边下意识地将手伸进大衣口袋，死命握住那信封，好比攥住了肖恩的手，一边咕哝着你怎么能、你怎么能……

我怎么不能？起子复又在炉边坐下。凭什么你们里里外外、明的暗的都是体面，又体面又浪漫，我就非得窝在这儿画一辈子彩蛋不可呢？我，我们全家还得替你收着、守着这些个不体面的信。说到不体面，我的要求不过是要通过这些不体面的信得到一份体面的工作，为了我们全家、我们未来的孩子，这有什么过分吗？

她不动地方地站着，拼力捕捉着他话里的信息，她想到了李花开，不敢去想这是他们夫妻的合谋，可难道他们不是夫妻吗？还有孩子，李花开是不是怀孕了？陆婧的恋爱袭来之后，目中已无他人，所有的时间更不情愿分配给他人，识趣的李花开也久已不主动和她联系了。她不甘心着还是喃喃着：李花开知道你……

他不等她说完，截住她的话说，知道怎样？不知道又怎样？用不着假装清高，也别想对我使用什么不好听的词儿。我就这么一件事，陆局长动动小手指头的事，有什么办不了的呀。

清高，陆婧想到了父亲。本来她有些抱怨父亲那决不通融的清高的，但在这时，她忽然感叹世间毕竟还存在着这么点清高。为了这点清高，她决不打算接受这蛮横而阴暗的命令。她不接受，还得显出不示弱，她一字一顿地对炉边的男人说，还——就——是——办——不——了！

起子站起来，遭受了冤屈似的，走到摞在地上的彩蛋箱子跟前，从最下面的箱子里拽出一只白得刺眼的纸袋，举起来冲陆婧晃着，叹了口气说，都在这儿呢，六十七封。我用微距拍好，借朋友暗房冲印出来的，后来的十封没来得及冲洗，不过已经足够了。说着从中抽出一张印满小字的黑白放大照片，送至陆婧眼前。

陆婧只瞄一眼便认出了肖恩的笔迹。起子这层层递进的胁迫宣告着陆婧的节节败退，她平生第一次感受到巨大的惊恐和侮辱。她的小腹突然开始酸胀下坠，伴随这酸胀下坠的是两条腿的绵软。于是她知道，腿软并不是从腿开始的，是小腹里酸胀下坠的物质游移到耻骨再无情地沉降至大腿、小腿、脚底、脚趾，迅速侵蚀着那里所有的骨骼、韧带、肌肉、血液……接着无腿感袭来，她的小腹好像直接落在了地面，人也顿时矮了下去。她拼命用意念寻觅着腿脚，顽强地动了动灯芯绒棉鞋里仿佛已经虚无的脚趾，脚趾总算有了些微的痉挛。那么，她是有腿的，她还在站着。她迈前几步，本能地伸手要夺下那刺眼的白纸袋把它投进炉火。起子将纸袋背到身后说，胶卷还在我这儿，烧有什么用呢？如果陆局长帮了我，我肯定当着你的面连胶卷一股脑儿烧了它。不然，你能猜到后面会发生什么。

她腿软着，绝望地站在他面前，望着这个在炉子边上踱着小步的男人，就像望见了一个非人类的物种。比如鳄鱼，不！鳄鱼甚至也要好于眼前这个物种。她把涌到嘴边的所有形容词都压了回去，她的绝望使所有的词语都已失效，这绝望却也迫她从溃败的谷底捞起了她久已失散的自尊。她被亮在眼前的撒手锏打蒙的同时，仿佛也被打醒了。当她确信自己的两条腿能够带她迈出这间屋子时，她把大衣扣子一个一个扣好，接着，她以自己也未曾料到的动作，突然奔向那炉子，拎起坐在炉盘上那把沉甸甸的铝壶，高高提起，壶嘴向下，向着那炉火正旺的炉膛猛地浇灌起来。霎时间水火交战的炉膛发出刺刺嘎嘎的怪响，一股股灰白色气体伴着浓烈呛人的臭屁味儿冲上屋顶，弥漫着房间，也吞噬了炉边的男人。烟雾中她把空壶"哐当"丢在地上，拼力拉开屋门，又狠劲把门摔上，就像将一切的担惊受怕，一切的提心吊胆，一切的错愕、愤怒乃至一切的恶心，全都摔在了身后。她听见门玻璃碎了，那起子没有追上来。

她想找个没人的地方大哭一场，但急切地要给李花开打电话声讨的愿望压制了她的大哭。她没能和李花开通话，她的青春年代，和远在南方几个省出差的人长途电话联系尚不那么便捷。她又跑到邮电局给肖恩打电话，在排队等待接线员叫号的时候，她在长途电话间的门玻璃上看见了自己的脸。一夜时间她的脸怎么会变成这样？腮帮子嘬着，太阳穴瘪着，鼻翅儿扇着，耳朵片儿干着……这是刘宝瑞先生一段相声里的句子，形容的是一个受不孝儿子虐待、饭都不给吃饱的老太太的凄惨面相。她不是那位倒霉的老太太，以她的年龄，也还不具备自嘲的能力，她的脸让她突然想到相声里那老太太的脸，只激起了她更加强烈的愤懑，更加确切的无助。她和肖恩通了电话，当她语无伦次地讲了这边的事，对方始终沉默着。

第二天，陆婧单位的领导收到了起子制作的黑白照片，本市的平信当日可到。陆局长也收到了。两天后肖恩团长的上级领导也收到了。

李花开出差回来，陆婧立刻把电话打到了印刷厂，那是一个悲愤加绝交的电话，一个鄙视的不容分说的电话，一个曾经的"闺密"必须洗耳恭听的电话。陆婧那一波又一波语言的风暴如耳光噼啪，痛打在电话那头的李花开脸上。陆婧只听见李花开一迭声叫着："我娘！我娘啊！"又听见她"呕呕"了两声，像在呕吐。陆婧摔了电话。

肖团长受到了处分。

陆婧受到了处分,被陆局长轰出家门。

5

四月的又一个下午,太阳很好,雾霾不在。陆婧打车来到"时代体育"。朋友送了她两张老时光博物馆的门票,她看看地址,发现就在东单,离那间"时代体育"小店不远。这正好是个自然的理由:可以先到"时代体育"看看,再去博物馆参观,这样,走进商店便显得更像顺路。

"时代体育"有年轻的顾客出入,咄咄逼人的青春扑面而来。陆婧掺在其中,自觉有点碍眼。她在跑鞋柜台驻步,但她从不跑步;她在泳具柜台驻步,她也不打算游泳。她在等一个合适的时机,和坐在收银台的李花开打一声招呼。其实她一进门就看见了这位故人,三十多年未见的故人,即便是仇敌,难道不也能生出几分亲切么。就算谈不上亲切,她至少怀有那么点不愿承认的屈尊的好奇。

时间是毒药,也是偏方。她记起哪个作家的句子。

店堂里人少的时候,她来到收银台前,将胳膊肘架上齐胸高的台面,明确地招呼了一声:"嗨,李花开。"

李花开抬起头,她认出了陆婧,随着一声:"我娘!"陆婧看见了她脸上的惊奇和真切的欣喜。

…………

她们对坐在一间粥铺喝粥。李花开说她常到这儿来,离店面近。陆婧要了蔬菜鱼片粥,李花开要了皮蛋瘦肉粥,又点了拍黄瓜和两个芝麻烧饼。

这几十年我常常想着要是看见你,第一句话到底怎么讲,千头万绪的。李花开说。

是我摔了电话。陆婧说。

我放下电话就去单位找你，哪儿都找不到你。后来，单位说你报了一个什么进修班，去北京了，和谁都不联系。过了几个月，又听说你出国了。

是出国了，陪读。算是闪婚吧。年前刚退休，业务荒疏大半，职称副高。女儿自立，丈夫厚道。陆婧以短信似的句子讲述了自己的三十多年。

你呢？

离了。李花开端起粥碗又放下，这粥碗挺大，小西瓜似的。陆婧恍惚又坐在了当年那个卤煮小馆。

就为我？陆婧心有不安地问。

我最怕的就是你这么想。不是为你，是非离不可。李花开的讲述也很简明。开始他不离，让她替肚子里的孩子想想。她上了房，站在房顶逼他同意，不然她就跳下去。他跪在院子里求她，不松口，不信她会真的跳。刹那间她迈前两步，眼一闭就跳了下去。

陆婧的心像遭到突然坠落的重物的击打，一阵沉闷的钝痛。她下意识地望着李花开的脖子，岁月给这优美的脖子增添了几纹皱褶，但依旧柔韧、光润，且不松垮。从房上跳下万一戳中了脖子……她不敢想了，后脖颈被冷汗浸湿着。她不愿用自惭形秽来形容此刻的自己，只朝桌子对面伸出手，却不好意思去握李花开的手。三十多年的隔绝，让人无法产生轻易的肢体接触，即便是曾经的"闺密"。她收回了手，机械地问着，后来呢？

后来就离了。李花开淡淡一笑，告诉陆婧，她原是要把孩子"跳掉"的，这孩子却结实。她残了一条腿，回老家生下儿子，在县中学当了老师直到退休。儿子从小就善跑，初中选进省体工队，再后来又进国家队，亚运会拿过名次。就好像，她拿自己的残腿，换来了儿子日后超速的奔跑。

你这是，轴得不要命啊。陆婧用了一个"轴"字，觉得不恰切，又找不出更合适的词。

李花开把身子靠上椅背说，谁愿意不要命呢，可当时我已经站在房上了。我站在房上往下看，索性想着跳下去无非就是两条，要么死得更快，要么活得更好。

陆婧竭力眨着眼往回憋着泪说，你是活得更好的。

李花开说，那也先得敢往下跳哇，况且，还得有信使给鼓着劲。

"信使"两个字是陆婧的忌讳，那是旧年的伤口，尽管那伤口已经疲惫得睁不开眼，可她们的会面又无论如何绕不过这两个字。李花开说，其实你也是我的信使。我第一次把信送到你手上的时候，你就已经是了。到最后，没有那些事，没有你摔电话，我也下不了决心去奔真心想要的日子。记得我跟你提过我那个中学同学吧？

陆婧猜到了什么。但他的名字她早已记不得了。

他在老家当导游，我们那儿穷，山水可好看。从前北京人不知道，玩到十渡就不往里走了，其实越往深里走越奇崛，大峡谷，风动石，空中草原。后来他自己建了旅行社，和县旅游局一块儿开发。我回老家后，他一直照顾我，生孩子都是他守在身边。这么多年，我们过得挺好。李花开猛地扬了扬下巴，郑重地介绍说，他叫锁成，姓赵。

这间店呢，"时代体育"。

是儿子的。儿子退役后盘下这个小店，有时间我就过来帮他照应几天。往后他该忙了，区体校聘他当教练，准备国庆游行呢，其中一个方阵有他们参与。

她们共同意识到，这是二〇一九年的春天了。陆婧仿佛又闻到了白丁香、紫丁香那一团团苦而甜的香气。

两人出了粥铺，天已经黑透，李花开要回"时代体育"，和陆婧在此道别。陆婧望着眼前车的河流人的河流，意犹未尽地说，那年我一气之下逃到北京，才知道偌大个北京不会安慰你的委屈。

可偌大个北京能够包容你的委屈。李花开接上陆婧的话。晚风吹拂着她略微倾斜的身体，吹拂着她的短发，那样子实在很飒。

几天后陆婧去了老时光博物馆。她从家里走路去的，有点远，大约十公里。她换了运动鞋，打开手机的百度导航，调至"步行"模式，方向感再差便也不会迷路。她很久没有这样专注地、长时间地在北京街上走路了，她要用尚是健康的腿脚而不是车轮，把北京仔细走一走。她走得挺好，近三个小时，顺利到达目的地。那是一间展览旧器物的民间博物馆。在众多旧物件里，她意外地发现了那只曾经那么神气活现的炉子。如今它的炉盘已不再锃光瓦亮，但炉膛里却闪着橘色的火光。她走近前，把脸探向炉口，发现炉膛里填充着仿不规则煤块的 LED 盐灯。LED 是冷光源，炉子并不发热，只让参观者感受着一种亦真亦幻的安全的温度。

· 作者简介 ·

铁凝，女，1957 年生于北京，作家。现为中国文联主席、中国作协主席。

父亲简史

□ 蔡测海

从现在开始,你和我一样,没爹了。失去父亲,你就是你自己。父亲说。

父亲的故事在我出生之前和出生之后。有人对我讲,你要讲的,以前都讲过。我一点也不生气。好像我以后的几十年,就是那个以前,我很有耐心,一切从头讲起。

父亲是氏族的标志性人物。父亲的父亲,也就是我的亲祖父,是个读书人,考中秀才,只差一笔就可考中举人。在试卷上,把亘字写成旦字。主考大人阅卷时,那旦字却是亘字。亘古,千秋。绵绵不绝。那亘字上头一横,却是一只黑蚂蚁添成。这应是祖上积阴德,有神蚁相助。主考官极苛严,目光如炬,又一生廉洁刚正。神蚁不忍坏主考官的清廉,移开那一笔,现出旦字。主考官大怒,学问不可欺,怎拿黑蚁欺世盗名?旦而不古,何来千秋?此等人若中科举,必祸国殃民,千里之堤,必溃于蚁穴。祖父笔误，原误于师，国文老师教他，亘且不分，害祖父落榜，还挨了板子，屁股一生留红，虽为秀才，乡人只戏称他为猴子屁股。祖父的父亲，往上的父亲们，族谱中有记，又有记高祖汉代人蔡伦，造纸有功。蔡伦宫中太监，断无后人，一门怎可为第几代子孙？族谱也是靠不住的。

祖父，带着猴子屁股，几块胎记，在武陵山中开垦和种植，继续他的耕读人生。

祖父领父亲到屋后的竹林，对父亲说，一根好竹子，会生发好笋子。你要成为一根好竹子。父亲出生，祖父看了他的掌纹，像几行字。那些字后来长成一个钱字，祖父叹了口气说，这孩子以后要么是个捞钱的命，要么是个花钱的种。祖父对父亲说，你有两条路，一条路是读书，另一条路是使牛。不要习艺，不要偷盗，不要行乞，不要赌博，不要欺诈，不见财起意，不卖友求荣……祖父列举种种。他要把家族变成没腥味的鱼群，没邪念的族类。

父亲进了几年学堂，学堂就改名熬字堂，他熬了几年字膏，跳窗逃离熬字堂，在树林里躲了半天，偷偷回家。祖父把牛轭套在父亲肩上说，你去拉犁吧，这辈子就做一头牛，你要做不得牛，就别误阳春。

祖父言，是家传，金玉良言。后来，父亲染上赌瘾，十赌九输，竟说出没出息的话，他老人家那些金玉良言，真是金子是宝玉多好。父亲接祖父的年代，兵荒，匪乱，日本人，子弹拖着蓝光，像萤火虫乱飞，击中在黑夜里也无法躲藏的树。经年，从树的伤疤里挖出子弹，满篮子卖废品收购站，换成糖、盐和花布。一切正如收割后的庄稼地，拾取散落的粮食。运气好可以拾得一把刀，一支汉阳造快枪，有人会拾得机关枪和迫击炮。父亲拾得一挺机关枪，他与武器没什么缘分。机关枪已不威风，一架有病的机器，不是因为它的锈蚀，是因为它短暂的百年威名已经过去。生锈的荣耀，黯然失色。

父亲从无可能在战场上拾得一挺机关枪，他一生没有战场，他不是战士，连硝烟都算不上。这是运气。他赌博的运气也很差。这不算运气，叫手气。赌场输，梦中会赢，他常常从梦中惊醒，父亲相信，手气差，运气就会好。手气是一碗饭，运气是粮仓。手气太好，把运气吃完，一辈子就没得吃了。赌博名声不好，父亲三十岁还是单身。祖父咯血半年，野山参汤延长几天阳寿。落气时对父亲讲，往后没人打你骂你，你要记事，房屋田土耕牛，我不能帮你管了。等你变成穷光蛋，你那些酒肉朋友，你死了他们也不会埋你。光棍儿父亲到旧施赶集，碰到赌友牛客。牛客卖了牛，请父亲下馆子喝酒吃汤锅牛杂。醉了赌杠子宝。牛客说，你赢了，就做我女婿，你输了，房屋田土全归我，做我家长工。父亲做了牛客的长工。后来，牛客成了我的外公。有时候，输就是赢。父亲的运气战胜了手气。这是他一生中唯一一次得胜。

父亲做了丈夫，好像变了一个人。父亲做儿子时，经常挨打，打痛，打哭。每挨一次打，人会有一些觉悟，痛定思痛吧。父亲就是不长记性。父亲变了，每天起得比鸡早，干活儿比牛狠。谷仓是满的，一年杀三头肥猪，木楼挂满腊肉。菜园子睡满南瓜、冬瓜、萝卜，又大又甜，青菜像芭蕉树。农历七月有半月闲，外公要和父亲赌杠子宝，父亲答，戒了戒了，我捉黄鳝泥鳅给你下酒。那时的水生物多，不会深潜的多遭捕杀。人们认准可食的当美味。外公喜欢吃鱼，鱼跑得快，他就吃跑得慢的，黄鳝、泥鳅、螺蛳、虾虫，外公不欺侮人，只受人欺侮。他欺侮水生物，他不在乎。外公吃着油炸泥鳅、黄焖鳝鱼，一粒流弹从左边的太阳穴进去，从右边太阳穴出来，酒和血，流了一地。官兵和土匪对射，击中正喝酒的外公。不知道那粒子弹是官兵的，还是土匪的。一个人被击杀，不知道仇人是谁。

子弹是铜的，是官兵的，是铁沙，是土匪的。一家人找了一阵子，也没找到击杀外公的子弹。一家人在外公凶死的屋里又住了几十年，我母亲多少次扫屋，也没见那粒子弹。没有看见，没证据，不完整。

对射的官兵叫祝三部队，土匪是师兴周团伙。官兵以首脑命名的，都不是国军党军，是地方武装，比土匪级别高不了多少。迫击炮不响了，机关枪不响了，打排子枪的也停了，最后稀稀拉拉的冷枪也停了。

家里请来道士，杀猪杀鸡，给外公办丧事。不管谁的子弹杀死了一个人，总是要丧葬的。摆好酒席，放起鞭炮，几十个土匪进村。头上包帕子不扎腰带穿草鞋的是土匪。村人认得出。再说，土匪群里也有三五个熟人。有个匪兵，人称班长，是不是班长？反正人长得像个班长，和父亲相熟。班长对父亲说："兄弟，赶上你家办酒席，弟兄们饿了，劳你家招待。"匪兵们吃完酒席，又去牵我家那头黄牯牛。父亲不让牵那头牛，对土匪说："班长兄弟，一家人过日子靠它呢。"班长说："你也入伙啊，还可以吃牛肉。"班长抓着牛鼻绳，一个十几岁的小匪兵在牛屁股后边赶牛。黄牯牛一甩后腿，把小匪兵踢出一丈多远。它再埋头，犄角顶进班长的肚子，牛头挂着人肠子，一阵风逃跑了。

这头老实的黄牯牛，一下变得这么凶。

突然响起一阵枪声，人们以为放鞭炮。官兵杀过来了。官兵是戴帽子、扎腰带、打绑腿、穿胶鞋的，个个外地口音，四川话。官兵也抢饭吃，见土匪吐在地上的骨头，很生气。说父亲通匪，吊在树上用皮带抽打。母亲拿出几块银圆和金银首饰，给官兵带头的，让官兵消气。官兵吃完残菜剩饭，养足精神，追剿土匪去了。

官兵和土匪去了几日，黄牯牛回来了。那时候，黄牯牛已经三岁，懂事，耕土犁田，一身好功夫。父亲心疼牛，每到四月初八，过牛节，父亲给牛吃大米饭，吃盐拌嫩草。父亲从不打牛。

打牛，牛痛。

父亲挨过不少打，祖父多次打他。祖父也是个读书人，他相信棍棒之下出好人。祖父在世，父亲皮肉之苦不断。祖父去世，给父亲留下房屋田土耕牛，很少的钱和很多瘀伤。祖父去世后，父亲瘀伤未除。兵荒匪乱，兵去匪来。土匪来了打劫勒索，官兵来了又说父亲通匪。反正是挨打，挨打多了，人不知伤痛。那年正月初一，刚过完大年三十。父亲端一碗滚烫的油茶，一边喝油茶，一边咬一块烤糍粑。几个土匪进来，进屋就抢东西。父亲大吼一声：大年初一也来打劫啊？父亲把一碗滚烫的油茶泼向一个匪兵。那是几个小毛贼。大土匪过大年不出手，放假，小毛贼不放假。

那一次父亲挨打很重，躺了几天，屙身屎和血尿。请名医张安子来把脉，张安子也不开方子取药，说怕过不了正月十五。来了个过路客，讲四川话的。那时天已麻麻黑。父亲叫过路客留宿，二三十里无村无店。热菜热饭给过路客吃了，拿出一床新缎被，开客铺。那条被子是母亲的陪嫁，一直没舍得用。天亮，母亲已做好一锅油茶，猪大肠炸油，很香。又烤好糍粑，叫过路客起来过早。人不见了，那床被子也不见了。中午时分，几个人绑了那过路客来，还有我家那床缎被。近处村寨，只有我家有一床缎被，见过的都认得。一个中年男人，我应该叫表舅的说："这个人拿缎被卖，我一看就认出来，当年接亲，这条被子还是我抬回来的。"父亲坐起来，看了看那被子说："这条缎被是我家的，是我送这位过路客的，它放在家里也没什么用。出门在外的人，拿它换几个钱，做盘缠。"

过路客从口袋里摸出个小盒子，里面有几粒丸子。说是打伤药，也治蛇咬伤，过路客是个盗贼。盗贼都有打伤药。

父亲吃了药丸，屙了一大盆黑便，人好了。他以后挨过几次打，吃一粒打伤药，人就没事。盗贼的打伤药是最好的。盗贼不怕挨打，有秘药。父亲后来一部分经历和秘药有关。

父亲的前半生在找人。后半生在等一个人。他请刘二先生、胡八字先生两位高人算过命，两位高人说他命中带贵人。他寻找一个能帮他改变命运的人，不会挨打，不会担心黄牯牛被抢，青黄不接的时节不要借粮，一生有余。客来有酒有肉。他还要一口天旱不干涸的水井，一袋灾年不歉收的种子。他需要一个粮食英雄，帮他装满粮仓。父亲在前人开垦的土地上种植，一边过日子一边想，他要找一个帮他的人。

父亲算过命两三年，是太平日子，官兵不来了，土匪活儿也少了。涨水也有消水的时候。

父亲的日子是一条直线，他记日子长短的方法，不是日出日落，不是农时节气，他记朝代。他经历过光绪、宣统，大脑壳，小脑壳，还经历过韩国。日本人来了，打长沙，打常德，占武陵山再去打重庆。在来凤修飞机场。父亲被征去帮日本人修飞机场。父亲的这段经历很可疑，是谁征他？他在劳工营得了伤寒病。这个病传人。他从劳工营跑出来，往日本人堆里跑。要传病，也传给日本人，父亲糊里糊涂跑进日本人的医院。一位好看的女护士见他像一块烧红的铁，给他打针吃药，救了他。女护士会讲中国话，告诉父亲，她不是日本人是韩国人。父亲才知道，除了中国和外国，还有个韩国。韩国是哪个朝代？他想。父亲后来提了一篮鸡蛋和两只鸡，去飞机场看那位女护士，没见到人。日本人跑了，这一带的日本人，被一个叫王耀武的中国人给灭了。

父亲背了头半大的猪，去召市赶集市。我们一地有三个市，召市、贾市、苗市。召市最大，当然没有汉口、重庆大，是乡里小集市。一头猪，在小集市是大买卖。可以换回几斤盐，几斤烧酒，几尺布。一头半大猪能卖十一二块钱。父亲把钱捏在手里，去杂货店买东西。他拿出一块钱买盐。剩下的钱踩在脚板底下，这是防盗的好办法。这边还在称盐，那边就有人喊："红军回来了！"有部队经过集市，领头的骑马。这时的红军已改名叫解放军，没改变的是帽子上的红五角星。父亲看着队伍发了一阵呆，然后就去追赶队伍。我大伯当年跟贺龙当红军，一去杳无音信。父亲那时年纪小，跟大伯走了一段路，没跟上。大伯在红军队伍里喊："回去吧，照顾好爹娘。"这回红军队伍又回来了，他想看看大伯是不是在队伍里，能打听到大伯的消息也好。队伍走得快，没追上。

父亲踩在脚板底下的钱也丢了。还好，几斤盐还在。他一路往回走，边走边想：我大哥参加红军骑马，我这个人背猪，让猪骑我，这叫命呢。算命先生也难算呢。回家，母亲问父亲，那么大一头猪，就换了这点盐？你又去赌钱输了吧？父亲一点愧疚也没有，笑嘻嘻的。他在集市上的遭遇，抵得上一头大肥猪。父亲对母亲说，他在集市上见到了伯父的队伍。有一天，伯父会骑一匹大马回来。

陡坡那边响起枪炮声。解放军剿匪。枪炮声响了一天一夜，静下来。父亲去陡坡那边打望，看看我大伯是不是打回来了。父亲站在一块石头上，摘下斗笠，四处张望。几位戴红五角星帽子的解放军用枪指着父亲，把他当土匪的探子，大喝："干什么的？"父亲先是吓了一跳，见是戴红五角星帽子的，镇定下来。父亲怯怯地问："我来看我大哥在不在队伍里，他当红军去了二十多年，没跟你们回来？"过来一位叫邵排长的，摸了摸父亲的手，又摸了摸父亲的肩膀。邵排长嗯了一声，叫父亲回去，关好门，不要出来。子弹不认人。父亲看邵排长年轻，讲话像大哥口气。我大伯对我父亲讲话从来只有叮嘱没有客气。

母亲从柴屋里抱柴，回来对父亲悄悄说："柴屋里有个伤兵，快要死了。"父亲到柴屋一看,是戴红五角星军帽的,父亲把他抱进屋,放在床上,用盐水给伤兵洗了伤口,用干净衣物换下那一身血污的军装,又给他吃了盗贼留下的打伤药,伤兵活过来了,母亲杀了一只老母鸡,用瓦罐煲了汤,一勺一勺地喂那伤兵。伤兵渐渐康复,说要去找部队。父亲打听到,解放军部队往沅陵那边去了。父亲和伤兵的告别仪式是在夜晚。母亲炒了几个好菜,有腊猪头肉、韭菜炒鸡蛋。父亲拿出一坛窖藏的苞谷烧。他和伤兵对饮,母亲在门外纳鞋放风。叫班长的土匪闻到酒肉香,过来赶嘴。见母亲,讨好地说:"大表姐,姐夫一个人在家喝酒吃肉,找过来陪他喝酒。"母亲说:"哪有肉吃?还是过年吃过肉呢。肉骨掉在火塘里,烧着了香呢,让我流口水呢。你姐夫一个人生闷气,没心思陪你喝酒。改天有肉吃再请你啊。"班长悻悻地走了。

戴红五星的手枪已子弹上膛,土匪捡了一条命。

喝了两碗酒,伤兵告诉父亲,他是郑波师长属下的一个连长,叫钟石。河北保定人。老乡,你知道保定在哪里吗?就是刘邦打过仗的地方、包公当过官的地方。父亲直点头,他听说书的讲过刘邦和包文正。

钟石穿了父亲的衣服,把军装留给父亲。他交代父亲,解放军还会来,你拿这军装给他们看,这上边有我的部队编号。你对他们讲,你救过解放军的伤员,会给你记功的。父亲说:"喝酒喝酒。我大哥也是红军,一家人,不要功。你要见了我大哥,要他回来看看。田土房屋耕牛还在呢。我大哥叫策胡子,大耳朵,下巴上有粒痣。"钟石说记住了,都在部队,哪一天就碰上你要找的人了呢。

钟石是外地人,路上讲话不方便。父亲不放心,一路送到沅陵码头。连夜出门,天亮到咱果坪,过保靖、花垣、吉首、泸溪,走三天三晚,扮作牛客。路边有人家就上门,借碗水,要餐饭。这一路人家,都是好主。

解放军大部队还在沅陵，还有大批俘虏的土匪，学习整编，准备去抗美援朝。上边有指示，再仇恨，也不杀俘虏，留着上朝鲜战场打敌人。上边传话下来，剿灭湘西土匪，功在湘西人民。省主席程潜和平起义了，战事平息。

沅陵码头，父亲第一次见那么大的河。父亲目送钟石上船。钟石在船上挥手喊："老乡，记住啊——"父亲抹了一把眼泪，也挥了挥手喊："你也要记得，你打过仗的地方啊——"

解放军再来的时候，队长叫邵排长。父亲见他眼熟。正是剿匪的邵排长，摸过父亲的手和肩膀的。邵排长也认出了父亲。邵排长要父亲带个头，当农会主席。父亲说："当这么大的事，怕当不好。"邵排长说："我们调查过，你是红军家属。红军连杀头都不怕，你怕当农会主席？"

父亲答应当农会主席。这主席我先帮我大哥当着，等大哥回来，让他当。你们见过我大哥没？他叫策胡子。大耳朵，下巴上有粒痣。邵排长悄悄对父亲讲，你这个人，怎么像个落后分子？

那位叫班长的土匪来找过我父亲，要父亲帮他讲几句好话。他鼻涕眼泪地对我父亲讲，表姐夫，我当土匪，也是无路可走，人家吃鸡腿，我吃鸡骨头。我没抢过穷人，只抢过曾财主家一条裤子。见那条自贡呢裤子好，我没穿过那么好的裤子，见财起意吧。姐夫，我们是亲上加亲，你不帮我，我会挨枪子的。他找我父亲哭诉一回，人就不见了。听说他跑到沅陵，找到解放军，说他当过土匪，要求收编。土匪俘虏有认得他的，帮他讲话。他就被收编了。他随队伍开往东北，过鸭绿江，去抗美援朝。这一回，他的部队叫志愿军。收编人员叫他班长，志愿军首长真让他当了班长，带领十几个收编人员。这个整编部队参加了军事史上著名的上甘岭战役。一九五二年，中国年的龙年，上甘岭战役打了一个半月结束，我在那一年八月出生。那场战役真是肉磨子。班长的那个班，上甘岭战役结束时还剩一个半人。打扫战场时，班长埋在雪里，半条腿露在外边。另一位手抓住敌人的机枪管，手掌和枪管粘在一起，下半身被子弹打成肉酱。这个班活下来的就这一个半人。这半个人手掌被机枪管烫坏，手指黏在一起，像鸭掌。班长给他取了个绰号，叫大巴掌。这一个半人回来，一个有两枚纪念章。一枚志愿军纪念章，一枚上甘岭战役二等功纪念章，关于这两枚纪念章，村里有过争论。男人们多半认为是铜的，女人们多半认为是金子的。男人争不过女人，最后一致认为是金子的。这个结论是正确的。纪念章几十年以后不生锈，包着的红绸布打开，纪念章仍旧金光闪闪。

班长年纪有点大，三十几岁吧。他娶的妻子成分有点高，地主的女儿。人漂亮聪明，我要讲，班长的妻子是他又一枚纪念章，同他熬过苦日子，过上衣食无忧的好生活，直到终老。他们生养了个女儿，叫金爱。像百合花，一位仙女。

班长要是不结婚，他就不是我岳父。他要是不生一位女儿，也不会是我岳父，要是没有父亲，谁都不会是我岳父。

班长办喜酒，父亲和大巴掌坐上席。班长成了家，大巴掌就住进他家。大巴掌有资格住干休所。班长对他讲，你就把我家当干休所吧。大巴掌的轮椅没有轮，一条板凳用手支撑，挪到山顶，看日出日落。日出像冲锋，日落是躲进掩体。夜里惊梦，大喊："大鼻子来了！大鼻子来了！上刺刀，缴枪不杀！"有时候他会喊一句外国话："头到阿姆是舍夫！"也是缴枪不杀的意思。

大巴掌藏着一罐压缩饼干，一盒牛肉罐头，朝鲜战场缴获的。过苦日子挨饿，喝凉水吃野菜，也没舍得吃，留着有用，万一哪天又打仗呢？

一九五四年冬天，下十天冻雨，大地结出冰壳，油光锃亮，叫油光凌。这年马年，父亲的本命年。这年我两岁。我是一九五二年八月生的，龙年。母亲在地里捡绿豆，回去煮绿豆汤。母亲把我生在绿豆地里。干旱五十多天，突然下暴雨。母亲说我命大，一出世就涨水。母亲不记得，脐带是她掐断的，还是我自己挣断的。那时候，正是上甘岭战役结束的时候。一九五四年冬天，父亲和班长他们送公粮到洗车河。那里是区公所，有粮库。一路上，过皮渡河，上翻坡，过召市，上洛塔，一百多里山路。一人一担粮，人组成驮队。送粮队伍，穿了草鞋，草鞋套上铁码，冰壳上不会打滑。班长在朝鲜冰雪地里打过仗，走得快，冰壳子在脚下，咔嚓咔嚓响。班长一路上领先，放下自己的担子，再折回来，帮我父亲担一段路。这让父亲很过意不去。担子压在谁身上都一样重。到了洗车河，交了公粮，父亲请班长吃米豆腐。父亲对班长说："我这农会主席，本来是帮我大哥当的，大哥没回来，人还在不在也说不定，你来当这个农会主席吧，我当不好。你来担这个担子。你有办法，以后日子长，大家跟你过好日子了。"

那时还没有人民公社，成立了农业合作社，初级社，高级社。农会主席这个职务没有了。班长当了农业合作社的社长。人在自己家里吃饭，田土、耕牛、农具全归合作社公有。父亲找到班长，要求慢点入社。班长跟我父亲讲，不入社搞单干，是落后分子啊。父亲讲，只落后一两个月。父亲心疼他的牛，他要给牛放一两个月假。他每天给牛喂黄豆玉米。那头黄牛长得膘肥体壮。两个月以后，端午节那天，父亲牵头牛，把牛鼻绳交给班长，说："我现在入社了。"这头牛的体质好，脾气也好。后来成立人民公社，它还是一头好耕牛。

我六岁时，父亲要我上学读书。他让我读书只有一条理由，有朝一日找到大伯的下落，好给他老人家写信。我读书，也就用心识字，到小学三年级，我就会认字典，一本四角号码字典，从头认到尾，错别字一起，一共能写一千多个字。这些字，没能给大伯写信，只是帮父亲写检讨书，父亲总爱讲落后话，讲种卫星苞谷不好，讲密植不好，讲农药化肥不好。办他的学习班，连他当年帮日本人修飞机场的历史问题也扯出来了。办学习班是为了父亲进步。班长和大巴掌坚持，不让开父亲的斗争会。说父亲的问题是先进和落后的问题，人民内部矛盾。父亲的问题，最先是阿亮提出来的。阿亮也是亲戚，叫我母亲大姐。旧社会讨米，我们家也经常接济他，生的熟的，匀出粮食给他。我父亲说阿亮懒，好手好脚不该讨米。阿亮是记住了。阿亮对我父亲最不满的是不该背后叫他亮瞎子。什么人啦！当面叫亮主席，背后叫亮瞎子！我大小也是贫下中农协会主席！

大巴掌和阿亮吵了一架，是在开群众大会的时候。阿亮在台上讲话，讲有些人就是落后，反对新生事物，这个人帮日本人修飞机场，是汉奸。大巴掌撑着板凳，一步一步挪上台，对台下百十人喊话。帮日本人修飞机场，不是一个两个人，都是汉奸？那是拉夫强迫。我大巴掌还当过土匪呢！阿亮先愣了一下，对大巴掌喊："你，大巴掌！听好了，你当过土匪就光荣？"大巴掌想站起来，但没有腿，他挺直了腰，拍着胸脯说："大家看看，我当土匪是丑事，我这抗美援朝纪念章是光荣的。人要讲良心。阿亮，我就不讲你了，你，为大家办了什么事？"班长把大巴掌抱下台。阿亮没喊散会，一个人先退场了。

我帮父亲写检讨书，越写越生气，对父亲说："爹，你怎么不跟大伯去当红军？怎么要帮日本人修飞机场？你那时没想过，你以后会是我爹吗？"父亲什么也不说，只是吧嗒吧嗒地抽旱烟，口水顺着烟杆流下来。父亲抽烟从不流口水，他抽烟的架势和做农活儿的架势都可上教科书。人抽着烟流口水，就同牛羊这类反刍动物差不多了。

良久，父亲吐了一口烟，他对我说："儿子，我以前不知道，有一天我会是你爹。真的，我从未想过。"

"儿子。"

"嗯。"

"儿子。"

"爹。"

我接着写父亲的检讨书。这不是父亲的检讨，是我与他的合谋。我写父亲说农药不好，农药用多了，人会得肝炎病。杀死害虫，就有了杀不死的害虫。化肥让土壤板结。邓家槽种卫星苞谷，密植就是高产，亩产千斤粮。集中劳力，白天干，晚上燃起火把干。苞谷种子拌了桐油和硫黄，防鸟防病虫害，也防种苞谷的人饿了偷吃种子。晚上干部清点人头，见父亲溜了，大声喊。我和父亲躲在岩角落里。父亲要我不出声，捉住要扣工分，还要挨打的。喊声很恶，我害怕。听到班长对干部大声讲，他肚子疼，请假回家了。病好后让他补工。

十二岁以前，我只知道父亲就是天天下地干活儿的一个人。人长到成年，才发现那个人就是父亲。一个人发现父亲，或早或迟，一般是在十二岁以后。我比十二岁长一岁。我在自信、期待、不安中考上中学，去召市小镇读初中。我喜欢两样东西，校长包胜的板书和毛笔字，植物学课朱长径的显微镜。朱老让我见细胞世界，这对我以后学医很有帮助，让我很好地领会渗透压是什么。课外必读书是《毛泽东选集》《鲁迅文集》，列宁的书，《共产党宣言》《进化论》，我全归类为文学书。书的世界很干净，我们都能背诵老三篇，《愚公移山》《纪念白求恩》和《为人民服务》，做一个高尚的人，纯粹的人，脱离低级趣味的人，有益于人民的人。

我认真读书。认真读书就不觉得饿。字可充饥，吃饭用笔筒。

端午节那天，父亲来到学校。他那样子，一看就是个爹。很多同学打量他，不知道是谁的爹。父亲大喊我的小名。我慌忙跑过去，叫父亲别大喊大叫，影响不好。父亲只叫我把东西清好，回家。我不知道出了什么事，只觉得事情严重。父亲说："看你们学校成什么样子，到处是大字报，校长都不敢讲话，还读什么书？"书是读不成了。跟父亲回家。学校的青砖白屋越来越远，看不见了。父亲一路讲他的道理，说我没读书的命。儿啊，你会认字典，回去一边帮我做点事，一边还可认字，比学堂里读书费时合算。我跟在父亲身后，这真是人生的倒行逆施。真的心痛，心痛得说不出一句话。

天黑了，还要翻过一座山。我和父亲保持一丈远的距离。父亲在我和山的黑影之间移动。

我们那一届上中学的，后来全离开了学校，说上头有文件，那一届初中一级的，要返回去读小学六年级。几十年后，我在旧书摊上买回那个时期的文件汇编，花三百元钱，也就是一个月工资，买那本旧册子，查看关于那个时期升了初中再复读小学的文件，没那样的记载，没有证据。我只查到初中不再升高中，高中不再升大学的证据，那些证据与我无关。我把那册旧文件交给一家档案馆，得了一千元奖金，我用这一千元又买下宋版《史记》十二册，木刻本，转让给一位朋友，发了笔横财。一切因果，都有自己的路径。

农耕农事，锄禾当午，种子，农具，父亲。这样的名词组合，经不起父亲的打量。父亲是主语，我和粮食是宾语。父亲的人生就是个祈使句。牛、农具、种子、泥土，都有父亲的气息。它们是父亲的一部分，是父亲身上的某个器官。母亲说，犁头和锄柄，让父亲摸成玉了。

十五六岁，父亲教会我使犁打耙，每天能挣十个工分。父亲对我很满意，认为我值得十个工分，生产队男人最高的工分值，等值四角多钱，等值三斤半大米，等值一只母鸡一天下了十个鸡蛋。

生产队的男人全劳动力，一个劳动力日记十分工，妇女劳动力记八分工，半劳力记五分工。阿亮不是劳动力，记十分工。大巴掌由县民政局发钱，不记工分。大巴掌每天编两双草鞋交生产队，不记工分。兴修水利，大巴掌编的草鞋结实，男人女人穿他的草鞋，立了大功。阿亮有个要求，说他这个贫下中农协会主席没功劳有苦劳，要记一个全劳力的工分，再加贫协主席的工分，记一个半劳动力的工分。

大巴掌的草鞋在公屋里挂着，谁要谁拿。父亲穿自己编织的草鞋。草鞋让给不会编草鞋的人。自己有，莫取公家的，自己会做，多做一点。

修完贾坝水库，父亲被评为劳模。他把奖状放在神龛下方。阿亮给班长反映，说我们家出了大事。班长来看了，对父亲说："老兄弟，能不能把家仙纸取下来？"父亲说："你要我入社，我依你，让我去修水利，我依你。这个不依你。家仙纸上写的天地国亲师位，世世代代供着，把它取了还是神龛吗？"班长不再说什么，叹一口气，一个人扛着犁弯不换肩，没办法。

父亲唱着歌谣从桥上走来。单干好比独木桥，走一步来摇三摇。合作社是石板桥，风吹雨打不坚牢。人民公社是金桥……

喀斯特地貌分布地区的人民公社，水比黄金贵。一桶水，洗完菜洗脚，洗完脚喂牛。人民公社修了三座水库。卧龙水库、三元水库和贾坝水库。人民公社引两条地下阴河变地上河。洛塔的河流和接龙河。水利工地，班长说修贾坝水库就是战上甘岭，人人都是战士。父亲穿烂了十八双草鞋，自己编的。大巴掌编织了两千双草鞋。那是有霜有雪有冰的冬天，修水利的精神就是胡萝卜精神，每个人的手指脚趾冻得像胡萝卜。有人脚后跟皲裂，开口子像鱼嘴巴，用鸡油填上，再涂上生漆。父亲评上水利劳模，得了奖状和一条毛巾。他把毛巾给了我，说我是识字劳模，同龄的和大几岁的，我是识字最多的。十五岁时，我能按顺序默写一本四角号码字典。可到五十岁时，我只记住不多的汉字。

父亲要我记住，有了大伯的下落，给大伯写信，青岩山有湖有河，不缺水。大伯为争半桶岩浆水，和别人打了一架。父亲还要我捎上一笔，挑土也能当劳模。

修水利，是喀斯特地貌分布地区的大行动。修完那些大型水利工程，过去十年，到一九七八年，又一两年时间，人民公社改建制为乡镇，班长当上村长。父亲领回农具和那头老黄牛，分到几百亩山林和土地。父亲供养老黄牛。不再用它耕地，买了一台小型耕地机器，不吃草，比牛好使。老黄牛算是退休了。父亲给它吃嫩草拌盐，吃苞谷和黄豆。老黄牛过惯了人民公社的集体生活，不习惯孤独，在栏里总是打栏。父亲放它出栏找伴。老黄牛见了年轻母牛就兴奋，一同吃嫩草，它会让母牛们先吃。那些母牛被卖，老黄牛一直跟着。到了公路，那些母牛被赶上汽车拖走。老黄牛追了很远，它大喊大叫，不知道那些怪物拖着母牛去了哪里。老黄牛死了，四十一岁，高龄。父亲一个人，在一棵松柏树下挖了个坑，把老黄牛埋了，一个很深的坑，怕老黄牛让什么野物吃了。

大巴掌每月领两千四百块钱。阿亮吃低保。父亲有了病痛，前胸和后背两处。母亲去世两年，父亲的病痛更严重。后背痛，是腰肌劳损，椎间盘突出。这个病，不知是当年土匪打的还是官兵打的，是给日本人修飞机场留下的还是修贾坝水库留下的。医生讲，是一个人一生的劳累留下的病。前胸痛，医生讲是胃癌。吃多了霉玉米。吃多了霉玉米，会长胃癌。父亲不知道，要早知道，他会不吃，多吃红苕，不会长出个胃癌来。

父亲到尿桶撒尿，在板壁上见到我的尿线，五尺高。父亲说我，不尿在桶里撒在板壁上，杉木板壁不禁沤。又说我该找老婆了。五尺高的尿线，是婚姻线。我对父亲说，我要马六，幺姨嫁到召市街上，吃喜酒时我见过马六，长辫子，瓜子脸，漂亮。街上的姑娘，就像酸麦李子，好看不好吃。不会喂猪，不会种苞谷。请媒人去班长家，他家女儿身子结实、勤快，人也好看。班长女儿叫金爱，是我小学同学，聪明、好看。父子俩意见一致，齐心合力，班长就成了我岳父。订婚放鞭炮，告知乡邻，金爱算是名花有主了。请算命先生合了八字，择了结婚日子，金爱突然得了一种叫阴蛇上树的怪病，从脚底痛到心脏。只一天半，人就没了。躺在门板上，白布盖着，只露出一双绣花鞋。那几天，喜鹊不叫乌鸦叫。野樱红了，刺莓红了，麦子快熟了，苞谷苗一节节地长高。

父亲不停地砍树，那些树全是他年轻时栽的。他先砍了那棵酸麦李子树，再砍那棵酸梨子树，连那半酸半甜的桃树也砍了。一个人生命快完结的时候，会毁掉一些亲手制造的东西。我很心疼，那些酸涩的果子，是我童年的伙伴，它们随父亲去了。

父亲把我叫到床前，他从枕头下拿出一个包袱，打开，一套旧军服，斑驳的痕迹，一顶有红五角星的军帽。他对我讲了救解放军伤员的故事。钟石，河北保定人。保定，你知道吗？刘邦打仗的地方，包文正当官的地方。他要来了，你把这些东西还他，问他见到你大伯没有，你大伯是红军。他要没来，这东西你要收好。

父亲最后对我说："我死了，你就和我一样，没爹了。我把那些酸果树全砍了，你以后要栽，就栽甜的。有了你大伯的下落，要给他写信。"

酉时，太阳落山。父亲走了。我叫了声爹。我没爹了。

我离开父亲的山寨，去北京大学读书，我的专业考试是一百二十分。我能默写四角号码字典。这是父爱，祖父要我这么做的。离开山寨的时候，来了个钟将军，县里的人陪他来的，他就是钟石，我把父亲留下的那套旧军服和五角星军帽交给他。钟石将军说:"留给你吧。"

未名湖边,我见到一株桃树,那一定不是父亲栽的。

有了大伯的下落,我会给他写信。

· 作者简介 ·

蔡测海,男,土家族,1952年出生于湘西龙山,毕业于北京大学中文系,中国作协全国委员会委员,湖南省作协名誉主席。著有小说集《母船》《今天的太阳》《穿过死亡的黑洞》《蔡测海小说选》,长篇小说《地方》《三世界》《套狼》《非常良民陈次包》《家园万岁》等。曾获1982年全国优秀短篇小说奖,第一、二、三届全国少数民族文学创作奖,庄重文文学奖等多种奖项。著述一千多万字,部分作品被译成英文、法文、日文等。

会唱歌的浮云

□ 叶兆言

1

1953年春节是阳历2月14日,老魏单位里放假四天,这四天,扣除路上时间,也就整整三天。妻子云裳正好身上来那玩意,好不容易才盼到几天探亲假的老魏十分憋屈,很窝囊,很让人恼火。时间就这么不凑巧,老天就这么不帮忙,憋屈也好,窝囊也好,恼火也没用,反正这事不太好对别人说,只能跟自己生气。

老魏所在的工厂,是一家很大的化工厂,在长江北面的六合,也就是在南京城的江对岸。搁在今天,距离市区并不太远,可是在那时候,长江大桥还没建造,可以说很远很远,相当的远。咫尺天涯,一年只能有一次探亲假,怎么使用好,极其珍贵绝对讲究。到了3月5日这一天,广播喇叭突然放起哀乐，苏联人民的伟大领袖斯大林逝世了。当时的悼念规格非常高，各单位立刻设了灵堂，挂上斯大林像，很多人为这个人的离去戴孝哭喊。

这也是老魏第一次从广播里听到哀乐，从此哀乐开始流行，一旦收音机里播放这个哀婉激昂的旋律，他就知道是死人了，一定是死了个很重要的大人物。斯大林的万人追悼大会在新街口举行，时间是3月9日，老魏所在的工厂也派代表参加。他和同科室的老王有幸被选中，坐着厂里的两辆大卡车，大清早出发，黑咕隆咚地一路开到江边，乘轮渡过江到下关。然后乘马车到达新街口附近，人已经很多了，人山人海车水马龙。

追悼大会很隆重，结束了，率队的马副厂长发话，说这次活动嘛，有意挑了家在南京的同志，当然，也有家不在南京的同志。马副厂长是南京人，新中国成立前是南京的地下党，老革命，资格很高，他知道家不在南京的人，譬如几位从东北南下过来的，可能就没在南京玩过，马副厂长的意思，好不容易进了南京城，今天有一部分人可以先不离开。他跟厂部交代过，明早会再派辆卡车到江对面的浦口来接大家，愿走愿留自己定。

于是兵分了两路，一路人马当天先回去，还有一些同志就留了下来。老魏自然属于留下来的，不止老魏留了下来，与他一起的老王也没走。这个老王在南京上过大学，没毕业，他有位同学是南京人，关系挺不错的，当年上大学，经常去他家聊天。老王想的是借此机会，去看望一下老同学叙叙旧，没想到老同学久不联系，早已离开南京去了西北。老同学的家与老魏家相距不远，也是顺路，老王扑了个空，老魏正好就在他身边。

老王说："没想到会这样，这怎么是好？"

老魏说："没关系，不行就住我们家去，总会有办法的。"

老王就跟着老魏去了他家，老魏突然能够回来，全家都很高兴，也很意外。老魏的老丈人没有参加追悼大会，对追悼会很有兴趣，追着能说会道的老王问这问那。老先生这一年已七十六岁，白发白胡子，穿着中山装，胸前还插着支派克钢笔，依然是民国遗老的模样。老王很有耐心地跟他描述，敷衍了好一会，一起吃中饭，继续聊国际形势，继续说国家前途。那时候，老魏家也就两间房子，老丈人和丈母娘住一间，老魏夫妇带着两个儿子住一间。

云裳回来很晚，她回来的时候，已经是要吃晚饭，桌上饭菜早就放好，老魏和老王开始陪老人喝黄酒。老王向云裳解释，说自己太冒昧了，冒冒失失就跑来打扰。又说他本来准备去中山码头坐一夜，没想到老魏好心人，非要拉他过来，非要让老王住到他家。云裳说你当然应该过来，这不用客气的。老王是个话多的人，特别会讨老人家的好，会说让老人高兴的话，吃饭的时候，基本上一直都是他在说，老魏和云裳也插不上话。

这一年，老魏三十三岁，云裳比他小两岁。老王比他们都大，他们俩既然插不上话，就只能互相对看，你看我一眼，我看你一眼，眼睛里都是话，各自心照不宣。老魏知道云裳心里在想什么，云裳也知道老魏心里在想什么，老魏想表达的是无奈，想表达的是无辜，他也是没办法，只是顺口说了一句，没想到就真把老王带回来了。恰巧话题到了晚上睡觉怎么安排，老王说老魏跟他说过，反正他们家是地板，到时候打个地铺就行。

老魏家说起来有两个房间，其实这两个房间原来只是一间，是一间大客厅，中间用木板隔了一道墙。吃完晚饭继续聊天，老魏大儿子胜武很快要上小学，云裳开始教他识字，因为识了几个字，便让他为大家表演，认纸片上的方块字。纸片上的字是老魏老丈人用毛笔书写，老人家的字很好，非常地道的唐楷。七岁的大儿子胜武很卖弄地表演，两岁的小儿子利和在一旁捣蛋，要抢哥哥手上的纸片。

打地铺确实简单，可是地铺究竟打在哪个房间呢，商量来商量去，最后还是决定安排在老人房间里，毕竟这间略大一点。老魏松了一口气，脸上露出不经意的微笑，正好被云裳看见，狠狠地白了他一眼。这一个白眼反让老魏真的笑起来，一种不加掩饰的笑，掩饰不住的坏笑。云裳便说你笑什么，有什么好笑的。老魏说我回到自己家，为什么不能笑，为什么？

终于睡觉了，终于关灯，老魏迫不及待地掉头睡，摸黑爬到云裳那头去了。大床上还有两个沉入梦乡的儿子，关灯前，老魏与胜武睡在一头，云裳与利和睡在一头。灯一关，他也就不老实了，用不着再老实。云裳害怕弄出声音，不让老魏动，老魏便轻手轻脚小心翼翼。可能是憋得太久，也可能是外面睡着一位老王，距离挨得太近，老王的地铺就在门口，云裳一直在拒绝，一直在反抗，老魏只能霸王硬上弓，不管对方配合不配合，不管对方愿意不愿意，一味使蛮劲，折腾了没几下，刚入港，便心满意足地结束了。

这一夜，老魏睡得非常香，一觉醒来，天都快亮了。云裳没睡好，老魏呼噜声很响，老王的呼噜声更响，隔着门板，一阵阵传过来。迷迷糊糊睡了醒，醒了睡，刚要再次睡着，老魏又来劲了，要二次进宫。这次云裳没拒绝，也没反抗，也谈不上配合，感觉自己是醒着，又好像是睡着了，心里希望老魏快点结束，又好像不太愿意他很快就完事。说老实话，她也不知道自己是怎么想的，有点心不在焉，不知身在何处。隔壁老王的呼噜惊天动地，他已经三十七岁，还是单身，人也很瘦，云裳想不明白老王那么瘦的一个人，为什么呼噜声会这么嘹亮。

2

弹指一挥间，转眼三十多年过去，到了 1991 年的 8 月 20 日。这一天是云裳六十九岁生日，民间有做九不做十的说法，老魏决定隆重庆祝一下。他今年七十一岁，夫妻俩岁数相加，正好一百四十岁。老魏很喜欢 140 这数字，觉得这个数字很吉祥，很有内容。人生七十古来稀，他们老夫妇退休在家，既能吃又能睡，身心健康，这个那个什么都行，活得非常愉快。

所谓隆重庆祝，无非就是在楼下新开的一家馆子吃一顿。除了自家人，又喊了一位老朋友过来，这个老朋友就是老王。这时候，老王已七十六岁，精神矍铄，头发居然还没有全白，原来是个瘦小子，现在变成了大胖子。他单身很多年，熬到五十多岁，才与比自己小十五岁的小黎结婚，小黎的前夫在"文革"中患病去世，留下一儿一女。两年前，小黎患乳腺癌走了，老王便与继子一起生活。

老魏的儿女们都已成家，吃完了各回各家。老王喝得有点多，面红耳赤，老魏夫妇便邀请他上门坐一会，喝口茶醒醒酒。老王没有推辞，说也好，说我是要看《渴望》的，这会赶回家看也来不及了，就到你家去看，看完了再回家。那一阵子，电视连续剧《渴望》正热播，已是播放第二轮，老王认认真真地在补看。老魏夫妇第一轮就看过，都觉得不错，很愿意陪老王再看一遍。老魏说我们可以一起看，看完了，你要是愿意，就在我这住一晚也没关系，反正床铺都是现成，为小孩回来准备的，空着也是空着，对了，我还告诉你，我们现在有空调了，很凉快的。

电视剧只放两集，打开电视，第一集都快完了，很快又看完第二集。外面很热，南京的夏天一向是很难过，恰巧老魏家今年新安装了空调。那时候，后来大名鼎鼎的苏宁电器，创业还不到一年，只能说是刚刚起步，大多数南京人家里都没有安装空调。因为用电紧张，能否安装空调也和级别有关，必须是相当级别的干部，才能够得到电力部门的批准。当时的最荒唐之处，商场里已经开始大卖空调，只要你花钱，谁都可以买，买了是否能安装，是否能让供电局盖章，就要看你的能耐。

老魏的女婿下海做了生意，思想比较开放，比较新潮，胆子也大，自己先买了一台空调偷偷地享受起来，又为老丈人老丈母娘买了一台。说是未经允许，不能私自安装，否则就属于非法，就有可能取缔。不过你真大胆安装了，也没有什么人会过来干涉。只是电压经常会有些问题，用电高峰的时候，空调就启动不了，因此每天下午四点钟左右，必须先把空调打开，空调机一旦启动，一旦已经开始制冷，就再也不存在打开不了的问题。

老王很羡慕老魏家新安装的这台空调，在南京过夏天，有没有空调，能不能享受空调，完全是不一样的人生。他几乎立刻就下了决心，明年夏天一定也要买台空调，一定要买，不管电力部门允许不允许，管它合法不合法，一定要安装。说起来，老王也算离休干部，也是一把年纪，能享受就应该赶快享受。从老魏所在的科室调走以后，老王一直都在人事处上班，老魏说根据你老王的级别，很可能是可以使用空调的，你可以先申请申请，如果可以，就不用像我们这样偷偷摸摸。

老王说："今天就在你们家，有空调真是舒服，这么凉快，都舍不得离开。"

老王又说："还记得上一次住你们家，那次也是冒冒失失，一晃多少年过去，唉，我们是真的老了。"

老魏家的空调装在客厅里，老王说住下就住下了，有空调的感觉确实不一样。云裳为老王找了一套换洗衣服，先安排他洗澡，然后他们夫妇分别洗澡，再然后是洗衣服，随手把老王换下来的衣服一起洗了，晾在阳台上。云裳提出要去小房间,说她不怕热,吹吹电风扇就可以睡,说她其实也不是特别喜欢空调。老王便连声说这不行,肯定不行,这不是要让我走的意思吗?云裳想想也对,离开空调房间真的会很热,说那好吧,我歪在单人沙发上先睡,你们把长沙发放下来,一边看电视,一边聊,想怎么聊就怎么聊,想聊多晚到多晚。

老魏家客厅里有张可以折叠的长沙发,打开来就是大床,两个男人继续聊天,聊到临了,都有些犯困,都开始打哈欠,迷迷糊糊中,电视里插入新闻,说苏联领导人戈尔巴乔夫被抓起来了,莫斯科正式宣布宵禁。报道来得很突然,老魏和老王大吃一惊。男人对政治总会有些莫名其妙的激情,他们立刻困意全无,想弄明白怎么回事,可惜电视里新闻,就短短几句话,播完便没下文。遥控器不停地换频道,换来换去,好不容易有报道,说到一大半,已是最后几句话。电视节目终于都结束了,变成了一个个足球一样的测试圆台标,仍然没弄明白究竟发生了什么事。

第二天一早,天还没亮,云裳醒了。两个男人还在呼呼大睡,呼噜声此起彼伏,也不清楚哪个是老魏,哪个是老王,声音都响,都是地动山摇。她不由得想起很多年前,也就是上次老王借住在她家的那个夜晚,那时候还住在老房子里,云裳父母都还健在,她和老魏以及两个儿子睡在里屋,老王与她父母睡外屋,睡地铺。那时候,老魏偶尔也会打呼噜,那时候老王的呼噜已经很响,隔着一扇房门,像冬日的西北风一样呼啸,正是因为太嘹亮,云裳永远忘不了。

当然也是因为那一晚特殊,因为那个特定的日子,他们有了女儿玲安。金风玉露一相逢,对于分居两地的夫妻来说,每一次探亲都会不同寻常。老魏家的新居偏东朝向,天刚蒙蒙亮,朝霞红了半边天,初升的太阳很快通过窗户射了进来。两个男人还在睡,睡得正香,睡得太香了,云裳悄悄爬起来，上了趟厕所。单人沙发睡觉并不舒服，然而有了空调，总比在外面好，在没有空调的岁月，夏日南京是著名的火炉，晚上根本没办法睡个安稳觉。

老魏和老王终于也醒了，老王惦记着还要听收音机里的早间新闻，云裳说我和老魏天天早晨要去公园锻炼，我们可以一边去散步，一边听你的新闻。老王就笑了，说什么叫我的新闻，新闻是国家大事，怎么变成我的了？三个人刷牙洗脸，老王换上自己的衣服，与老魏夫妇一起去公园。老魏家附近有个小公园，不仅有人在散步，还有人在吊嗓子唱京戏。云裳为老王找了个小半导体收音机，因为不经常用，也不知是电池原因，还是接触不好，一会有声，一会又没声，老王想听听新闻，想听听来自莫斯科的消息，结果也不能如愿，还是听不明白。

散完步，一起在小摊子上吃烧饼油条，沿街放了一排小凳子，就两张小餐桌，一人一碗豆浆。老王又是羡慕又是感叹，说你们的这个小日子，过得才叫舒心，才叫爽快，天天能散个步，再吃个烧饼油条，这才是人过的日子，现做出来的烧饼油条就是好吃，就是不一样。老魏说天天都这样，也没什么，很容易的事。老王说什么叫没什么，能这样就行，就很不错了，唉，可惜我们这一生，知道什么叫好日子，开始明白人应该怎么活，人生都已经快到尽头了。

老魏说你老王能想开一点不就行了，到我们这岁数，到我们这把年纪，钱留着也没用，想吃就吃，想用就用，你说你还留着那些钱干什么呢？老王叹气，说话是这么说，毕竟我是一个人过，也没什么意思对不对？停顿了一下，又接着往下说，我那个儿子和儿媳妇呢，对我也不能算不好，不过毕竟不是一代人，话也说不到一起去，想法也不一样，要是小黎她还在，小黎还在，两口子一起过，情况就完全不一样了。

一提起小黎，三个人不约而同，突然都不吭声。看得出来，老王并不想提到小黎，不愿意提到自己已经不在的妻子。尤其不愿当着老魏夫妇的面，而老魏夫妇呢，也是尽可能地避免谈起。老王只不过是脱口而出，说了便有些后悔。云裳情不自禁地看了老魏一眼，老魏立刻也显得很不自然，有一些尴尬，有一些沮丧。老王低头不语，此时此刻，大家心情都变得很沉重。云裳叹了一口气，说人生无常，想不到我们几个人中，小黎最年轻，反倒是她最先离去。

3

送走老王回到家，老魏与云裳已一身臭汗。南京的夏天就是这样，南京的夏天就是个大蒸笼。回家的路上，在菜场顺便买些菜，买了几条黄鳝，买了点青椒和洋葱。黄鳝是现杀，老魏很擅长爆炒黄鳝这道菜。一路都无话，云裳有些话想说，憋在肚子里没说，很难受。老魏知道她有话要说，云裳不说，让他这么干等着，要等她说出来，也挺难受。

到了家里，老魏先把杀好的黄鳝放进冰箱，然后摊开纸墨，脱去汗衫赤着大膊，用小楷抄一遍《摩诃般若波罗蜜多心经》。年轻的时候，老魏喜欢写毛笔字，后来多少年都放弃了，退休以后才重新拾起。他最初是习隶书，老了反而转向毕恭毕敬的楷书。老魏坐在那写字，云裳开始收拾房间，把收起的长沙发重新放下，理了理，再一次折叠起来。

过了一段时间，云裳拎着老王换下来的衣服，走到老魏面前，说老王穿过的这衣服，我也不准备洗了，直接扔了吧。老魏一怔，说要扔就扔了，你用不着跟我说。云裳说我当时就是挑了一条你没必要再穿的短裤，看这料子也不像全棉的，不瞒你说，我早就想扔了。老魏继续写字，他知道云裳有洁癖，别人穿过的内衣，她肯定是要嫌弃，是不是全棉并不重要，她要扔就扔，也没什么舍不得。

到了中午要做菜，老魏系上围裙，从冰箱里拿出黄鳝，十分细心地洗干净。云裳在一旁当下手，青椒和洋葱已为他收拾好。油锅已经下油了，油开始升温，开始冒起青烟，老魏正准备将黄鳝下锅，云裳轻轻地在旁边问了一句：

"老魏你能不能跟我说句老实话，你和小黎不会真有过一腿吧？"

老魏一怔，将手中的黄鳝倒入油锅，喳的一声，手上快速翻炒，嘴里嘀咕了一句：

"说什么啦？"

云裳不吭声，沉默了一会，看老魏做菜。老魏手上一阵忙乱，将爆炒过的黄鳝盛出来，再加油，爆炒青椒和洋葱，加上各种作料，将煸过的黄鳝再次倒入锅中，继续翻炒，加胡椒粉加水淀粉，洒上明油，然后正式起锅，盛菜装盘。云裳不说话，一直看着老魏，老魏终于忙完，老魏终于又一次开口：

"你脑子里又在想什么呢，真是莫名其妙。"

"是有点莫名其妙。"

"让我说你什么好，真不知道该怎么说你。"

云裳笑了，说我知道不应该这么问你，不应该问，我也就是随口问问，你千万不要往心上去。云裳说也就是突然想到，脑子里突然就有了这些念头，其实我早就说过，你与小黎真要有什么，也没什么大不了，真要是有了什么，我是说真要有什么，不开心的可能不光是我，老王心里会更不好受对不对，他应该更在乎对不对？云裳的意思是男人肯定更应该吃醋，男人肯定更不能忍受戴绿帽子。明知道老魏不想听这些话，不愿意听这些话，云裳还是忍不住要说，说了，就有点停不下来。她说不光是我在乱想，我在胡思乱想，老王很可能也一直在这么想，对不对？

老魏说："你要让我说什么呢？"

云裳说："我又不要你说什么，我已经说了，这事我早就不在乎了。"

云裳嘴上说不在乎，心里当然不是这么想。时过境迁，她这一生中，如果说夫妻之间真有什么太在乎的事，可能就是这一桩。老魏也知道她会在乎，知道她很在乎。女人的心思永远琢磨不透，每一次结局都是一样，云裳嘴上说不在乎，说相信老魏，心里还是非常在乎。这次过生日要请老王，说起来也是云裳的主意，她主动提出来，她提出来了，老魏还真没办法拒绝。云裳说我这一辈子最后悔的，就是从来也没有与小黎好好谈一次，我也是真够傻的，有太多的机会，好几次话都到嘴边，都没说，都没好意思说出来，唉，为什么不趁她活着的时候，把话说说清楚呢？

小黎显然是云裳心中永远解不开的疙瘩，永远是飘在她心头的一块浮云。三十年前，那时候女儿玲安刚上小学，老王和一位姓宋的女人，冒冒失失地找到了云裳所在的那所中学。在云裳的办公室，和云裳进行了一场非同寻常的谈话。那个姓宋的女人开门见山，问云裳与老魏的婚姻生活，是不是有什么不和谐之处，有没有感情方面的危机。问题很突兀，很无理，云裳一时都不知道应该怎么回答。她转向老王，问他是不是老魏犯了什么错误。老王那时候刚调往人事处，他支支吾吾地说，这事现在也不好说，我们呢，主要还是想先了解了解情况。

云裳第一次听说有个叫小黎的女人，第一次看到了小黎的照片。不能说那个叫小黎的女人有多漂亮，眼睛不大，眉毛细细的，嘴唇有些翘。老王解释说，小黎丈夫是一名现役军人，他写了一封告状信，说老魏与小黎有着不正当的男女关系。老王特别强调，目前只是那个男的这么说，只是那男的这么认为,究竟有没有这事,组织上也不清楚,他们过来跟云裳谈话,也就是想摸摸情况。那个姓宋的女人始终在观察云裳的脸色,她的表情很严肃,态度很不友好,好像什么事都知道,什么事都在她的掌握之中。

云裳说:"你们想让我说什么?"

姓宋的女人说:"我已经问过了,你们的夫妻生活,究竟正常不正常?"

"什么叫正常,什么叫不正常?"

"这个当然只有你们自己才知道。"

云裳看着那个姓宋的女人,痴痴傻傻地回了一句:"我不知道,我什么都不知道。"

风雨晨昏人不晓,个中甘苦只自知。云裳与老魏结婚时二十三岁,婚后很快有了儿子胜武,然后又有了利和,同居没几年,老魏就去了江北六合的化工厂,从此开始漫长的夫妻分居。夫妻分居百事哀,一年有一次探亲假,说正常也正常,那年头夫妻分居并不罕见,分了也就分了,老天爷就是这么安排,夫妻因为分居而离婚的也不多。说不正常,当然不应该算正常,绝对不正常,夫妻不在一起过怎么能算正常呢。云裳记忆中,不如意的事情太多,都说久别犹如新婚,最担心的是老魏要回来探亲那几天,自己身上恰巧来例假,有些事拦都拦不住,有些事该来还得来,越担心就越会发生。

那段时间,云裳正准备往六合的一所农村中学调动,只是为了离老魏近一些。她做好了离开南京的准备,为了夫妻团聚,为了能和老魏在一起,她已经决定不再管孩子们。三年的自然灾害时期刚过去,国家经济形势正开始好转,如果没有小黎这事,老魏夫妇很可能会少分居二十年。生命苦短,人生能有多少个二十年。姓宋的那个女人言辞严厉,说破坏军婚的罪行如果确实,你男人是要坐牢的,这个不是什么闹着玩的事,这不是一般的生活作风问题,军婚可是受法律保护的。

结果是不了了之,老魏不承认,小黎也不承认。事出有因查无实据,组织上做出了最后处理意见,认定他们的关系显然有不妥之处,譬如不止一次相约去电影院看电影,曾经在厂外的僻静处散过步,两人也都对对方表示过好感。小黎与老魏在同一科室上班,因为这件事,小黎被调动,去了别的厂区别的科室。也是因为这件事,流言蜚语满天飞,到处有人说闲话,云裳和老魏闹得差点要离婚,调动的事也没有进一步落实。她不止一次地逼老魏把这事说清楚,她想要知道真相,可是老魏说不清楚,没办法说清楚,他说根本就没有什么真相。

三十年过后,七十初度的云裳满头白发,早已不在乎什么真相。真相也许就像老魏说的那样,根本没有真相。真相困扰了云裳大半辈子,真相早就变得不重要,真相有没有也就那么回事。退休后的老魏夫妇,与同样也是退休的老王夫妇,关系相处得挺不错。他们最后都从江北六合的工厂区,重新回到南京城里定居。小黎也是地道的南京人,地道的南京女人,她家在城南还有私房,改革开放后私房拆迁,换上了新房子,与云裳家一样,居住环境才大为改善。云裳到了晚年,时不时地会感慨人生,恨他们这一代人活得太压抑,活得太窝囊,会觉得他们的所谓夫妻生活,直到退休才重新开始。退休前一切都是身不由己,感觉就仿佛在石头缝里过日子。退休后分配了新房子,孩子们各自独立,他们才开始有了属于自己的空间,才开始可以肆无忌惮,才可以在光天化日之下,像年轻人一样,甚至有时候比年轻人还过分,尽情地做些自己想做的事情。

老魏做的爆炒黄鳝,略微有些小失败,稍稍煸老了一些。老魏说这都要怪云裳,怪她不应该提起小黎。老魏说不要说我和她没什么,真要是有什么,你也没必要在今天这个日子里提起。云裳说有什么应该不应该,这事我早就不在乎了,你又在乎什么呢。老魏说我怎么能不在乎,当然要在乎,这很影响情绪的。云裳说影响屁情绪,你现在的情绪不要太好,骨头不要太轻。吃中饭前,老魏一本正经地拉上窗帘,打开了空调,说今天我们应该喝点黄酒。通常都是在下午四点多钟,用电高峰之前,他们才会开始启动空调。云裳知道老魏此时兴致勃勃地拉窗帘开空调,显然是有别的目的,是别有用心,无非又是老一套。她知道接下来会发生什么,知道老魏人老心不老,已经蠢蠢欲动。

4

云裳第一次见到小黎,是1976年暑假,唐山大地震期间。长江大桥早就通车了,她骑车去江北的六合看望老魏。这是云裳第一次去六合,第一次主动去看望老魏,也是第一次听说老王也结婚了,第一次听说老王娶的女人就是小黎,老王结婚已好几年。

这一代人的称呼很有意思,也不知怎么的,都习惯称"老"或"小",老魏老王小陈小黎,喊着喊着就固定下来。不止旁人这么叫,夫妻之间也如此称呼。老也好小也好,现在都已经有了白头发,小黎比云裳还要小好多岁,看上去白头发似乎比云裳还要多。这是继上次老王与她谈话后的初次见面,一转间,又是十多年。当时是从厂部电影院出来,看的是一部反击右倾翻案风的影片《决裂》,老王认出了云裳,热情地打招呼。云裳也认出了对方,老王已开始发胖,她不知道他身边的那个女人就是小黎。回到宿舍,才从老魏嘴里得知,才知道他现在的这个太太就是小黎。

第一次见到小黎,云裳心情有些复杂,难免激动又很快平静,反倒是老魏坐立不安，说话都支支吾吾。事发有些突然，没有想到与小黎的见面，会如此直截了当。自从有了那次该死的谈话，云裳整个人生都被颠覆，这以后，她经常会为这事敲打老魏，找老魏的碴，跟老魏赌气，与老魏冷战，老魏呢，做出各种无辜和生气的样子。这个世界上有许多事说不清楚，云裳自己也不太明白，不知道是应该相信老魏和小黎没事，还是应该认定他们就是有事。有时候她这么认为，有时候她又那么认为。老魏一口咬定自己鱼没吃着，沾了一身腥。老魏说我要是真有这事，你跟我闹我也认，什么事都没有，你凭什么这样，凭什么？

因为夫妻长年分居，长年不生活在一起，最初的那十年，老魏会按时给云裳写信，诉说对妻子的思念之情。云裳一度很享受这个，事实上，她也很想念老魏，然而很少回信，很多话只是放在心上。都说两情若是久长时，又岂在朝朝暮暮，女人和男人不一样，女人再想念男人，那些太肉麻的话也说不出口。自从有了小黎这档事，事情开始变得不可收拾，老魏的情书开始变得尴尬和暧昧，仿佛又有了另外一层含义，可以有另外一种解读，太亲热不好，不亲热也不好。信写来了，云裳懒得回复，故意让它有来无回，一而再再而三，老魏也就干脆不再写信，先是省了事，再以后也就省了心。感情这玩意就这样，冷了就会淡，淡了也就渐渐无所谓。

两人如果再往前走一步，要离婚也就离了，离了就离了。老魏与小黎究竟是怎么回事已不太重要，很长一段时间，他们的婚姻不死不活，只能说是聊胜于无。云裳平时根本也不会想到老魏，老魏恐怕也是这样，因为分居，一年见一次面，法律上的离不离婚就那么回事。好在这段时间正好是"文革"，这个运动那个运动，世道也不怎么太平，什么事都能忍，什么事都能凑合。到日子老魏还会回来，回来探亲无非老一套，再到日子，老魏又走了。南京长江大桥通车后，两个人都希望有所改变，老魏与云裳商量，是不是考虑买辆自行车，有了自行车，来往可以方便许多。

结果还真是买了辆自行车，只是让云裳先用，当年她是一心想往老魏所在的六合调动，打过申请报告，为了小黎这事犹豫了一下，耽搁了，没想到最后把她调到南京南面的江宁，离江北的六合更远。那个时代的人都很听话，必须服从组织分配，一切听从党安排，领导上真这么决定了，想更改都不行。当时的最高省领导是省革命委员会，委员会的主任是许世友将军，许将军在江宁弄了几个小煤矿，配套建立了小学和中学，云裳正好就被选中去当化学老师。那地方在今天也不算远，可是搁在当时，骑自行车起码一个多小时，只能每周回一次南京。因此说起来，老魏夫妇的家在南京，事实上那段时间，云裳每周回去一次，老魏一年回去一次，真不太像个正常的家。

云裳在江宁待了两年多，煤矿不弄了，根本就挖不出什么煤。她也重新调回南京城，这时候，林彪事件也发生过了，她已经五十岁，父母都不在了，都已死了好多年。孩子们也一个个地离家，老大胜武大学毕业分配去了石家庄，老二利和中学没毕业就当兵去了，女儿玲安在农村插队。人说老就老，云裳开始有些在乎老魏，开始不断地思念他，少年夫妻老来伴，她突然觉得身边没有男人的日子，真的是很不好。老魏的想法也差不多，过去这二十多年，有老婆的单身汉岁月，实在是太不好过。有了大桥，从六合的厂区回南京方便许多，骑自行车两个多小时也就到了，于是探亲节奏开始改变，不再是一年一次，改成每个月回一次家。

1976年的夏天，云裳五十四岁，再过一年就要退休，忽然心血来潮，忽然特别想念老魏，决定不顾路途艰难，骑车去老魏那里过暑假。没想到会立刻遇到小黎，也没想到很快又会遇到地震。唐山大地震很遥远，与这里风马牛不相及，可是流言不止，大家都生活在谣传的恐慌之中。有那么一阵,户外都在搭建简易防震棚。与小黎的见面纯属偶然,这工厂有几千号人,有好几个厂区,隔得也很远,老魏与老王夫妇平时很难见面,或者说根本就不见面。云裳相信情况就是这样,她变得十分理智,变得通情达理,既没跟老魏撒气,也没让老魏下不了台。大老远骑了三个小时自行车,好不容易才来到这,不值得为若有若无的小黎,再闹得不可开交。

再往后,云裳和老魏不仅不再回避,而且可以心平气和地谈论。最初向组织交代问题,老魏只承认和小黎一起散过步,散步时拉过手。这事有人亲眼看见,想赖也赖不了。一起看过电影,这也是在吃瓜群众眼皮底下发生,同样抵赖不了。坐在电影院里,坐在黑暗中,又干了些什么,又做过些什么,难免有不同版本,坊间传说很多。小黎和老魏各自的表述就不一样,拉着手是肯定的,暧昧是肯定的,有一点过分也不容置疑。发乎情止乎礼,时间是大冬天,都穿着厚厚的棉裤,再怎么暧昧和过分,也就那么回事。

从老魏嘴里,云裳听到不少与小黎有关的八卦。按照老魏的交代和描述,显然还是有所遗憾,显然还是心有不甘。与小黎没走到什么实质性的地步,但是,但是可以肯定,从老魏所在的科室调走,在新的工作环境,小黎起码又与两个不同的男人发生过婚外情。这事很多人都知道,根本瞒不住。小黎有个众人都知道的毛病,只要干那活做那事,就会忍不住发出杀猪一样的声音。破坏军婚的罪名确实存在,小黎前夫老韩为此很痛苦,非常烦恼,一次又一次给厂领导写信,可是小黎属于那种不怕撕破脸的女人,敢做敢当,老韩也拿她没什么办法。为了保住婚姻,最后不得不妥协,最后不得不让步,只能灰溜溜地要求转业,转业到老魏他们厂的保卫处,当处长。

老韩所在的保卫处,与老王所在的人事处,房门恰好正对着,大家低头不见抬头见。都觉得小黎这位前夫是个非常不错的男人,人长得也挺帅,都觉得小黎太过分，不应该那样对待自己老公。老韩转业到地方上，夫妻不再分居，关系变得正常，开始恩恩爱爱过日子，对小黎可以说是百般呵护。渐渐地，与老王也越走越近，成为无话不说的好友。他们是同乡，老韩参加过抗美援朝，手臂被炸弹炸断过，身体一直不好。进厂时正好"文革"开始，不久诊断出患了癌症，拖了没几年，临终前托付老王，希望能帮着照顾好小黎，照顾好他留下的一儿一女。

就这样，老王到了五十多岁，终于结束单身生活，与小黎结了婚。婚后感情相当好，据说小黎曾向老王忏悔，说年轻时不懂事，对不住老韩。她对老王的照顾无微不至，还为他怀过一次孕，可惜最后小产了，没有能够保得住胎。和老王刚结婚时，厂里单身汉闲着无聊，经常会溜过去听房。小黎家住在一楼，最西边一个单元，楼前有一片很矮的小树林。都把这事当笑话讲，也是因为有人会偷听，老王和小黎不得不小心翼翼，不得不让她嘴上咬住一块毛巾，不得不把床脚垫了又垫。可是真一点动静都没有，很快又传出另外一种流言，这就是老王不行了，他的那个什么很可能有问题。

老王很生气，真的很生气，非常不服气。老王最不愿意别人觉得他老，虽然他比小黎大了十五岁。个性倔强的老王好钻牛角尖，知道有人无聊，知道无聊的人下作，不要脸，他索性大气一些，他索性豪放一些。让一切禁忌都去他妈的，老王想怎么样就怎么样，老王要怎么样就怎么样。不就是有人想听个什么吗，不就是想知道老王还行不行吗，那就给他们来一个痛快。老王将计就计，让小黎嘴里不用再咬毛巾，床脚不平也懒得再去垫。老王甚至还故意很配合地喊上一两嗓子，厂保卫处派人躲在他家屋外留守伏击，一下子抓到了五个偷听的小年轻，都是厂技校的学生。

口无遮拦的老王说自己直到结了婚，才开始怀疑人生，才开始感慨人生。失之东隅，收之桑榆，老王说他想不明白，不明白怎么就单身了那么多年，直到跟小黎在一起，才知道成双结对的好，才明白有女人有家庭的不一样。老魏告诉云裳，老王曾不止一次地对他吹牛，说自己绝对没问题，说自己很厉害。说他的婚姻开始晚了一些，可是宝刀不老，起点很高，过了七十往八十走，仍然天天还照样晨勃。云裳一时不太明白这话，老魏笑着向她解释，她听了十分鄙视，撇着嘴说你们男人真无聊，真是老不正经。老魏说我们这一代人，只能是到了老了，退休了，才能老不正经，年轻时想不正经都不行。

云裳与小黎见面后不久，那一年十月，"四人帮"粉碎了。老王也到退休年龄，紧接着云裳退休，小黎退休，女人退休年限要早一些，最后才是老魏。说退休就都退休了，虽然退休，大家精力依然旺盛，还有用不完的劲，美好生活才刚刚开始，好日子刚开头。社会突然之间发生了大变化，他们的人生也跟着大变化。首先是居住环境改善，这是最重要的一个进步，因为住得都不太远，可以经常聚在一起打麻将。云裳和小黎都喜欢打，女人的麻将瘾往往比男人更大。有一段时候，也就是二十世纪的八十年代，几乎天天都要打几圈麻将。

打来打去也就那么几个女人，不是在老王家，就是在老魏家，或者在老钱老杨家。老王和老魏只有遇到三缺一，才会偶尔上场。退休生活别有一番天地，女人们在一起打麻将，嘴里往往不肯闲着，不是嗑瓜子，就是胡说八道，什么都说，什么都敢说。最喋喋不休的是老钱，她是国营菜场的退休职工，回忆起物资缺乏年代，总会有股按捺不住的得意。作为一名卖鲜肉的小刀手，当年讨好她的人实在是太多。上岁数的人回忆年轻时，都会说当年怎么好，青春总是美好的，说着说着话锋转移，变成了忆苦思甜，突然感慨当年那样的日子，怎么稀里糊涂地就过去了。譬如一说起夫妻分居，老钱就很疑惑，忍不住要问云裳，说你们夫妇是他妈怎么熬的。

有一天在老王家打麻将，云裳和小黎都已听牌，等着有人点炮，结果旧话重提，老钱又说起云裳和老魏的分居，说这都叫什么事呀，这么多年，是怎么熬过来的。没想到她打出去的这张牌，一炮两响，正好是云裳和小黎都想要的，云裳很平静地回了一句：

"什么叫什么事呀，这不就是熬过来了吗？"

· 作者简介 ·

叶兆言，男，1957年出生，南京人，南京市作家协会主席。1974年高中毕业，进工厂当过四年钳工。1978年考入南京大学，1986年获得硕士学位。二十世纪八十年代初期开始文学创作，主要作品有八卷本《叶兆言中篇小说系列》，三卷本《叶兆言短篇小说编年》，长篇小说《一九三七年的爱情》《花煞》《别人的爱情》《没有玻璃的花房》《我们的心多么顽固》《很久以来》《刻骨铭心》，散文集《流浪之夜》《旧影秦淮》《叶兆言绝妙小品文》《叶兆言散文》《杂花生树》《陈年旧事》等。曾获全国优秀中篇小说奖、首届江苏文学艺术奖、华语文学传媒大奖等奖项。

丁字路口

□ 徐则臣

每次坐到办公桌前,我都要感谢老刘。他是我的前任。我刚进所里,他是所长;我晋升队长,他还是所长;我当了副所长,他仍是所长;我成了所长,他退休了。或者说,他退休,我成了所长。退休那天他跟我说,小子,这辈子我就干成两件事:一是把你弄成所长;第二个就是,给咱所争到了个好地盘。我问他,那你说,把我弄成所长重要,还是把咱所弄到这里重要?

"当然地盘重要。所长是你一个人的事,地盘是一茬茬所长的事。"

我不明白。

"坐到办公桌前就懂了。"

我在这桌前坐了十年,越来越觉得老刘这地盘争得好。抬头就是滨河大道,不谦虚地说,滨河大道就是从我脚底下伸出去的,像条长舌头,一

丁字路口

口气吐到运河边上。镇上的主街道只有两条，南北向的叫滨河大道，东西向的叫大运河街，两者交会在我脚底下。没错，两条街就在派出所门前碰了头。丁字路口。门后是我们所的大院，我的办公室在三楼。我坐下来，正对窗户。有个会看风水的赵半仙装模作样地说，办公桌布局有问题：脚前空空如也，易栽跟头；背后空空荡荡，缺少靠山；不科学。老刘说，放他娘的屁，一个搞封建迷信的，也配谈科学！必须对着窗户。

必须对着窗户。哪天退休了，我也要跟继任者交代。你往这地方一坐，半个鹤顶都在你眼前了。每月一、六日逢集，大大小小的摊子都摆在这一横一竖的两条街上，谁多收了两个钢镚，谁短了对方的斤两，我伸伸头都能看清楚。一竿子支到底的滨河大道，连着河边的码头，上上下下打鱼的、贩货的、走亲访友拉关系的、鬼鬼祟祟去河边偷情的、偷偷摸摸去小鬼汊的芦苇荡里赌钱的，但凡上了这条道，谁也别想逃出我的眼。派出所是干什么的？不就是放开眼四下去瞅，看哪里不太平吗？在咱镇，还有比派出所更需要一个丁字路口的吗？这就是当年老刘跟镇长摆出的道理。大运河街沿街建了一溜三层楼的门面房，镇里的各部门先提意向，合适的就给。老刘成功地把其他部门挤出了丁字路口。难道你们不想鹤顶有个太平世界？

这么说你就明白了。我每天的主要工作就是坐到办公桌前，往外看，偶尔把脑袋伸到窗外左右瞅瞅。鹤顶巴掌大，建房子也扎堆，都贴着街道两边来，所以大部分事我看两眼，基本上就八九不离十了。那个周一上午，花十分钟给全所开完例会，我泡了杯碧螺春，在办公桌前坐下来。抬头往前看第一眼，就见着老杨的女人扭着屁股，从她家的巷子里转到滨河大道上。看她第一眼，我就知道她又来找我了。老杨的女人扎了条紫纱巾。她说她一家子都是讲究人，出门得像点样儿。

果然，紧喝慢喝碧螺春才下了半杯，她就进了我的门。轻车熟路，所里的同事都不敢拦她了,来了就当没看见。没准儿他们在底下等着看热闹。

"仝所在呢。"

"坐。"

"不坐了,我就传个话儿。秀儿她弟要发火了。"

"秀儿她弟?"

"林秀她弟弟。"

"哦,你儿子。他想发啥火?"

"要么他们苏家连孩子带秀儿一块儿领回去;要么每月给两千,一千八也行;还这么耗着不答应,秀儿她弟放狠话了,灭了苏东。"

"跟电视里学的吧?还灭了人家!年轻人不学好。坐下说。"

"说完了。仝所看着办。"

老杨的女人把纱巾的蝴蝶结从脖子左边移到下巴底下,一扭身往门外走。下楼梯时又回头说:

"我儿说,这回是来真的。谁叫他们欺人太甚!"

一串轻盈的下楼声。我喝口茶,点了根烟。咬人的狗不叫,这女人这回话少。要在以前,哪次来都是一把鼻涕一把泪,两个月量的卷纸都给她用完了。

这个事有点挠头。杨家和苏家本来有一桩好姻缘,苏家有男,杨家有女,在两条街上都算个人尖子。两家分别住在滨河大道两侧,盖的都是大屋,俩孩子我是看着他们长大的。杨林秀长得好。姑娘家,长得好,心眼又不坏,在咱这镇上,那确实是一等一的人才了。苏家的小子苏东,没考上大学有点儿可惜,不过也无妨,老苏买了辆中巴,每天跑客运,从鹤顶到花街再到淮海,一天两个来回,这条线上的钱给他们苏家挣了一半。爷儿俩搭帮干,坐办公室的跟他们比,就落个名好听。老苏那肚子,人不到你面前肚脐眼到你面前了。俩孩子在一起，怎么看怎么好。过去我从办公桌前望出去，看见他们俩拉着手在滨河大道上走，我就想，哪天我那不成器的儿子也能给老子牵着手领回一个好姑娘，我立马把这所长辞了，回家等着抱孙子。

可是天有不测风云。

杨家姑娘被苏家儿子开车给撞了。我亲眼看见的，只是有点儿远，看不大清。苏东从巷子里开出中巴，林秀等在滨河大道边上，大概是等着车一出来就上去。他俩的关系应该是确定了，苏东出车经常带上林秀，一个开车一个卖票，准夫妻店。车出了巷子要拐上大道，对面嗖地窜出来三辆摩托车。要说这摩托车，我还真有一肚子苦水，镇上的小混混骑摩托成风，阿猫阿狗都弄辆电驴子，除了吃饭睡觉，屁股都长车座上，狼群狗党的，嗖的一声去这儿，嗖的一声又到那儿了。两条街上每天都要经过几趟浩荡的摩托车队。我儿子要死要活也买了一辆。我问他骑在上面啥感觉，狗日的说拉风。拉风能当饭吃？狗日的说，能。为了能跟那电驴子多待上一阵，一天他的确可以只吃一顿饭。

这帮电驴子真没少给我惹事。跑起来不长眼，三天两头出车祸。照理说，不管追尾剐蹭还是死伤，都归交警大队管，可是交警一是一、二是二调解完，后期执行一扯皮，擦屁股就变成派出所的事了。觉得委屈的、冤枉的，事后反悔的，赔偿短斤少两的，总之，心里不舒坦了都往我这里跑。一年有三分之一时间我们都耗在了电驴子上。那天三辆电驴子跟噩梦似的嗖的一下从苏东车前飞过去，苏东本能地打右轮躲避，撞到了他对象身上。速度不快，但足以把林秀撞倒在地，足以让林秀滚了两圈，撞在马路牙子上。情况就这么个情况，我看没看清都改变不了结果，听说那孩子摔断了一条胳膊，头脑也坏了。

刚开始他们没找我，齐心把林秀送到镇医院。治了两天，姑娘没醒，转诊到县医院。人在喘气，内脏也没问题，两家勉强还能乐观。找那三辆摩托车要药费，人家不认账，方向盘在你手里，人也是你撞的。高天上打个响雷你被吓死，你还能跟老天爷索命？也是，人家就是过个路，谁让你胆小。林秀在医院里躺着，只睡不醒，医药费一天天多起来。苏家有点儿扛不住了。问医生，医生说，很可能只睡不醒。苏家毛了，好好活着，就有个盼头，利利索索死了，也应付得了，就这不死不活是个无底洞。是不是算了？反正闺女也不知道痛苦，咱们活人还得好好过。杨家当场就跳起来，凭什么？去你们家时还活蹦乱跳的，现在躺着不动你们就想撒手？这些天忙着治病和流眼泪，账还没跟你们苏家算，你们倒先沉不住气了。还我们姑娘！

老苏两口子不敢吭声了。苏东也不答应，必须治，定了亲了，就算没领证过门，也是苏家的人；人还是自己撞的，谁都可以撂挑子，他苏东不能。继续治。半个月后，林秀睁眼了。两家人开心得抱头痛哭，哭完了发现不对，睁眼只是一个动作而已，睁开的眼里空空荡荡，围在病床边的一堆人一个也没看见。老杨两口子大放悲声。

又一个月。还是睁眼闭眼，还是目中无人。医生说，差不多也就这样了，回去吧。两家人问，就没奇迹了？医生说，科学跟奇迹从来不是死对头，不过那得看你们有多少耐心。理所当然苏家结了账。

回家成了问题。回谁家意味着归谁管。很可能是漫无尽头的照料。老苏支使他女人去建议：还是回娘家好，做娘的照顾闺女，擦擦洗洗的，方便；林秀没过门，到苏家还是有那么一点儿名不正言不顺。

"有什么名不正言不顺？"老杨女人说，"天天抓着咱秀儿去跟车卖票时怎么没说名不正言不顺？"

老苏女人说:"弟妹你想多了。我是说啊,我一个老婆婆,伺候咱秀儿怕不周到。你看苏东,他还得去跑长途,还得挣钱不是?"

老杨两口子对了一下眼,也只能这样了。"倒也是,苏东是得去挣钱,还有秀儿的生活费呢。"

老苏女人说:"是,是。就是。"

回到家半个月,老杨女人找到所里,让我们"给杨家做主"。苏家没动静,一分生活费没见着;只有苏东来过两次,每次带几斤苹果。老杨女人去苏家协商,得定出个规矩,要跟公家每月发工资一样,准时把生活费和护理费交过来。老苏女人脸色跟在医院里不一样了,一会儿说最近客运不好跑,一会儿说家里亏空大,一会儿说毕竟不是公家,哪能跟钟表那般准时。老苏女人如此推阻,老杨女人脸上挂不住了,以后每月六号见钱,明天就六号,见不着咱们派出所见。

六号老杨女人等了一天。半夜里挂钟敲了十二下,她趴在女儿的床边睡着了,苏家人魂儿还没见着一个。老杨女人醒来,看见女儿在黑夜里睁着两只空洞的眼。第二天上午,她告到了我们所。

一想到那么好的姑娘成了傻子,我心都揪到一块儿了,我跟副所长说,这事咱们要管到底。就这句话,老杨女人三天两头来所里。开始还找值班的警员,后来直接进了我的办公室。那次副所长带队上门调解,老苏父子俩出车了。老苏女人说,好好好,应该的。光说不练,三天后老杨家的又来了派出所。副所长第二次去苏家。终于给了五百,说手头有点儿紧,稍后补上。

总之苏家钱给得结结巴巴,没一次爽快的,每次还都短斤少两。钱到得勉强,人更勉强,老苏女人站大门外丢进去一个纸包,转身就走,还一路唉声叹气。苏东也不来了,有一天在路上被老杨女人堵到,苏东说爹妈不让他过来。小伙子流了眼泪，问林秀怎么样了。老杨女人跟我说，要不看在两行眼泪的份儿上，她大耳刮子就扇过去了。那天也是她心情好，闺女眼珠子能转了。林秀躺在床上看天花板，从左墙角看到右墙角，花了一根烟的工夫。转得再慢也是转，能动就是个好消息。

真出了奇迹，一个过去的杨林秀似乎正被一天天唤醒：先是眼珠子转得快了，然后身体一点点能动了，连那只断过的胳膊也有反应了。指尖、手指、手腕、胳膊，脚尖、脚趾、脚腕、腿，最后是腰胯、脖子和脑袋。尽管前进的速度没想象中的快，但对杨家来说，那也是一日千里的惊喜。他们一家沉浸在女儿新生的期待和喜悦里。姑娘能在床上坐起来那天，老杨女人特地来所里向我们报喜。从我办公室窗户看出去，她是一路哭哭啼啼走过来的，我都做好了亲自去一趟苏家的准备了。她说，这世界除了杨家，对他们家秀儿还存着一份心的，就是我们所的同事了，这个喜一定要来报。弄得我挺感动。我说，应该的，秀儿是我们看着长大的。

接下来出了新情况。老杨女人给女儿换衣服，发现女儿肚子大了。之前也觉得女儿肚皮有点儿异样，但没细想。整天只吃不动，不胖起来才不正常，肚皮又是全身最不安分的地方。这回不一样，不仅仅是暄软白嫩的肉。做妈的突然想起来，这几个月就没见过闺女的内裤上有血。先是忙着活命，然后期待新生，加上跟苏家扯不清的官司，兵荒马乱的生活竟让她失掉了对常识的警惕。她一度还以为女儿傻了，那种事也许就跟着停了呢。老杨女人惊出一身汗，赶紧用被子遮住女儿的身体。

照她跟我说的，跟老杨商量之前，她去镇医院问了妇科医生一个艰深的问题：植物人能不能怀孕？女医生翻着白眼说，脑子不能用跟肚子有什么关系？事情一下子变复杂了。回到家她跟老杨颠三倒四地盘算，必须把头绪理清楚。明摆着是苏家的种，只是女儿没过门，又这情况，生下来难保苏家一定认。在他们看来，苏家是什么事都干得出来的。认当然好，也给女儿的生活费争得一点儿筹码；不认麻烦就大了，一个傻闺女已经够他们受的了，再来一个没出处的娃儿，后半辈子可怎么过。他们决定先探探苏家的口风。

苏家也很纠结。当着老杨女人的面，否认孩子是苏东的，那得多不要脸才干得出来；但若利索地拍了板，孩子的傻妈怎么办？已经心虚地耍了两个多月的赖，眼看拖成了预想的现实，一松口，岂不前功尽弃？可林秀肚子里正在成形的那块肉确实是姓苏的啊！老苏女人说，倒是个喜事，先怀着吧。回头我送点营养品给秀儿补补身子。苏东从门外走进来，说：

"阿姨，我去把林秀接过来。"

老苏两眼一瞪："出去！让你说话了？"

苏东鼓了鼓腮帮子，用鼻子小声哼一下，勾着脑袋出去了。

最后就照老苏女人说的定了调子：喜事，先怀着；那营养必须跟得上，两家人的骨血呢。

只能继续怀着，对杨家也是没办法的办法。先是前三个月，老苏女人每月送钱和营养品过去，不得已的时候才进门看看林秀。她还是有惊喜的，这姑娘身子重了，人反倒一天天灵活了：能从床上下来，自己坐，自己走，吃饭也慢慢自己动手了。说话虽然不清楚，偶尔只瓮瓮地吐出几个断了线的声音，但总归不是哑巴了。眼珠子开始能聚焦了，看上去在想一点心事，脸转向老苏女人时，老苏女人还真给那俩眼珠子盯得一阵发毛。不过发毛也就一阵子，林秀的眼神很快就散了，终究是个傻子。老苏女人摸着心口，不知道呼出的这口气是因为庆幸还是失落。

街头传来消息，老苏两口子在紧锣密鼓地给儿子找对象。老杨女人找到我办公室时，我也听到了传闻。我确信这是真的，坐在窗前我就看见过六弯的老婆好几次拐进苏家那条巷子。六弯老婆是谁？两条街上的媒被她一人做了一半。过去我不相信，影视剧和小说里一出现媒婆就穿得花红柳绿的，脸上搽着廉价的胭脂，腮帮子上还得长一颗带黑毛的痦子，看见六弯老婆我差不多信了。就算她穿得再素，脸上什么都没抹，也没痦子，你还是会觉得，如果这些突然出现在她身上，你肯定不会意外。她甩着一条花手绢从滨河大道进了苏家的那条巷子。整个鹤顶，我只见过她一个人走到哪里都要甩一条花手绢。

"仝所，你一定都知道了。"老杨女人站在我旁边，纱巾的蝴蝶结这次打在脖子后面。

"坐。"我不置可否。

"他苏家这是什么意思嘛！"

这个"意思"还真不好说出来。我说这样吧，让副所长再去一趟，再带个擅长做妇女工作的女同事去。

很抱歉，副所长和女警员无功而返。副所长说，苏家那两口子难缠。他们抵死不承认。"秀儿的生活费我们都付不起了，哪有钱娶媳妇啊！"老苏说，"再说，摊上这事，人家姑娘也未必愿意啊。"理是这个理，我家要是个姑娘，我也不答应，前车之鉴嘛：这才几天啊，人没走，茶已凉。但也保不齐有人就晕晕乎乎蹚了这浑水。但副所长又跟我说，他们临走时，老苏女人说：

"那咱们家苏东这辈子就得打光棍了？"

真不知道如何回杨家的话。闲下来我就盯着窗外，老杨女人一现身，我就关上门躲到橱柜里。听说在黑暗中人的思维会电闪雷鸣，没准能想出个好办法呢。林秀的生活费又青黄不接了，老杨女人又来"让我们做主"了。清官难断家务事，我是没招了。

我提了两瓶酒带了两条烟去了老刘家。老刘让老伴炒了四个菜，我俩喝起了小酒。老刘说："你做接班人，我旮旮晃里都满意，就一条，心里犯过嘀咕。"

"哪一条？"

"心太软。"

"你说的，心不善做不了好警察。"

"两码事。心善会千方百计解决问题，心软就容易躲。"

老刘就是老刘。我举起杯，"师傅，走一个。"

回到所里，我让人把六弯老婆带到我办公室。我决定跟她谈谈。这婆娘阅人无数，坐在沙发上甩着五颜六色的花手绢说：

"所长大人，我可是好人啊！"

"好不好自己说了不算。"

跟聪明人不必兜圈子。我提醒她，苏杨两家的事比较特殊，街坊邻居的，该知道怎么做。

"所长大人，我可没犯法。配人婚姻是积德行善呀。"

"积德要变成造孽，跟犯法也差不了多少。"

饶是六弯老婆见多识广，派出所这种地方她心里还是要敲小鼓的。"好吧好吧，"她甩着花手绢站起来，"就算破财消灾，不挣了。我把女方的彩礼钱再翻一番。"

明面上我能做的也就这些了。再调停也不管用，你想对苏家来点儿强制措施时，他们就象征性地给杨家一点。断断续续，短斤少两。就这么两条街，抬头不见低头见，动真格的又犯不着。小地方的民事纠纷就这样，剪不断理还乱。总算消停了一阵子，面对窗外我不那么紧张了，老杨女人很少出现在滨河大道上。某种格局一旦形成，大家就像获得了来之不易的平衡，谁都不轻易改变自己的力道。然后，平衡打破了。

两件事前后脚。老苏替儿子相中了一个对象，沿运河往下走二十里有个棉花庄，村小学何校长的女儿，传闻"各方面都没得说"。何姑娘在小学里代课，随时可以辞掉教职嫁过来。这一回跟六弯老婆没关系，何校长经常搭老苏的中巴，就认识了。因为是外地人，两条街上都不知道，听到的开头就是结尾，要结婚了。第二件事是林秀生了。镇医院的医生说，别看那姑娘头脑不灵光，生孩子时真知道使劲儿。他们都做好了剖宫产的准备，林秀硬生生地顺产了。产后看她对孩子那个亲，一点儿都不像傻子。林秀生的是个女孩儿。

母女俩从医院回到家两天了，苏家没一个人上门。只有回到家的当天晚上，有人趴在林秀房间的后窗户上露了一下头，看见的邻居说，背影像苏东。但那人不敢肯定，那两天苏家正在布置新房，苏东一准忙得四脚朝天。可以肯定的是，苏东要结婚这事刺激了林秀的弟弟，这就是开头老杨女人站在我办公桌旁边说的：

"秀儿她弟放狠话了，灭了苏东。"

林深跟我儿子一样，也是个电驴子党。这小子在车队里话一向不多，只跟着，不点人头你会以为他早丢了。"灭"这字眼真不像他用的。但我还是委托副所长把杨家的诉求带到了。苏家没当回事，也可能是忙得没来得及当回事。然后林深的电驴子就上了苏东的身。电驴子竟然能蹿那么高。

我相信林深没打算下狠手，他只是想把排场弄大点儿，人多胆壮，所以选了靠近丁字路口的地方。从滨河大道左拐上大运河街，是苏家车的必经之路，林深把摩托车横在路中间。那天不逢集，路上人和车都不多，他在路中间躺着也没人理会。苏东的车开过来，想绕过他。他往哪边绕，林深的电驴子就往哪边开，精准地堵在他前头。几个回合，路口就聚了一堆人。

值班警员来报告时，我正在会议室跟副所长和队长商量抓赌的事，最近小鬼汊的芦苇荡里有条船神出鬼没，我们怀疑有人聚众赌博。我让队长带人去路口，赶紧把人群疏散了。副队长跟我回我办公室，继续说抓赌。从窗户看出去，那群人简直就在我眼皮底下。围观者站成一个半圆。我摸出根烟想点上时，苏东停了车下来，甩着手在跟林深说啥。说什么其实我不太关心，苏东这孩子还算靠谱，他的手势怎么看都有点儿无辜。据队长后来跟我说，场面突然失控是因为车上下来了另一个人。鹤顶人都没见过的年轻姑娘，长得比林秀差不了多少，挺时髦，一点儿都不像村庄里的代课老师。那姑娘说没说话不重要，说什么也不重要，林深听没听见也不重要，他松开刹车，突然加大油门，周围惊呼声一片，电驴子爬到了苏东身上。第一个着力点是苏东的两腿之间。摩托车的前轮甚至把苏东顶得双脚离地，然后车轮从那里攀缘而上，经过苏东的小腹、肚皮、胸膛、下巴、脸，从脑门上飞过。

某个电驴子党说，林深竟还有这一手，深藏不露啊。林深连人带车冲出了滨河大道，在马路牙子和一户门面房前刹住了车。那姑娘尖叫一声钻进了车里。苏东双手捂住两腿之间，蜷在地上像条蠕动的虫子，最后缩成了一个圆圈。说实话，看得我裆下猛然一紧。

事情就是这样。来我办公室的换成了老苏的女人。她喜欢把纱巾缠在右手食指上，越勒越紧，直到整根指头紫得发黑，然后松开，再缠下一次。她也不坐。她说所长你说该怎么办吧，杨家那坏良心的把我们家苏东弄成那样了，所长你说怎么办吧。苏东废了，作为男人，你懂的。棉花庄的代课老师也被父亲接回家了。两条街上的人都这么说。街上人交头接耳时，还传递着另一个消息：杨家的傻姑娘抱着孩子出来晒太阳了。

老苏女人三天两头来，老杨女人偶尔也来，但她们从来不会同时出现在我的办公室里。两人商量好的吗？我倒是希望她俩一起来，那样我就可以跟她们说，鉴于目前情况，本所长倒是有个建议：别折腾了，二一添作五，一块儿过吧，娃儿有了亲爹，苏家也算有后了。话糙理不糙，仅供参考啊。

但她们不给我机会，单方你费死劲儿了也说不通。女人头脑要热起来，全成了直肠子。她俩在我跟前就认钱钱钱。惹不起，老子躲得起，一看见她俩从滨河大道冲我窗口来，我就锁上门，跟值班警员说我不在，趁机躺沙发上眯一会儿。那段时间抓赌，我经常通宵在运河上下跑，白天不补一觉真顶不住。这么一眯经常就眯过去了，醒来就该下班了。

别人下班，我带队的抓赌特别行动组准备上班。那段时间我都在单位吃，随便扒拉一口，然后等天黑透。夜晚是赌鬼的天堂。出发前我就这么一直坐在办公桌前，一根接一根抽烟，灯也不开。忽明忽暗的烟头让我充满了半夜出击的古怪激情。窗外是月光下的滨河大道。因为夜晚行人稀少，路灯也不必亮。偶尔有人影出现在道路上，就像白纸黑字一样清晰。有天晚上我从椅子上站起，准备招呼楼下的兄弟出发，滨河大道上出现两个缓慢移动的身影。从背影上看，一个瘦高男人，一个丰腴的女人，男人怀里好像抱着个东西，两个人影通过女人的一只手臂连在一起，女人背着一个包裹。他们向道路尽头的运河走去。

那一夜又劳而无获，小鬼汉里连条钓鱼船都没见着。上班前我想眯一会儿，刚躺下就听见杂乱的脚步上楼。然后是四个拳头一起砸门声。

值班的小刘说："你们别敲了，所长不在。"

老杨女人的声音："不敲怎么知道在不在？"

老苏女人的声音："不在也得在。"

我打开门。"难得啊，"我说，"同时来。"

"我家苏东失踪了。"

"我家秀儿和娃儿也不见了。"

我说:"坐。"

她俩站着,一起说:"你说怎么办吧?"

我打了个哈欠,"怎么办?找呗。"

·作者简介

徐则臣,男,1978年生于江苏东海,毕业于北京大学中文系,现任《人民文学》杂志副主编。著有《北上》《耶路撒冷》《王城如海》《北京西郊故事集》等。曾获庄重文文学奖、华语文学传媒大奖·年度小说家奖、冯牧文学奖。《如果大雪封门》获第六届鲁迅文学奖短篇小说奖,同名短篇小说集获CCTV"2016中国好书"奖。长篇小说《北上》获CCTV"2018中国好书"奖、中宣部五个一工程奖、第十届茅盾文学奖。长篇小说《耶路撒冷》获第五届老舍文学奖。部分作品被翻译成英、法、德等十余种语言。

虚构的花朵

□ 张 者

沙漠和绿洲只有一步之遥。

在绿洲和沙漠之间有一条细细的水渠，渠水流淌，滋润着绿洲。我们的学校就在这片绿洲内。如果你来到教室后，跨过那条水渠，爬上不远处的沙丘，就能看到一望无际的塔克拉玛干了。这是"进去出不来的地方"，我们当然不敢贸然闯入，但我们却喜欢爬上沙丘晨读，读高尔基的《海燕》，能读出大海的感觉。

"在苍茫的大海上……海燕像黑色的闪电，在高傲地飞翔……"

晨读犹如晨祷，声音空灵，庄重，悠扬……能将大漠唤醒。

站在沙丘上远望，大漠广阔无边，沙丘连绵不绝，就像前赴后继的海浪。只是，那海浪却没有涛声，也没有海燕劈波展翅高傲地飞翔。天地沉默不语，万物寂寥无声。那种广阔的"无"，却比"有"更能震撼人心，摄人魂魄。面对死亡之海晨读，那是需要勇气的。

如果你的魂魄都没有了，还能读懂课本上的文字吗？

你读，你诵读，你朗读，无论你读错读对，大漠都沉默着。无论是爱是恨都可以朝向大漠喊出来。大漠会无声地告诉你，它都知道了，它可以收纳一切，隐藏一切。我曾经站在沙丘上大骂过数学老师，也曾经喊过，陈红梅我爱你。这一切谁都没听见，只有大漠知道，这是我和大漠的秘密。

有一段时间那沙丘还成了我们上作文课的地方。

语文老师叫张小纸，奇怪的名字。他年轻、洋气、也阳刚，脸白、分头、说话自信，好像一切都在自己掌控之中，仿佛什么都知道。他是一位上海知青，他们自称"上海青年"，一字之差，意味深长，仿佛他们代表了整整一代年轻的上海人。

他喜欢上作文课时带我们爬上沙丘，让我们极目远眺，他说这叫观察世界。他问我们看到了什么？很多同学都会朗朗上口地来上一句，"大漠孤烟直，长河落日圆"……

张老师笑笑，说我可没有看到这些，我看到了上海。他这样说让人十分吃惊，随着他极目远眺，当看得眼花缭乱、泪光盈盈的时候，我们真看到了远方的高楼大厦，车水马龙，花映人影，江水迷蒙……可不就是上海嘛。上海栩栩如生地出现在我们眼前，是那么缥缈、梦幻、多情……美不胜收。

老师说这是海市蜃楼，有缘人才能看到大漠中的上海，你们都是有缘人呀。

有同学问，是不是有缘人将来都能去上海呀？

大家都笑了。张老师也笑了，说那就得好好学习，考上上海的大学。

我们都是新疆兵团人的第二代，简称"兵二代"。出生在沙漠边缘的绿洲内，谁也没有去过上海。海市蜃楼就是我们对上海的第一印象。这印象太深刻了，它象征着现代、美好、高级……那是我们努力的方向，那是我们向往的天堂。

在这个天堂里，我们还认识一位天仙般的上海姑娘，她是我们张老师的女朋友，叫王筱洁。我们当然没有见过王筱洁，是从张老师的嘴里认识的，并且已经相当熟悉。她是上海某国棉厂的纺织女工，他们是同学，估计是在初中时好上的，属于早恋。王筱洁初中毕业被招工，张老师上了高中，却在毕业时没有找到工作。他闲着没事干就去厂大门口接女朋友下班。那么多纺织女工，张老师能在万人丛中一眼盯牢她。王筱洁身材高挑，穿一件那个时代流行的暗红的格子外套，戴无檐帽，套白色围裙，胸前有两个红字：国棉。

张老师陶醉地说，她出厂门一般都戴着口罩，不苟言笑，目不斜视，亭亭玉立地向我走来，只有见了我才会把口罩摘下，露出笑容。口罩摘了也不取下，就挂在耳朵上，高傲得不得了哇。

当年，去纺织厂大门接女友下班是上海的一景。上海有37家纺织厂，下班的时候，有几十万纺织女工从各个厂门走出来，相当壮观。上海纺织女工走出了那个时代最美好的景致。上海的美女都在她们中间，上海的帅哥都站在门口等待。没有女友的小伙子也赖着不走，热切地张望，用一声尖厉的口哨声去吸引姑娘的注意，企图入梦。

张老师能丢下那么好的女朋友到边疆来，到祖国最需要的地方来，让我们肃然起敬。张老师是一个文学青年，据说他在《新民晚报》上发表过文章，这也是能成为我们语文老师的重要原因。张老师是《新民晚报》的忠实粉丝，他和很多上海青年一样，哪怕是到了大漠边缘，也坚持订阅《新民晚报》。《新民晚报》通过邮局到达大漠已经是"新民月报"了，可是上海青年却看得津津有味。那些收到《新民晚报》的上海青年如获至宝，洗干净了，还搽雪花膏，搬个小凳，坐牢，在宿舍门前看。这时会有孩子撅着屁股看背面，他们会抬起脚，踢一下，然后瞪着眼骂："小赤佬，阿勿卵，呆开，呆开。"

张老师不但是那个时代的热血青年，而且还充满了浪漫的小资情调。他把自己的恋爱拉长了距离，一直从上海拉到了遥远的塔克拉玛干。张老师认为爱情就应该拉开距离，在那遥远的地方有位好姑娘嘛，有了思念才叫恋爱。

张老师在大漠边和一位上海姑娘恋爱，这场恋爱谈得惊天动地，轰轰烈烈，成为我们那一带无人不晓的大事。张老师从来不回避这场恋爱，每一封情书都会在上海青年中流传，然后掀起波澜。那些想家的上海青年，会在忧郁中来找张老师谈谈王筱洁，让张老师念念王筱洁的信，以了却对上海的思念。可以这样说，张老师的恋情成了上海青年情绪波动的晴雨表，随着两人感情高潮而激动，随着感情的低潮而忧伤。

十万上海知识青年支边进疆，成为新疆兵团的一员。他们带来了城市文明，把我们这些生在沙漠边缘的绿洲人，从蒙昧的原始状态唤醒。上海青年在我们一个团就有上万人，这已经不是张老师一个人和王筱洁谈恋爱了，是大漠边缘的上海青年和王筱洁谈恋爱。

张老师和王筱洁谈恋爱主要的方式是写信，来往情书不断。无论是来信还是回信，张老师都会在上作文课时给我们宣读，读到我们最爱听的地方，他总是羞中带笑地说，以下省略五十字之类，吊我们的胃口。可见，张老师的省略法比后来的作家提前了很多年。每周的作文课都是我们最期待的节日，现在看来张老师的情书是那时候我们真正的文学教材。情书就在我们眼前收发，鸿雁往来，充满了现实感，比课本上的文章有意思多了。通过王筱洁的来信，我们对上海有了一些了解，通过张老师的回信，我们学会了怎么抒发自己的感情，学会了怎么写情书，这为以后给班上的女同学写情书打下了坚实的基础。

问题就出在张老师的某一封情书上，那恐怕是张老师比较得意的一封情书。依稀记得有这样的句子："你就是冰山上的雪莲，冰清玉洁；我是那坚强的雪鸡，守卫在你身边。在天将破晓的时候，一唱雄鸡天下白……"

老师念这封情书时，我们心里都犯嘀咕。我们属于南疆，有沙漠，有戈壁滩，有荒原。荒漠中生长最多的是红柳。红柳开花的时候当然也很美丽，能把沉睡的荒芜唤醒，把大地打扮了起来，涂满一望无边的红。雪莲生长在雪线之上，没有雪山和冰大阪，哪来的雪莲呢？我们这些南疆人，从来没有见过真正的雪莲花开。

后来有同学说，张老师抽的是"雪莲牌"香烟。他把女朋友比着雪莲，相当于天天和雪莲接吻，这是真正的爱情呀。这种脑筋急转弯的解释，让我们恍然大悟。我们也只见过香烟壳上的雪莲，那是一幅画，而画上的美丽只能入梦。张老师却要把画上的东西当成现实的，还声称要保护。可不是嘛，他确实保护着那朵雪莲，或者说那包雪莲烟。香烟就藏在他的胸口，外面还套着一个高级的塑料盒，透明的。

关键是张老师的这封信起了作用，她女朋友的回信很快就来了。她对雪莲之喻充满了惊喜。惊喜是惊喜，却有一个不情之请，大意如下：你把我比着雪莲，阿拉谢谢侬，可是"上海雪莲"从来没见过"冰山雪莲"，你能给我寄一朵冰山上的雪莲花吗？我会把它插在花瓶里。冰山雪莲在床头开放，我们互相面对，那该多么美妙呀。

王筱洁的回信完全是"人面桃花相映红"的意境。

王筱洁把冰山雪莲当成江南的荷花了。把冰山雪莲插在床头的花瓶，这真是心血来潮呀。

此信一来，张老师蒙了，我们也傻眼了，连整个大漠边缘的上海青年都不知所措了。有上海青年就骂："阿勿卵兮兮，阿纸呀，你见过雪莲吗？

到哪去给她采雪莲呀,十三点。"

张老师面临两难的选择:一个选择是回信老老实实告诉王筱洁,我们所处的南疆,只有大漠没有雪山。雪莲生长在冰山上,我并没有见过,对雪莲的描述是一种虚构。

虚构是什么?虚构就是把没有的说成有的,在文学作品中是允许的,在现实生活中这不就是骗人嘛。明明没有的东西,却说得天花乱坠,这会让女朋友觉得你不诚实,这是欺骗。

欺骗是恋爱的大忌,虚假是爱情的毒药。

第二个选择就是坚持有雪莲说,那你就得寄。不寄就说不过去了,既然我们的爱情是那么纯洁无瑕,我不要金子也不要银子,我要一朵雪莲你都满足不了?雪莲是啥,就是一朵花嘛,给女朋友送花不是天经地义的嘛。

张老师当然不敢承认雪莲是他虚构的,却也不敢贸然答应给女朋友寄去雪莲花。没有,怎么寄?他给女朋友回信闭口不提雪莲,顾左右而言他。

张老师爱情的小轿车,方向盘有些失灵,眼睁睁地偏离了美丽的爱情之路,驰向危险的方向。

这时,有上海知青给他出主意,让他求助北疆的上海青年。没想到北疆的上海青年很爽快地答应了,真给他寄一朵雪莲花。这个消息让我们为张老师欢呼,这下就圆满了。终于,张老师收到了一个北疆的包裹,那肯定是雪莲。我们都急切地等待着张老师打开包裹,想第一时间目睹雪莲的美艳。那也是我第一次见到雪莲,只是那雪莲一点也没有我想象中美丽。雪莲就像一朵刚要开放却又死去的向日葵,干瘪、枯燥,没有任何美感。

啊,这能象征着爱情吗?你敢说这就是冰清玉洁,这就是你心中的王筱洁……张老师可不敢把这样一朵雪莲花寄给王筱洁。

接下来,在相当长一段时间张老师都在为雪莲发愁。他上课时无意识地将那包雪莲香烟拿在手里，翻来覆去地琢磨。在作文课时给我们的命题作文是《雪莲花生长的地方》。

我对每周五的作文课比较重视，因为张老师总是讲评我的作文。张老师还表扬过我，说我是一个写作天才，这让我忘乎所以。我开始疯狂地读书，想方设法从上海青年那里借书看。最主要的方法是偷家里的鸡蛋换书，两个鸡蛋可以借一本书。那些五花八门的书都是从上海带来的，散发着都市的气息。小说当然是最多的。

我在上数学课时看小说《青春之歌》，被数学老师发现，把书没收了。这问题就严重了，两个鸡蛋换一本书看，赔一本书要一只老母鸡。我除了在沙丘上冲着大漠骂数学老师外，还偷了自己家里的下蛋鸡去赔偿。我娘满世界找鸡，我说你别找了，鸡逃进大漠了。我娘不明白为什么鸡要逃进大漠，我说你天天抠鸡屁眼，谁受得了，人家不逃进大漠才怪。

其实，会写作文没啥了不起，只要拼命读书，写作文自然就得心应手。这是我的秘密。

张老师让大家写《雪莲花生长的地方》，他一下给我发了十张纸。每次写作文都要发作文格子纸，那是张老师刻蜡纸油印的。张老师给每位同学发两张，每一张四百个格子，要写八百字，却给我发十张。这是对我多大的期待呀。我不把纸写满就对不起张老师。为此，我的那篇作文写了四千字。

我写了雪莲花在雪山上傲霜怒放，也写了一只雪鸡守护在那盛开的雪莲花旁。其实，这种守护有些牵强，为什么动物会守护植物呢？当然，这用的是张老师情书的意境，算是散文笔法。然后，我笔锋一转，在风雪中出现了一位少年，他手持长剑，上了雪山。这个有点像现在的武侠小说形象，可我当时并没有看过《七剑下天山》之类的武侠小说。开始那少年手持的也不是长剑，是羊鞭。这是当年受《草原英雄小姐妹》的影响。我嫌羊鞭太软，曾经还改成铁锨，又觉得铁锨太土，居然就改成了长剑。长剑好呀，可以挖雪莲，还可以防身，因为雪山上往往会有狼出没。

我塑造了一个英雄少年，还有情节，这基本上就属于小说笔法了。我知道要想把作文写长，必须有情节和人物。我写了一个英雄少年为了爱情，爬雪山过草地去采集雪莲，最后手捧美丽的雪莲花献给了自己心爱的姑娘。张老师非常喜欢我的这篇作文，可能被那美好的结局迷住了。他把作文用毛笔抄写，贴在了教室的黑板报上。为了让更多的人看到这美好的结局，张老师还偷偷把我的作文寄给了《新民晚报》。

我在作文中塑造的这位少年英雄和草原英雄小姐妹不一样。前者为了公社的羊，为了革命事业斗风雪；我这是为了爱情斗风雪。我敢写爱情，可能是刚读过《青春之歌》的缘故。写出这样的似是而非的有些奇幻色彩的爱情故事，这在当年是新鲜的，也许正是这种新鲜，《新民晚报》居然刊登了出来。

作文在《新民晚报》发表，这在我们那一带是件大事。在大漠边缘的绿洲内立刻就引起了轰动。这件事给我带来了很多好处，第一个好处是，我收到了五块钱稿费，这是平生第一次挣钱；第二个好处是，上海青年从此无偿借书给我看，不再用鸡蛋换；还有，就是我收到了人生的第一封情书，我暗恋的陈红梅首先给我写了信，这让我冲着大漠嗷嗷叫。

当然，对张老师的影响更大，他在我的作文中得到了解决自己问题的方法，那就是爬雪山过草地采雪莲。

暑假时张老师去了北疆。据说，在北疆上海青年的带领下还上了冰大阪。张老师真的采撷到了美丽的雪莲花。只是，当张老师捧着雪莲就像盛夏里捧着雪糕，坐火车回到上海时，那雪莲同样凋谢了。那花还不如我们看到的那朵呢，那朵经过了风干处理，还有花形，可以入药。张老师采撷的雪莲花,到了上海后几乎就成了一把花泥。无论张老师一路多么当心,都无法阻止那朵雪莲花的凋谢和腐烂。张老师都不敢把风干凋谢的雪莲送给女朋友,更不要说把充满了腐臭气味的花泥送给王筱洁了。张老师甚至都不敢见女朋友,也没脸见,只是躲在棉纺厂的大门口远远地张望,在我们开学时从上海回到了大漠边沿的绿洲。

这时,在他的办公桌上已经摆了三十封信。在张老师去采撷雪莲花并回上海期间,王筱洁几乎每天一封信。在第三十封信中,王筱洁把她和张老师的爱情画上了句号。结束了,王筱洁无法忍受张老师一个月的失联。在这一个月里,张老师一直幻想着手捧雪莲花,在棉纺厂大门口,在成千上万的下班女工面前,向王筱洁献花的美妙情景。那冰清玉洁的雪莲花会轰动整个上海滩。他认为这比写信更重要,更能表达自己的爱情。

张老师读完那三十封信后,心如刀割,泪流满面。在开学的那段日子,他一封一封地回信,写了三十封回信,每天寄出去一封信,企图挽回他的爱情。当三十封信都寄出去后,他进入了漫长的等待。

我们也进入了漫长的等待,等待着王筱洁回信的到来,那是我们的文学教材。

这期间,张老师给我们的命题作文是《雪莲是怎样生长的》,可以看出这是从《钢铁是怎样炼成的》套用过来的。这次,张老师给我发了二十张作文格子纸,这意味着我要写八千字。

我在作文中首先写了雪莲生长的过程。这些生长过程一部分是我想象的,另一部分是我从北疆的那位哈萨克补鞋匠巴合提处听说的。还有就是四处找上海青年借书,希望在书上找到雪莲的影子。有一本养花的书让我如获至宝,那上面介绍说:

"雪莲花,顶形似莲花,故名雪莲花,简称雪莲。为菊科、风毛菊属,多年生草本，花果期七至九月。有白色或淡黄色长柔毛，茎棒状，中空，叶互生，花两性。从发芽到开花需历经三至五年，种子在零摄氏度发芽，三至五摄氏度生长，幼苗能够抵御零下二十一摄氏度的低温。"

在"繁殖方式"一栏，介绍了雪莲生长在雪山上，适应冰天雪地的气候。花期时种子在山间随风飘散，只有遇到适宜环境时才可能发芽和生长。这让我怦然心动，也就是说雪莲花的繁殖有点像蒲公英，这让我展开了想象翅膀。这次作文我塑造了一位帅气的农学院的大学生，为了爱情培育雪莲的故事。我还写了一些生动的故事情节，让大学生在实验室里模拟冰天雪地的气候，不断试验，从播种，到萌芽，然后含苞，最后开放……结局当然是美好的。这次，我让雪莲花在花盆中开放。大学生手捧花盆坐上了特快列车去远方，向美丽的姑娘献花。当时，我无论如何也想象不出高铁，飞机也没敢想，特快列车是那个时代最快的交通工具。

然后，我在作文中煞有介事地论证：只要有冰雪，有寒冷的气候，雪莲就应该能人工播种。既然它可以随风而去，人工播撒有什么不行。最后，我下了一个重要的结论：南疆的气温和北疆一样寒冷，南疆干旱，降水量极少，不下雪。但可以洒水成冰，碎冰成雪，在一个特殊的小环境里，雪莲完全可以在南疆人工栽培……

张老师看了作文如获至宝。这篇作文是八千字，用毛笔无法抄录，黑板报的墙上也贴不下。他就用上海普通话拿腔别调地在课堂上全部读了一遍，并声称推荐给《新民晚报》，肯定能发表。

那作文当然没有在《新民晚报》上发表。就在我热切地盼望着《新民晚报》到来之时，张老师突然收到了王筱洁的回信。

王筱洁在信中告诉张老师，她已经结婚，不要再给她写信了……

张老师看了那封信，没有照顾我们的热切期盼给我们宣读，而是显得很轻松很陶醉的样子，微笑着给我们一遍又一遍地朗诵高尔基的《海燕》，仿佛《海燕》就是王筱洁的情书。

那天晚上，在我们学校的操场上放露天电影，应该是《庐山恋》。这部电影我们已经看了好几遍了，但是每一次重新放映，都是我们的节日。因为看电影时就是我们的幸福时刻，我和陈红梅可以在一起。在电影开始前，我和陈红梅会相约在某个地方见面，然后在巴合提那里为陈红梅买一缸子葵花子。补鞋匠这时成了卖瓜子的小贩，他喊着："瓜子，瓜子，好瓜子。上海的缸子，新疆的瓜子。"他这样吆喝让上海青年备感亲切，生意兴隆，仿佛用上海生产的缸子舀瓜子，那瓜子就会变得更香甜了。看电影《庐山恋》到了紧要处，我和陈红梅的手会越握越紧。第二天早晨我们还会在沙丘上见面，把《庐山恋》回忆一遍，然后就像张瑜和郭凯敏一样面向大漠晨读英语。我们都暗暗下定决心，一定要考上大学，逃出大漠，去过电影中的日子。

我们在看电影时会悄悄耳语谈论张老师和王筱洁的事。同学们都看过王筱洁的照片，我们都坚定地认为，王筱洁长得像《庐山恋》中的张瑜。那次看露天电影我们谈论这个话题时，却出现了状况。在电影放到一半时，有人突然大喊："王筱洁，我对不起你呀！"

我和陈红梅吓了一跳，我们听出来了这是张老师的声音。

"王筱洁，你对不起我呀！"

张老师又大喊了一声，然后是哀号。不知道到底是他对不起王筱洁，还是王筱洁对不起他，颠三倒四的。

我们的张老师在看电影时突然发疯了。

第二天，他没有来给我们上课，第三天也没给我们上课。我们盼望着张老师给我们上课，可是，他再也没有走进我们的教室。

张小纸当然不能当我们老师了，他的精神已经错乱。按照上海青年的说法，他已经成了"刚笃"，刚笃就是傻瓜的意思。还有上海青年说，都是张小纸的名字没有取好，命如纸薄。一张纸哪能套牢王筱洁这么漂亮的上海姑娘。

我再一次见到张老师时，他正在沙丘旁游荡，那是曾经给我们上作文课的地方。他嘴里不断地念叨着："都是我的错，我的错，使人笑话，使人笑话……"

我捧着语文书，在那金色的沙丘上晨读。我已经不再南观大漠，而是北眺天山，因为在雪线之上可能有雪莲花开。

我们这里也是天山山脉，同为天山，为什么这里没有雪莲？

在晨读时，我还会寻找语文老师的踪迹。看到了他的身影才会放心地去教室，天天如此。

我时常会发现张老师在沙丘的背风处挥舞着砍土曼，弥漫的沙尘就像要酝酿一场沙尘暴。原来，他挥汗如雨地劳动，是在开垦一块沙地。为了阻挡可能的沙尘暴，老师移栽了大量的红柳。那些正开红花的红柳，来年肯定不能成活，但眼前却极为壮观，像燃烧的火。

到了冬季，张老师开始在水渠里凿冰，用抬筐挑去沙地，把他的沙地变成人工的冰山雪地。我知道张老师这是要种植雪莲。

一朵雪莲花能拯救他的爱情吗？

一直到我们高中毕业，张老师也没有能种植出雪莲来，不过他却没有放弃，夏季挖沙，冬季凿冰，无穷尽也。

兵团人的第二代通过高考纷纷离开新疆，飞向了全国。陈红梅同学考上了上海的大学，而我却去了西南，天各一方，先是情书往来，后来就不了了之了。

在临行前，我用生活费给张老师买了一条雪莲牌香烟。就在我要拿去送他时，没想到他居然找到了我。他给我背来了一捆作文格子纸。我看到他的瞳孔中有两朵雪莲在开放，他的目光似是而非的，无法和我的目光对视。

我们能看到他眼睛里的雪莲，他却无法看到我眼睛里的雪莲。

我望着那捆纸，下定决心要把那些格子填满。虽然在那个年龄段，我已经无法通过想象和虚构来拯救我的老师了，但是，我要写下去，希望能拯救张老师的灵魂。

我把那条雪莲烟递给他，他拆开了，抽出一根，就像抽出他的魂。我给他点上，我看到他的魂从鼻子里冒出来，魂飞，魄散……

几十年后，我的学生，一位哈萨克姑娘，大学毕业回新疆。她临走时问我最需要新疆的什么礼物。

"雪莲。"我答。

她说每年都会给我寄一朵雪莲花。我告诉她最好寄两朵。她问为什么是两朵，不是三朵或者更多。我说一朵是我的，另一朵送给我的老师。

后来，我每年都会收到两朵新鲜的雪莲花。雪莲花在保温箱内通过快递伴随着冰雪开放。只是，我的张老师却再也没有找到。

· 作者简介 ·

张者，本名张波，男，1967年生。曾就读于西南师范大学中文系，北京大学法律系。国家一级作家，重庆市作家协会副主席。出版长篇小说《零炮楼》《老风口》，大学三部曲《桃李》《桃花》《桃夭》，中篇小说《远水》，中篇小说集《或者张者》《朝着鲜花去》，散文集《文化自白书》等。作品多次荣登各大文学年度排行榜，曾获庄重文文学奖、《小说月报》百花文学奖等。

石头里的老虎

□ 胡性能

1

一块巨大的岩石上布满了星光。灰黑色的花岗岩，坚硬、冰冷、粗糙，可当它像蛋壳那样突然裂开，从中蹦出一只布满黄黑条纹的老虎时，我只能庆幸自己是在梦中。醒过来的时候天还没亮，城市安静得好像被阵阵松涛覆盖的村庄。我按亮床头台灯，又从枕头下摸出手机，点开百度查阅花岗岩为什么会闪光。继而我又查询梦见老虎是什么预兆，周公解梦上面说男人梦见老虎，表示在成功的路上会碰到许多困难。

或许梦见老虎意味着我的祖父最终将安然无恙。昨晚我刚睡下，父亲的电话就打了过来，说我爷爷快不行了，希望我能够请假回朱镇一趟。我抬腕看了看时间，应该还可以再睡上一觉，但是梦中出现的那只老虎将我残存的睡意撕咬得支离破碎。起床之前我抽了两支烟，回忆年幼时我与爷爷一起生活的经历，远方的黑暗中，有一张我熟悉的脸若隐若现。

几个小时后，我驾车离开丹城朝老家朱镇方向驶去。后来发生的事情说明，百度上的解释也不是完全没有道理。中午时分，杭瑞高速公路上的车流量不是很大，我一路祈祷祖父能够转危为安。突然，公路边出现了一块临时路牌，蓝底白字的路牌，斜四十五度的箭头上方，写着款庄和朱镇。后来，在高速路下款庄的岔口，我再次看到更为明确的路牌指示："去朱镇走款庄"。这意味着回朱镇只能走老路了。我松开油门，右脚轻搭在刹车板上，任凭桑塔纳滑行到收费窗口。

午后的大地昏昏欲睡，四周安静得有些诡异。收费站里，一位扎着两根马尾辫的姑娘告诉我，朱镇与杭瑞高速的连接线上，有桥梁垮塌了。这让我想起朱镇外的那座石拱桥，庆幸我每次经过时，它都结实、稳妥。我想象驾车经过那座石桥时，桥面突然坍塌，轿车与石块一同掉进下面的深谷。这样的想象让我觉得好像有几只蚂蚁爬进了我的骨头，让我身体里有一些地方发痒却又无法触及。

离开款庄之后不久，我驾驶的桑塔纳轻微地震颤起来。从前挡风玻璃望出去，车头的前方，一条灰黑色的弹石路在阳光下泛着暗光，像时断时续的音符，通向远方静寂的山野。

一路上几乎没碰上什么车辆。有时，公路四周空寂得像是梦境。直到行驶了一个钟头后，在一个长坡，我才发现前面有一辆油漆斑驳的农用车。也许拉的东西太重了，车尾冒出浓烈的黑烟。突突突突突，农用车刺耳的声音每隔几秒就传来，让人心烦意乱。要是知道后来我会被堵在坡顶，当时我就应该加大油门从农用车旁强行超过去。

坏就坏在我以为时间尚早，不着急，挂了一档，缓慢地跟在笨拙的农用车后面。突然，我从农用车喷出的烟雾中，看到锈迹斑斑的车兜里载着一块巨石，继而想起了刚过去的夜晚，我在梦中见到的那块石头以及石头里蹦出的老虎。联想起弥留之际的祖父，有一种不祥像水底的鱼群那样，从我的心底悄然游过。

果然，那辆农用车在行驶到坡顶时，车头竟然抬了起来。长坡爬行让车兜里的石头慢慢滑向了尾部，我看见那块巨石从倾斜的车兜里滚落下来，砸在弹石路上。那一瞬间，我有种大祸临头的惊恐，肾上腺素突然飙高，皮肤上像是长满毛发。我担心那块巨石顺着坡道滚落下来，须臾间预判岩石可能滚动的线路，然后打了一把方向，把车刹停在路边的一个死角里。

幸好，那块岩石没有滚动，而是稳稳地扎在了路面上。片刻之后，一个满身油污的中年男人从农用车上跳下，骂骂咧咧来到巨石边。我看见他往上岩石上踢了一脚，绕着石头走了两圈，站在巨石旁眺望远方。突然，他反身离开，爬上农用车，打着火，突突突扬长而去。

阳光清洌地从蔚蓝色的天空照射下来。我有些发蒙，想起了昨晚做的那个梦，想起了那只老虎，试图寻找梦境与眼前这块巨石的关联。我从车上下来，沿着坡道走了几十米来到巨石边。我估计，掉落在路中的石头不会少于五吨，难怪一辆破旧的农用车会拉得如此吃力。很快我就沮丧地发现，这块难以撼动的巨石不偏不倚，正好搁在路中，像是有意为之。我目测了石头两旁的距离，发现只要石头朝公路的任何一边移动二十厘米，我的桑塔纳就能勉强通过。

让我吃惊的是，挡在我回家路上的这块石头竟然是花岗岩。我环顾了一下附近的山林，莫非有只老虎藏身其中？山风刮过，空气清凉，一月的云南高原正值漫长的旱季，当我凑近那块石头才发现，灰黑色的石头上有许多芝麻样的细小颗粒，当我的手摩挲上去，立即感到石头的坚硬和冰冷。

如果不是急着赶回朱镇，我愿意在此坐上一个下午。一路过来没有看见工厂，空气干净，正可好好洗一洗肺。我知道如今只有在偏僻的乡野，才能呼吸到这种有甜味的空气了。站在石头旁眺望远方的山峦，我估计这一带的海拔已经超过两千米，植被稀少，我身上裸露的肌肤能感觉到空气明显的凉意。

这是云南的东北部。红土下面覆盖的几乎都是石灰石。喀斯特地貌、溶洞、大山深腹流淌出来的溪流，我想起童年时，曾经在一个光线暗淡的黄昏，看见数以万计的蝙蝠从朱镇后面的溶洞箭一般射出，它们有如被狂风卷起的枯叶，在镇子上空盘旋着飞升，最终消失在阳光撤离后留下的巨大黑幕里。

在那个穿迷彩服的人过来之前，我一直坐在路边的田埂上，漫无目的望着近处的田畴和阳光下模糊的远方。冬天的大地萧条得有如梦境，有两只鸟从对面飞了过来，它们横穿过公路的上空，飞翔的姿势让人心焦。它们扇动翅膀蹿高，停止扇动身体就往下坠落，这使得它们飞行的轨迹有如心电图上颤动的波纹。

2

落石的前方一两百米远有个村庄。五六十户人家，青瓦白墙的建筑零乱地散落在公路两侧，奇怪的是看不到一个人，给人感觉那似乎是一个空村。离我不远的路边，一棵巨大的杨树上，粗壮的树干上钉着一块半米见方的蓝色铁皮，上面用白色油漆写着村庄的名字：陈贝屯。

杭瑞高速开通之前，我从丹城回朱镇，走的就是这条路，我也因此无数次经过这个叫陈贝屯的村庄。我乘坐过的交通工具五花八门，马车、拖拉机、农用车、微型车、大巴以及自己购买的桑塔纳轿车。当然，我还有骑摩托车从这条道上跑过的经历。尽管只是短暂地途经这儿，我还是在每次经过这个村庄时，捕捉到一些微妙的变化。路边有一段长达二三十米的青砖围墙，结实、紧凑，不知是谁修砌的，更不知有何用。多年来，那截围墙一直风雨无阻地站立在路边，每次我途经这儿，都会发现围墙上有新写的标语。"山村要致富，少生娃娃多种树！""稳定压倒一切！"我上大学的那几年，三株口服液广告铺天盖地，围墙上斗大的仿宋字变为："三株口服液，喝了有动力。"记得上一次从这儿经过时，围墙上的写的是"生活要想好，赶紧上淘宝！"而现在，它已经被扫黑除恶的标语取代。

曾经，那些白色的广告字像花朵一样在砖墙上开放，绚丽而短促。这天下午，当我进退失据，坐在公路边的地埂上无聊地打量眼前的村庄时，我想起许多年前父亲赶着马车送我去县城读书的情景。途经这座村庄的时候，他告诉我说，明朝洪武十四年，改土归流，朝廷的大军从黔地过来平叛，曾在这儿屯兵驻扎，所以才叫"陈贝屯"。我于是想象过远古的某一天，这个地方军旗猎猎，一群远方来的士卒在此挖土垒灶，支架搭棚，静寂的山梁一度人声鼎沸。

这天我一大早起床，然后请假、到超市买年货、给桑塔纳加油，一直忙到中午才开始出发。我以为天黑之前一定能赶到家，我甚至幻想晚餐时不用动车了，可以坐在院子里的那棵柿子树下，陪父亲喝上一杯。那是棵老柿子树了。父亲翻修院子时，我特地让他把柿子树保留下来。记得大四那年冬天，天气奇寒，我第一次把女友吴湘带回家。回家的当夜下起大雪，第二天一早，早起的女友推开房门，惊叫了一声。屋外的院子里铺着半尺厚的白雪，平整的雪地让人内心有淡淡的喜悦。院角的柿子树，红红的柿子悬垂着，丰润、喜庆、安静。

一转眼,二十年过去了。当年我带回家的女友吴湘,两年前成了前妻。

3

乡村弹石公路,路面用巴掌大的石头镶嵌而成。从这条公路驶过的汽车,橡胶轮胎有如毫无规律的砂轮,不时打磨着曾经轮廓分明的石头。现在,隐约能够看见路面上有两条颜色稍深车辙,像包过浆的一样。在高速路开通之前,每次从丹城开车回朱镇,或者从朱镇返回丹城,我都祈祷能碰上风和日丽的天气。一旦下雨,这条顺着地形蜿蜒的弹石路会变得像冰道一样湿滑。乡村司机能够在多次事故中掌握在这种路上驾驶的技巧。我不行,一旦弹石路面被雨水打湿,我常不知道踩刹车的时候,脚掌究竟要用多大的力。

多年前的一个暑假,我带吴湘和女儿回朱镇。一早起来还阳光灿烂,但就在我离开丹城不久,天空陡然变脸,过了款庄以后更是下起了小雨。漫长的旅途,雨刮单调而机械地在挡风玻璃上左右晃动,传来令人不安的吱嘎声。一路上我小心驾驶刚买不久的桑塔纳,僵硬的目光死死盯住前方,仿佛在前方某个即将抵达的虚空里,有一桩不幸的事正等待着我。

弹石路面湿滑且凹凸不平,我能够感觉汽车轮胎在石头上难以控制的滑动。一百多公里的乡镇公路,我开得满头大汗,就像是顺着一根独木爬向对岸,而树下是深不见底的山涧,不容有丝毫的失误。快到朱镇时,我才放松下来,车速也不知不觉加快了。鬼知道对面来的那辆微型车是怎么回事,也许是车上的司机之前一直走神,等突然发现对面驶来的轿车,他在慌乱之中狠命踩下刹车,微型车立即像一只轻巧的蝴蝶,在湿滑的弹石路上旋转起来。

事后，我一次次回想那惊心动魄的一幕，心想一定是上帝的手在左右两辆失控的汽车。微型车旋转的角度，与我驾驶的桑塔纳旋转的角度，竟然奇迹般的吻合，就像两个配合得天衣无缝的舞伴，一个后退，另外一个就心领神会跟进，在舞场的中心贴合着做了一个三百六十度的旋转，然后各自的车头神奇地调向各自的方向。来不及停留，我驾驶着桑塔纳继续前行，满身的热汗变成了冷汗，心脏咚咚咚地跳动，直到我的车平稳驶进朱镇，惊恐的心情才慢慢得以平复。

4

微风吹拂地表，红色的山地上一道道的地埂像圆润的弧线往两头延伸，让这一带的田野看上去像一个硕大的调色板。太阳西斜，一个男人从静寂的村里出来，站在路边朝这边眺望。我猜想他一定是注意到弹石路中央的那块巨石了，片刻之后，他朝我这边走了过来。

来人是个罗圈腿，走路的姿态让我想起在朱镇开汽配铺子的王建强。我的中学同学，一年前因酒醉跌落在镇外的龙潭里，膨胀的尸体三日后才从水底漂起来。活着的时候，他每个月都会前往丹城购买汽车耗材。记得我刚工作的时候，有一次我们结伴从朱镇返回丹城，当长途汽车停在离陈贝屯不远的路边加水时，王建强指着窗外的坡地告诉我说，那儿发现了一座古墓，听说是诸葛亮的墓地。

发现者不是盗墓贼，也非考古所工作人员，而是头老迈的耕牛。收工回家的路上，它贪吃身旁地里的青草，突然身子一矮，一只前蹄深陷进地里拔不出来，像是下面有双手死死地拽着牛蹄。扛犁头的农民恼羞成怒，用鞭子一次次死命抽打着牛臀，青黑色的臀皮上，留下一道道灰白色的鞭痕。

空墓。用青砖修砌的墓室，顶部是拱形的穹顶，被牛蹄一脚踩穿。好奇的村民在墓室里一无所获。没有骨骸，也没有预想中的陪葬品，只有三个色泽暗淡的粗糙土碗。就像是墓里的主人在某个月黑风高的夜晚，从墓室里披衣而起，用床单卷起陪葬品，悄无声息离开，就再也没有回来。

有一些逆光。等那人走近时，我才发现他穿着一身迷彩服，草绿色的衣裤上有着褐色和浅黄色的斑纹，让我想起昨晚梦见的那只老虎斑斓的皮色。梦里的U形谷地，文身的大猫穿过树林，令人震撼，仿佛有一支军队秘密走过。我猜想过来的这个人当过兵，他围着石头绕了一圈，用手在石头上拍打了几下，一脸困惑。

当那个人抬起头来，我们目光交汇的瞬间，我才发现迷彩服年纪应该不大，只是长年阳光下的劳作让他黝黑的面孔有些显老。我掏出红壳云烟，抽了支递过去，他迟疑了一下，伸手接过，又低头从我捧在手里的火机将香烟点燃。

"你就是陈贝屯的？"我问。

"嗯，"迷彩服吐了一口烟，用手指着我身后说，"哷，这块菜地就是我家的。"

我这才留意到身后的白菜地，在四周红土的衬托下，绿色的白菜格外醒目。正是收割的时节，干燥的风吹拂，到了开春，白菜心就会起苔，到时就卖不起价了。男人抽烟有个特点，用中指与无名指夹着香烟，我注意到他的食指少了一截，手上是长期干农活皲裂的皮肤。

"你的白菜种得不错哈！"我表扬他，与他一起在菜地边的地埂上坐了下来。

男人腼腆地笑了笑，问我路上怎么会落下来这么大的一块石头，然后他自言自语道："中午的时候都还没有哪！"

我告诉他石头是从一辆农用车上掉下来的，估计有好几吨重，怕要有机械才能挪开。

这天下午非常奇怪，这块石头掉落以后，公路上竟然再也没有汽车驶过来。我抬头望了望滑向西天的太阳，又看看表，知道天黑前是赶不回朱镇了。

5

交谈中，迷彩服告诉我，他是因为母亲卧病在床无人照顾，才留在村庄的。每当我发烟给他，他就腼腆地搓搓手，脸上有着红土一样质朴的神情。他对我说，村子里的壮劳力要等快过年时才会返回，否则，找几个人用抬杆撬，没准能够将石头撬在路边。

"这块石头掉得怪异！"我无奈地说，"不偏不倚，正好卡在路中央！"

"是！"迷彩服歪着头目测了一下路中的石头说，"只要往边上挪上一二十厘米，你的车就能够通过！"

"如果有辆挖掘机了就好了！"我感叹。

"村子里有人买过挖机，但被石场租借去了，"男人对我说，"这块花岗石应该就是从石场运过来的，石场老板发了财！"

隔着一片错落的台地，迷彩服指着对面黛青色的山峦说，石场就在那座山的脚下。我好奇一个石灰岩地区为何会有花岗岩石场，但此事只能去问资深的地质学家。闲极无聊，我与男人一边呾烟一边聊天，他告诉我说，不久前有人在石场开挖石头，发现了一条大蟒。据说挖掘机的巨斗铲下，花岗岩里的一个密室被打开，冬眠的大蟒被惊醒，睡梦中它的身子像弹簧一样弹开，张开的大嘴有如突然撑开的花朵，开挖掘机的师傅听见大蟒的牙齿叩击在钢铁上的声音。

我觉得这个迷彩服的话并不可信。在云南的东北部发现巨蟒,如果真有此事,不安分的报媒一定会将此事炒得热火朝天。

随着太阳西斜,弹石路上的树影越来越长,我的耐性开始丧失。看来,唯一的办法只能去采石场租挖机来把石头挪开,但我不知道需要多少钱。

"怕是要千儿八百的吧!"男人望了望那块石头说。

即便是急着赶回朱镇,我也不想一个人出这笔钱。我寄望公路两侧来更多的车辆,租挖机的钱大家分摊。但奇怪的是,我在这儿坐了一个多小时,除了我的桑塔纳和那辆掉落石头的农用车,就再也没有见到其他的车。

6

按理说,这个季节应该冷下来了。进入十二月,远处的高山之巅已经能够看到积雪,白色的山峰看上去超凡脱俗,有如大神抵达的临时驿站。我突然想起一个叫兰芳的姑娘,她一度被朱镇的人认为是方圆几十里长得最好看的姑娘,都猜测最终是谁有福气将她娶回家。她比我小几岁,初中毕业进城做了保姆。有几年,人们疯传兰芳在城里做了小姐,但她的家人一直蒙在鼓里。那时,朱镇还没人家安装电话,手机也不像今天这样普及,因此每年腊月底,兰芳的母亲,一位患上严重眼疾的老妇人就会守在镇上的车站,等待她的女儿回来。每当有长途班车驶进车站,她就会跑去问车上下来的人看没看到兰芳。

当年,兰芳一定也是搭车从眼前这条弹石路进城的。一去就没有了音信,直到我做父亲那年,她才回到朱镇。不是在春节,而是在炎热的夏天。她与当年离开朱镇时不一样了,穿着高跟鞋和时髦的衣裙,风姿绰约地走在村子里，让所有在后面嚼舌根的人刮目相看。她在村里待了小半年，做了两件事，一是雇了辆轿车来朱镇，把她患眼疾的母亲接到城里治疗，回来时还为母亲置了一套全新的衣裤；二是出钱替娘家把破败的房子修葺一新，那可是朱镇有史以来最为洋气的楼房，尽管她修房和替母亲看病的钱来路可疑，但那幢耸立在朱镇的洋房还是让不少人心生感慨。

朱镇地处河谷，夏天气候炎热，只要勤劳，吃喝不成问题。村民每年种植烤烟，收入也够他们日常的花销，因此外出打工的人不是很多。但兰芳家的楼房修起来之后，像一根刺一样戳在村子里，年轻人坐不住了，尤其是那些去过兰芳家的人回来夸张地说，她家的厕所修在家里，可是不臭，拉屎是坐着而不是蹲着。人们发挥各自的想象，羡慕兰芳家的楼房，也忽略了她在城里不堪的经历。有更多的人计划外出打工，一段时间以后，总是能够传来有人飞黄腾达的消息。

7

知道我要赶回家看弥留之际的祖父，迷彩服的眉头皱在一起，像是在做一个艰难而重大的决定。他站起来，端详着自己的菜地。这时我也发现了，只要找两块厚实的木板，或者干脆将脚下的排水沟垫上几块石头，我的轿车就能够借道眼前的菜地，绕过公路上的那块巨大的花岗石。我犹豫着把自己的想法告诉了迷彩服，表示愿意出一百块钱作为补偿。

仍旧没有汽车过来，这条弹石路像是被人废弃了一样。一刻钟之后，迷彩服从村里扛来一根木头，用几块石头垫了，支在排水沟上。然后，他估计轿车的行驶轨迹，在白菜地里拨出了两条车辙，指挥着我小心翼翼驾驶轿车，穿过白菜地，来到花岗岩另外那边的公路上。我心怀感激，从车上下来，将准备好的一百元钱递给迷彩服，可他死活不接，态度坚决，几近翻脸。尽管他外出打过工，见过世面，但身上还有着山区农民与生俱来的质朴。我只好把钱重新塞回钱夹，从车上摸出两包烟来硬塞给他，又与他各人点燃了一支。迷彩服低头点烟的时候，我看见夕阳照着他微微发红的脸庞。

由于借道白菜地，我终究是赶上了看祖父一眼。老人提着的那口气，在看见我时缓缓吐了出来。面颊消瘦的祖父，满足而安详地闭上了眼睛，神情有如黎明时分暗淡的灯火。装殓他的那天晚上，我看见请来的端公从灰黑色的布袋里，捧出松香，均匀地撒在棺底，神情庄重。黑漆漆的棺木，头大尾小。灵堂的气氛肃穆，我跪在棺木旁，每当有人烧香磕头，我就得还礼，弄得手脚酸软。

办完祖父的丧事，接下去就是春节。这年寒假，我一直留在朱镇。安葬完祖父，我也没有急着返回丹城，而是跟父亲商量翻修老屋的事。那几天，想起在丹城车水马龙的生活，我突然感到一种来自骨髓的疲乏。节后的一天，我独自爬上朱镇后面那座日渐光秃的山岗，想象许多年以后，自己归西，有人用一块白布将我裹了，直立着埋在山岗上提前挖好的深坑里，培土，夯实，在头顶种上一棵香樟或者楠木。这个念头是祖父出殡的那天清晨，我怀抱祖父灵位走在送葬队伍前头产生的。那时，我回过头去，看着身后一串送葬的人，心想如果他们都选择树葬的话，那山道上行走着的，就是一排移动着的树木。

8

院子里的柿子尚未采摘。枝头上的果实丰腴，热烈。每一天，阳光都给树上的柿子镀上一层金粉，让那些柿子看上去像红色的小灯笼一样悬垂在树梢。我希望这年冬天有一场大雪降临，像我第一次带吴湘回家那样，一觉醒过来，大雪覆盖了院坝，红色的柿子会在雪地上格外醒目。但祖父去世的这年是暖冬，我一直没有等到天降大雪。偶尔，我会坐在屋檐下眺望院子里的那棵柿子树，内心有些哀伤。两年前与吴湘协议离婚的那天晚上，神情落寞的牙医惨然一笑，把与我离婚称为奇迹的终结。我明白吴湘的意思。毕业于华西医科大学的前妻告诉我，她们班上除了因读博士没有结婚的两位女生，其他四十六个同窗都离异了，硕果仅存的她被大家称为班上的传奇。

事后，我曾经想过与吴湘的婚姻是什么时候出的问题，从我成为她患者的时候开始？记得有一次，在谈及职业的时候，她说过永远不会与她的患者有情感瓜葛！想想也是，躺在治疗椅上面对照明灯，张大嘴，露出红肿的牙龈和晃动的牙齿，烟垢、牙结石、浓重的胃气，一个男人不堪的身体隐私彻底暴露，不会有牙医会去亲吻那样一张嘴。不再接吻，意味我们曾经的爱情只剩下婚姻的河床，在时间的侵袭下，原本水草丰美的土地日渐干涸。

返程那天，我摘了两纸箱柿子，并在箱子的空隙塞满了细碎的谷糠。我想带一箱柿子给吴湘。那年冬天，我带她回朱镇过年时正值柿子成熟，此后她不时会念叨着院子里的柿子。她还曾用小刀将柿子皮削了，用细绳拴了，挂在阳台的晾衣架上，借助冬天的阳光晾晒柿饼。想想第一次带吴湘回朱镇，竟然是二十年前的事了，这让人有些伤感。

出发前，我还将一条云烟放在副驾的座椅里。到陈贝屯时，如果能找到那位迷彩服，我想把香烟送给他，并告诉他年前我赶回朱镇，见了祖父最后一眼。

9

每一次回朱镇，离开前，母亲总会在我的后备厢里塞满东西。腊肉、糍粑、柿子、土豆、干酸菜……她会站在村口目送我的车远去之后才会回家。返程的那天上午，当我刚上弹石路上时，刺耳的喇叭声突然从身后响起，后视镜里有片乌云飞来，一辆绿颜色的皮卡像是遭人追杀，从我左侧加速驶过，飞旋的车轮卷起路边黄红色的尘土。我摇上车窗，把车刹停在路边，静待着车外的尘埃落定。

继续前行时，我突然又想起了那块巨大的花岗岩，担心它还搁在路中央无人挪走。不过，距离上次被堵在陈贝屯将近一个月了，那块石头应该早被人挪开。返程的这天上午，我突发奇想，如果能够碰上一位杰出的石匠，也许可以将块巨石雕刻成一只威风凛凛的狮子。为什么人们在大宅前摆放的是石狮而不是石虎呢？路上，我还回忆起某年夏天，在滇西的双柏县，一位彝族毕摩伸出舌头舔烧得通红的犁铧，缓慢地，毕摩像是饶有兴趣地品尝着巨大的红色冰块。

节令上已是春天，气温依旧寒凉。道路两侧的山野看上去更为荒芜，去年种植的粮食收割后，大片的田地裸露，干燥而又萧瑟。来朱镇的前夜，我梦到的那只老虎，与记忆中的巨石重叠，巨大的花岗岩有如胎衣，一只斑驳的老虎破石而出，从我的眼前走向静寂的旷野。黄昏、纵横的阡陌、逶迤的远山、残阳、枯草，我似乎听见有嗥叫声从遥远的天边传来。

离陈贝屯还有几百米就开始塞车。公路上蜿蜒着的钢铁巨龙仿佛就要死了，好一会儿，它庞大的身躯才会蠕动一下。不用急着赶路，我摇下车窗，望着视野里绵延到尽头的车流，不知道为何又堵在这里。

看样子，公路上被堵的汽车一时不会被疏通，我关上车门，想去前方看个究竟。当我爬过一个缓坡，眼前的景象令我吃惊不已。节前掉落在弹石路上的那块花岗岩竟然还在，一夫当关万夫莫开的石头，仿佛生长在路上，往来的汽车，都得借道迷彩服的那块菜地。白菜没有收割，临时道路两侧的菜花在微风中摇曳。我看见菜地两侧各开了一个入口，有人在入口处用帆布搭起了简易的窝棚，还设置了简易的栏杆，几个身穿迷彩服的人站在入口处收费。每辆借道菜地的车得交一百块钱。

10

就在我返回丹城没有几天，陈贝屯那儿发生了一起车祸。一辆皮卡车冲向路上的围观人群，造成两死三伤。不知道为什么，我总是觉得发生车祸的，就是那天返程时，从我后面超过的那辆绿色皮卡车。曾经的梦境、新闻报道、想象、途经陈贝屯的经历，所有的这些东西调制成一杯难以下咽的鸡尾酒。此后的几天，只要闲下来，我就会看见有一辆皮卡车从我的大脑里飞速驶过。

记得那天，当我的车跟随蜗牛一样的车队来到陈贝屯时，我看见一个年轻人站在菜地入口那儿，与身着迷彩服的那几个人争吵，而其中一个迷彩服长着张我熟悉的面孔。争吵的空隙，他曾短促地朝桑塔纳停靠的方向望过来，一脸的冷漠。我偏了偏头，看到了放在副驾座位上的那条烟，突然有些难过。

那块巨大的花岗岩还拦在路中间，看来一直没有人把它挪走。我走过去，发现它没有我意料中的粗糙和冰冷。怎么回事？我低下头，取下眼镜仔细查看，发现路中的花岗岩，其实是用泡沫塑料伪装的，那一瞬间，我突然想放声大笑。

关于发生在陈贝屯的车祸，晚报上只有短短的一则新闻。我没有见到车祸的现场，一切只能够靠想象。我仿佛又听见汽车的轰鸣，亲眼看见一辆辆绿色的皮卡车暴怒着飞奔过来，几个身穿迷彩服的人站在花岗石前躲闪不及，他们与路中用泡沫塑料伪造的花岗石一起飞了起来。我看见皮卡车的车头，像老虎变形的脸孔，我的大脑像一个旋转着的万花筒，不停地变幻着彼此毫无逻辑和关联的画面：吴湘的面孔、两棵柏树、大蟒、灯笼一样红红的柿子、开着金黄菜花的菜地、刺目的阳光、飞翔的身体……对了，还有那块被撞飞的泡沫塑料，它在我的大脑里膨胀起来，越来越大，遮天蔽日，有如星球一样从天宇里碾压了过来。

· 作者简介 ·

胡性能，男，1965年生，云南昭通人。中短篇小说集《在温暖中入眠》入选中国作协"21世纪文学之星丛书"2004年卷。出版中篇小说集《有人回故乡》《下野石手记》《生死课》，短篇小说集《孤证》。作品多次入选文学年度选本，并入选2017年度《收获》文学排行榜和《扬子江评论》文学排行榜。曾获第十届、第十四届《十月》文学奖，《长江文艺》双年奖，云南文学奖等奖项。

一个形而上的下午

□ 朱文颖

形而上的艺术，表面上十分宁静，但给人的感觉，却像是在宁静中会有什么事情要发生。

——基里科

1. 人 物

离家以前，我把手里那套《三体》又翻了一遍。

这是我买的第二个版本的《三体》。说实话，我并没有从头至尾真正看完过。然而科幻这件事情……仿佛自有某种魔力在吸引我。诺兰的《星际穿越》前后看了三遍。并且仍然有不懈地看第四、第五遍的欲望。然而他的《敦刻尔克》我却并不是很喜欢。或许也是因为后者没有辽远想象空间的缘故。

而这，也确实是科幻潜在的好处。

我几乎没有任何体系的科幻知识告诉我，从低维空间进入高维空间十分困难，但从高维空间回到低维空间则相对容易。适应了四维空间并掌握了相关技能的我们，如果再次回到三维空间中，我们甚至可能会成为传说中的某种"神"——这种神灵可以做到瞬间转移、穿墙而过等等从来想都不敢去想的高难度动作。

而当那个时代真正到来时，我们就无须再为一些小事而烦恼。比如说，离家时忘带钥匙，因为那时我们可以穿越墙壁回到家中。再比如说，城市繁忙的交通系统也不会再令我们焦头烂额，因为我们已经具备了"飞"的技能。

其实在文化史上，中国人很早就完成了四维空间的转换。就像我的一位画家朋友：陈如冬。我就经常怀疑他是隐藏在我们中间的科幻人物。陈如冬的画室在一处中式庭院里。屋外是流动的四季。在屋子里面，可见山、水、树、花、石和房子的一角。陈如冬喜欢着长衫。按照道家的原则，流动之道，中国人可以不受石墙所限，无拘无束地出入世界，在自然间移动……所以我经常感觉，陈如冬会在我们不经意时，藏身于花影或者墙角的暗处。

他窥视并且了然一切。

所以从这个意义来说，对于中国人，科幻这种东西真是非常小儿科了。

我们中间还有一个朋友也具备四维空间的能力。他是一位名叫车前子的诗人。车前子是一味中药，也是他的笔名。有时候我们叫他车前子，有时候叫他的原名顾盼，还有些时候，我们把他称为老车。

老车与四维空间的关系比较特别一些：在于他的眼睛。中国人有一个词叫作"慧眼"。通过它，我们不仅可以了解他人内心的想法，有时甚至还能看到远处正在发生的事情。更为厉害的是，慧眼还能帮助我们看到未来事件。对于未来将会发生的不好的事情，我们可以人为修改它的轨迹。

至于故事里的另外三个人：我，画家夏回，以及艺术家易都，我们则都是凡人。

2. 聚　会

那天下午，我们这几个人一起参加一场聚会。

易都要办摄影展。他叫来车前子、夏回还有我为他选出参展作品。原计划陈如冬也要来，那天恰好身患小恙……然而事情另有机缘，陈如冬最近抱养一只白色流浪猫，是只有着忧郁眼神、诗人气质的流浪猫。这猫也恰巧病了。最后一个恰巧则存在于地理上的概念——就在易都工作室隔壁，有着全城最好的宠物医院。

我是写字为生的。所以总想在每天都适时适理地记录点什么。而那天我想做的，则是二十世纪八九十年代相当流行的事情：在写小说时使用现实生活中的真实姓名。二十多年以前，现实与艺术或者现实与文学常常是混淆不清的。比如说，当时确实有很多漂亮小姑娘爱上了贫穷诗人、落魄画家，并且还要死要活。很多老照片旧影像记录过类似的场景。可见那时确实存在一种精神至上的可能。而在这种可能性的笼罩之下，虚构的小说与真实的艺术家名字，就如同水乳交融的关系——这种关系一定曾经是如此的深入人心，以至于那么多年过去了，竟然还有人想往事重温，从头再来一次。

宠物医院的橱窗外面是一棵硕大的蔷薇树。

那个春日下午，当我们在怒放的蔷薇树下集合时，感冒发烧的陈如冬没有来，陈如冬的白色流浪猫来了。是夏回去抱来的。夏回信佛，严格来说那也不是信佛，"凡是见庙、见菩萨，我都会进去拜一拜。"夏回是这么说的。我相信这也是一种信佛的方式，非常简单又相当高级。因此当夏回抱着那只猫远远出现的时候，春日暖阳映照在夏回的光头上，映照在白色流浪猫圣洁而凄迷的眼珠上，几片蔷薇花花瓣迎风飘落，世界呈现出和谐与平衡的一面。

那天的气温大致在摄氏二十六度左右。来自太平洋的暖湿气流与南下的冷气流相遇形成了短暂的准静止锋。

我们注意到易都戴了一只薄薄的白色口罩。他给予的解释是：自己前几天刚从外地回来，零零星星地，听说最近有种传染病正在蔓延开来。

于是我们都笑了。说如果你一直戴着口罩，我们还怎么和你谈论艺术呵。

易都也笑了。他把口罩取下来。只留一边的绳子挂在耳朵上。

车前子抬头看看天上的太阳，说其实这几天也感觉喉咙疼，原本想着让易都改期。但今天一早看过星盘，掐指一算，"觉得还是动一动为好。"

3. 笑　话

易都工作室里有一张大桌子。三人沙发。另木几三五。

我们围桌而坐。

在易都展示完他几乎所有的备选作品以后，我们略微沉默了一会儿，然后纷纷表态。

"这些有裸体的部分是不能选进去的。"夏回说。

但是——且慢，这句话又好像是我说的——"这些有裸体的部分是不能选进去的。"我听到房间里回荡着这样的声音。因为很显然，有裸体的部分即便选进去了，也不可能展呈出来；就如同我写字的时候，已经非常自然、本能地要去回避一些故事以及细节。

然而事情存在着悖论。因为易都的作品里精彩的大部分都有裸体。艺术家大部分不太喜欢生活本身。他们喜欢生活往上的部分，或者干脆往下——更形而上一些，或者更肮脏本质一些。

所以说，如果不能选裸体，其实就等同于不能选易都最好的作品。这种选择的本身将是非常痛苦甚至无聊的。当然，痛苦常常总是凡人的痛苦。

车前子仿佛并不很痛苦。他甚至抓住这个沉默的空当提了个建议：

"让我们先来讲几个笑话。放松一下吧。"车前子说。

我先说了一个。

"有一次，我问大家，如果来生可以选择，你愿意成为哪位艺术家？易都回答得很干脆，不做艺术家！而老车说，愿意做塞尚或杜尚。只是因为——这几个汉字组织在一起好看！"

大家高兴地笑了。

"下面我来讲一个吧。"车前子说。在二十世纪六十年代早期。尤里·加加林，你们都应该知道他吧，就是那个世界第一宇航员——在造访完太空之后，尤里·加加林受到了尼基塔·赫鲁晓夫的接见。他坚定地告诉赫鲁晓夫："同志，你知道，我上天的时候，看到有上帝和天使的天堂——基督是对的！"赫鲁晓夫冲他嘀咕："我知道，我知道，但保持沉默，别跟任何人讲！"第二个星期，加加林造访梵蒂冈，受到教皇接见，他郑重地告诉教皇："神父，你知道，我上天的时候，发现那里既没有上帝也没有天使……""我知道，我知道，"教皇打断了他，"但保持沉默，别跟任何人讲！"

这回没有人笑。大家突然都沉默了起来。

"现在，你们有何感想呢？"车前子的笑看起来有一丝狡黠。

"我觉得没必要再挑选参展作品了。"易都说。

"摄影展也不用办了。"我说。

"我不会再当什么艺术家了。"夏回接着讲,"可以改行去做和尚。"

"是呵,可以比见庙就拜更进一步。"我补充道,"不过,好像也没有什么意义。"

"我和你们不一样,我觉得我什么都可以干了。"车前子闭了闭眼睛,又睁开,接着说:"我还知道一件事情——"

"什么?"

"在我们中间,有一个,或者两个人在撒谎。"

4. 谁是撒谎的人

撒谎的人有可能是我,或者是夏回。

很久以前,我在北京鲁迅文学院和一帮作家朋友玩杀人游戏。我总是输。所以后来就完全失去了玩的兴趣。输的原因是我不太会撒谎,但这并不表示我没有撒好谎的意愿。而那也是一些个春天,我们住的地方有很多白得像鸡蛋壳的玉兰花、玉兰树。然后,到了晚上,我们常常会被召集起来。"玩杀人游戏了!玩杀人游戏了!"

杀人游戏的全称叫作《天黑请闭眼杀人游戏》,很多时候,召集人是张楚。不是那个唱歌的张楚,而是写小说的河北唐山人张楚。杀人游戏的基本规则也是他教我的。大家分别以抓阄的形式(如同命运),被赋予法官、杀手、警察以及平民(群众)的身份。其中法官是控制游戏进程的人。明确每个人的身份,但同时要做到绝对公正。警察与平民属于好人方,以投票为手段投死杀手获取最后胜利;而杀手隐匿于好人中间,靠夜晚杀人及投票消灭好人方成员为获胜手段。

每次抽签，我不管抽到杀手、警察或者群众的身份都会非常紧张。因为这个时候，只有反向操作自己的身份，才有可能保全自己，以及杀死敌人。这就需要高明并且有效地撒谎；只有抽到法官的时候会稍稍安心一些——然而，一场法官领导的愚蠢的游戏也是让人意兴阑珊的。

在我的回忆里，每次游戏，张楚几乎都会在胜利的一方。张楚厉害的部分是，他能同时在不同维度穿梭——同时成为软弱的警察、善良的杀手，以及怒目炯炯的平民。他就是不像自己。所以他也就是自己。

王凯和王甜本身就是高级警官。所以他俩看来看去都像警察。这让他们的身份变得如同无间道般扑朔迷离，以及更为接近最终的真相。

鬼金那时还是吊车司机的身份。但悬在半空的他，却有着深厚如同地母的气息。

鲁院的后半段时间，很多个晚上，还是经常能听到张楚的召集声："玩杀人游戏了！"但我就很少再参与。北京的天很蓝，我看着窗外那些白馒头一般的玉兰花，突然想到一个问题：其实我们撒谎的时候，只不过是在另一个维度看着自己。

所以说，那个春天的下午，易都工作室的聚会。我觉得陈如冬是不会撒谎的。首先他根本就没有来到现场。当然，我们可以说那只猫就是他的替身。但是，我记得有一次，他突然说起他故去的母亲。说有天晚上梦见她了。仿佛是在水边，那水自然地分成清流和浊流。所有的清水流进来，所有的浊水流出去。

车前子也不会撒谎。因为在四维空间里，根本就不存在谎言。谎言与真理，在拐弯、扭曲、变形以后总是会再度相逢，甚至彼此解释。

谎言只存在于凡人中间。而易都,是一位不会撒谎的凡人。这是有一次我和夏回私下聊天时的结论。

绕来绕去,可能撒谎的人只有两个:我,或者夏回。

5. 让世界变得模糊不清的雪茄

夏回说话的时候,手里架着一根哈瓦那雪茄。

城里很多艺术家的工作室里都存着雪茄。他们经常一边抽雪茄,一边吞云吐雾地谈论艺术、生活或者虚无。抽雪茄的人都有点像撒谎的人。雪茄烟让世界变得面目不清、界限模糊。

有一次,夏回的光头从雪茄烟雾后面探将出来,他突然对我说:"我觉得你身上有大概十分之一左右的捷克血统。"

这当然让我大吃一惊。因为我根本没有去过捷克。但夏回的这句话,让我意识到,我身上有不确定的东西。甚至可以探究到前世今生那样的程度。这件事情的有些部分让我高兴,因为我喜欢的俄罗斯白银时代诗人阿赫马托娃,她就自称有蒙古人的血统。而法国女作家杜拉斯据说也有东方血液背景……换一个我们今天讨论的话题,也就是说,她们都是多维度的人。

我也会经常建议夏回出去转转。夏回的大写意水墨花鸟颇有异相。我觉得如果能再去广阔天地里兜兜转转,则更会有令人瞠目结舌的成就。

我是这样苦口婆心劝导夏回的:"你应该出去走走。比如在某处地方旅居一段时间。真的,你会了不得的。"

夏回有时候会不高兴。因为他觉得有些人跑遍全世界,其实什么也没看到;他也一直觉得我们生长的这个城市是世界上最好的地方。

后来,我又举另外的例子——据说在这个世界上存在两种类型的艺术家。一种迈开脚步热切地奔向窗外；另一种，则安静地坐在书房画桌前面，等待着整个世界向你奔涌而来。

我不知道夏回到底听清楚了我的意思没有。很可能没有。因为归根到底，我其实一直也没有说清。但就在刚才，突然之间，我明白自己究竟要说什么了。我真正想对夏回说的是："我觉得你身上有大概十分之一左右的斯洛伐克血统。"

夏回在画室里等待世界的时候，不停地抽着雪茄。

在世界艺术史上，有很多艺术家或者艺术家的形象都是与雪茄有关的。比如说，毕加索。据说毕加索生出来时曾被怀疑是个死胎——这个细节也是夏回有一次随口说出来的。后来我去查了一下资料，发现事情确实就是这样。而且在毕加索出生前的那个冬天，他的故乡马拉加就开始出现了很多奇异的景象……最终，伟大的毕加索出生于1881年10月25日的晚上。他一声不吭，以至于接生婆以为是个死婴……后来，是毕加索的叔叔突发奇想，用雪茄的烟气喷醒了他……

平心而论，我是很喜欢毕加索的。所以当车前子选择"如果有选择，要成为塞尚或者杜尚"的时候，我的选择其实就是毕加索。

车前子认为"毕加索还是简单的"。我相当同意——毕加索就像一座明亮的灯塔；他正好满足了公众对明星的要求，而这种角色能维持很长的时间。与此同时，毕加索又相当任性，甚至动不动就会大哭一场。出生时那场迟来的大哭就不说了，后来，当他已经小有成就，有天晚上却又大叫着想自杀，理由是有了摄影技术，作为画家的他还不如自杀算了。

当然后来毕加索并没有死。只是他画笔下的屋顶开始变长了。人像的头分裂成很多块面。女性的身体部分，手指恐怖地变粗、手背变厚，有些则像一根细木棍上挂着两片树叶和几只苹果。

关于毕加索的问题，抽雪茄的夏回倒没有多说什么。在很多事情的观点上，他和车前子之间有一种奇怪的默契。有些时候像镜子，还有些时候，则像镜子裂开后满地闪闪发亮的碎片。

6. 实验一：塞尚的谎言

后来易都就把口罩摘下来了。因为既然我们几个都不戴口罩，只是他一个人戴着，这多少是有点怪异的。

他把摘下来的口罩挂在临靠运河的那个窗口。在窗外吹来的习习微风中，惨白的口罩飘来荡去，最终凝固在那里，如同一个静物。

我们都盯着那个作为静物的口罩。

车前子喜欢的艺术家塞尚擅长画静物——他看了看我手里拿着的一只苹果，又看了看挂在窗口的那个口罩，突然聊起了这样一个话题：

"比如说这只苹果吧，你们觉得，如果塞尚看到了这只苹果，他会怎样来画呢？"

我最近正看关于塞尚的书，所以插话道："大概是这样的吧，古典主义画家的传统，是画出一个形式完美、线条清晰严整的苹果；而印象派则呈现模糊不清的块面。至于塞尚——"我停顿而表示一言难尽的感受，其实也就是塞尚带给我的感受。

"这么说吧，塞尚是这样一类画家，他希望能把空气、河水和云雾画出轮廓。"车前子平静地说出了这句如同石头一般的话。

"你的意思是，塞尚本质上是一个实验者？"我试探地问道。

"他也并不是一般概念上的实验者。"车前子继续说,"有人看到一只苹果,要把它画得更像一只苹果;而有人看到一只苹果,则要把它画得不那么像一只苹果——要画得不像苹果的人,这是一种实验。至于塞尚的实验,他的理想是要把'印象'画成像博物馆的艺术一样牢固的东西——也就是说,要把苹果画成一只不像苹果的、然而又更像苹果的苹果。"

我站起来,稍稍走动一下。内心有点激动的样子。

我说:"老车呵,不知道为什么,每次只要有你在的场合,我总是会回想起八十年代。"

在二十世纪八十年代的时候,车前子在当时有着巨大影响力的《青春》杂志刊发了总题为"我的塑像"的一组诗,由此成为朦胧诗的重要代表诗人之一……

"你怎么把话题扯开了。我们现在谈的是塞尚和苹果的话题。"老车说。

"我们仍然还在谈塞尚和苹果的话题。"我的脑子里飞快地掠过各种由芯片、5G、互联网过滤出来的信息,"我只是想举例说明,如果用中国的诗歌来类比,塞尚有点像把'建安风骨'重新带回诗歌的唐朝诗人;他一辈子揣摩再现古典主义,后来却被当作现代主义的开端。这非常耐人寻味……"

"你是说塞尚被误解了?"天空中有一个声音在问。

"或者说——塞尚欺骗了我们?"天空中又传来这样一个声音。

"你们不要争了。塞尚就是塞尚。"这个声音是老车的声音。也或许是从某个四维空间里发出的声音。

这样的讨论总是没有任何结果。然而过程是极其有趣的。因为谁也没法解释，塞尚的实验为何（即使在命名上）最终走上了与他初衷相悖的方向。

于是话题再次回到谎言这个部分。是不是有可能——塞尚也在撒谎？

"在很久很久以前，古人相信看到的东西就是那个东西，就是本质。那时的艺术不存在谎言。"车前子的眼睛可能穿越了一下时空，这样说道，"而后来，艺术、艺术家不断改变表现形式以及方向，不断进行各种实验，这时候其实大家都在撒谎。"

"真正的本质是晃动的。"夏回补充了一句。

"在不同的维度之间。"我又补充了一句。

是呵。确实是这样。我脑子里灵光一闪：从这个意义上，车前子是一位天衣无缝的四维空间的谎言散布者；我和夏回风尘仆仆地在三维空间徘徊奔走……陈如冬停留在维度与维度之间的折叠处。

而易都，则是尘世里的一缕光。

在三维空间，有些艺术家撒谎，有些艺术家不撒谎。易都的那些裸体作品，说明他具备非常的挣脱撒谎锁链的勇气；而我和夏回企图阻止这件事情，则说明，本质上，我和夏回都还是可能撒谎、至少希望能把谎撒好的人。

"那么塞尚呢？"这时车前子问道。

"我认为，对于我们生存的这个世界，塞尚一定有着很多安静的谎言。"

7. 实验二

"还是继续听我来讲故事吧。"车前子说。

老车是个美食家。不光会吃，而且会做。在他的概念里，食物或者烹饪这种事情，与生活本身也是平行的。有时在四维空间——他会把香蕉翻炒出与食材本身毫无瓜葛的形而上的滋味；还有的时候则在三维的外部，比如分两口，让人瞠目结舌地吞下一整个生鸡蛋。

我们对于老车讲故事的期待，其实和期待老车的美食是一样的。

"二十世纪二十年代吧，来自苏联的科学家找来了五个年轻的女性志愿者做实验。这实验讲起来真的蛮边缘的——"

"什么实验？"我们异口同声。

"研究人类和猩猩杂交后，会不会诞生出后代。"

"哇——这个厉害了。"我们面面相觑。

"其实人类历史上有意无意的实验真是不少。比如骡子……这个东西的来历我们是知道的。但是还有一些有意思的名字，鲸豚、狮虎兽、鹦鹉鱼……从这些名称里面，我们可以很容易判断它们的出处。"

"是的，人类总是具备无边无际的想象力。"易都一笑。

"这位苏联科学家名叫伊利亚·伊万诺维奇·伊万科夫。在进行人猿杂交实验之前，伊力科夫已经进行过许多其他动物的杂交实验，例如狮虎、马驴、斑马兽的杂交，这些实验做出的贡献得到了政府农牧部门的认可……大约是在1926年吧，伊万诺夫到法属几内亚地的实验基地开始了人猿杂交实验。此后，他从国内招募到五名年轻的女性志愿者，并和她们签订了保密协议。直到1930年，伊万诺夫陆续得到十一只黑猩猩和二十只狒狒。"

"后来呢？"

"没有后来……幸亏没有后来。"老车继续往下说，"真正的后来是，伊万诺夫这个'伟大'的计划还没开始就失败了。他在1932年死于动脉硬化。他的实验基地也由于受到法属殖民地政府和国际的抵制而终结，而那些受精的女性，最终也并没有怀孕。"

"哦。"我们一声叹息。说不上是庆幸还是惋惜。

"但是，关于这个实验，有一件事情是需要回顾的。"老车停顿了一下。

"什么？"

"《科学》杂志上有一篇文章分析指出，HIV 病毒在非洲出现的最早时间是二十世纪二十年代，而那时伊万诺夫正在进行着他的实验。"老车抿了抿有点干裂的嘴唇。这时夏回递了根雪茄给他。

老车顺手接住。点燃。

从易都工作室的窗户望出去，春日晴朗，万里无云。我看见靠近窗口的一朵蔷薇花非常缓慢地绽放以及凋谢……我连忙瞪大眼睛，希望再次确认。那里还是有一朵蔷薇花，但或许已经是另一朵蔷薇花了。

8. 表态吧

"我们还是快点选作品吧。"易都忍不住催促起来。

"是呵是呵。"我接话道，"你们就快点表态吧。"

下午已经过去大半……当然，我知道，对于才华横溢、视野广阔的艺术家们来说，明确的表态其实并不那么容易。

"很简单，选出最好的。"我们很容易这样说。但是，什么又是最好的呢？当车前子说，他最喜欢的艺术家是"塞尚或杜尚"的时候，这个回答是单一甚至有点吝啬的。老车甚至不会说"塞尚和杜尚"。从语感的状态来说，仿佛并非在塞尚与杜尚之间他陷入一种难以选择的状态。而是——他的骄傲使他更愿意给出一个纯粹、准确而又闪亮的选择。

"这些有裸体的部分是不能选进去的。"这是夏回的表态。其实也是我藏于内心、尚未脱口而出的表态——这是三维空间里最为接近真实世界、并且可以操作的表态。

这一回,我抢在夏回前面说了出来,"这些有裸体的部分是不能选进去的。"因为如果一定要表态,那么,抓住了这样的表态其实也就是抓住了真理本身。

我不太记得后来发生的事情了。空间里纷纷扰扰地传来各种各样的声音……最终,我看到易都背对着我们,哗哗哗地挑选了几十张作品,然后,干净利索地告诉我们:

"好了!完成了!"

9. 那只猫怎么样了

这期间,易都接了三个电话。

一个是画家陈如冬打来的。问的是正在宠物医院治疗的那只猫。

"猫怎么样了?"陈如冬问。

陈如冬早期的画作里有一些动物。那些动物大多处在一种冥想状态,奇怪地透着一种骨子里的安静。仿佛与任何维度无关。只是在很少的时候,或者陈如冬自己都不太在意的时候,那些动物有了些细微的变化。它们好像在等待着什么,眼神有些茫然。好像在聆听这世界维度中心的什么声音……

但它们只是在听,非常诚恳和无辜。它们拒绝外面那个混乱嘈杂的世界。它们漠然坚定、绝不妥协。

"猫怎么样了?"陈如冬问。

第二个电话是旁边宠物店回过来的。

"猫情况不太好。"

"怎么不好?"夏回抱过来的猫。所以夏回从易都手里接过电话。

"做了个手术。打麻醉的时候就昏过去了。可能快不行了。"

夏回冲出去的时候,我顺口问了一下易都:"那只猫做什么手术?"

"绝育手术。"车前子抢着回答道,"我第一眼就看出来了,这是一只厌世的猫。"

第三个电话易都接了以后,很长时间都沉默着,不说话。

"怎么啦?"我问道。

"发生什么事啦?"老车也侧过身来。

"我刚回来的那个城市……传染病……今天下午封城了。"

10. 另一个平常的下午

外地封城的两个月后,易都的摄影展在本市开幕。

我们全都戴了口罩去捧场。每个人隔开一米左右的间隔。蛮疏离的样子。那天下午,我突然觉得每个人都长得有点像。报纸上有人研究,说亚洲人的面部骨骼,戴上口罩以后会有莫名的神秘气息。

展品大部分是黑白的。背景是以参天大树以及浓雾组成的森林。易都的家乡在江西婺源。那里有着中国最美最神秘的乡村,以及尚未被破坏过的原始森林。不知道为什么,那天我在那片虚拟的森林里晃悠的时候,鼻子一阵发酸。幸亏当时戴着口罩,没人注意到我的表情。

在我们待在家里,以期待这场传染病早日过去的时候,车前子做过一些奇怪而矛盾的事情：比如不断发微信朋友圈让我们不要打扰他，等等。后来他再没回过苏州。有一次我做梦，梦见他出现在达·芬奇《蒙娜丽莎》的那张画面里。

开完摄影展以后，易都据说开了一家口罩工厂。

有一天，夏回去参观易都的新工厂。然后拍了一张照片发在朋友圈里。

工厂墙上挂着一张杜尚的照片——墙上的杜尚戴着一只装有呼吸阀的口罩。嘴角上一如既往地带了一抹优雅的玩笑。

窗外已经是夏天了。

我站在万丈阳光里，突然想起那天，我们一起离开易都工作室，车前子在门口停了下。又看了看天上的太阳（我没有看清是否存在掐指一算这个动作），然后，慢悠悠地说了一句话："我们，再也回不去了。"

这时，我猛地醒了。惊出一身冷汗。

· 作者简介 ·

朱文颖，女，1970年生于上海，现居苏州。发表有长篇小说《莉莉姨妈的细小南方》《戴女士与蓝》《高跟鞋》《水姻缘》，中短篇作品《繁华》《浮生》《凝视玛丽娜》《春风沉醉的夜晚》等三百余万字。曾获国内多种奖项，部分作品被译为英、法、日、俄、韩、德、意等文字。

笑春风

□ 张鲁镭

人面不知何处去，桃花依旧笑春风。

——唐·崔护

小夏买了一瓶香水儿，她把自己喷成一只甜甜蜜蜜的大香瓜。

这是一个阳光尚好的星期天，小夏一下子冒出一大串美好的愿望——买漂亮衣服做精致发型，对，还要染一手闪闪发光的指甲。这些愿望像青蛙一样在心里跳呀跳，按都按不住。

这些愿望啊！就像新婚的缎子被面儿，又绵软又体贴，把一个平淡无奇的星期天，浸染出温润的光泽。小夏蛮喜欢星期天，无论阴雨霏霏，无论雾霾皑皑——因为这一天她可以心怀坦荡地睡到日上三竿。

这个星期天小夏依旧赖在床上，做着那些不着边际的美梦。她居然梦见校园里那棵大树结满了拳头大的金元宝。小夏正苦于够不到，一个男同学跑过来帮她摇树干，噼里啪啦，噼里啪啦。天，这不是发财了？嘟嘟嘟，枕边的手机炸开锅。

小夏愤怒地摁掉手机，将被子拉过头顶，那满地黄灿灿的金元宝，多么难得的机会，就算做梦也要爽一把。然而呢，胳膊腿断了，打个石膏还能接上；一个断篇的美梦就没那么容易接了，小夏闭着眼睛努力了半天也不行。她翻身坐起来想吼人。吼谁呢？

现在家里边没有一个目标能让她攻击——丁坤带着丁丁一大早去了补习班。丁坤这个人虽然没人本事，但他任劳任怨。洗衣服、擦地板、做早餐，还包揽了星期天丁丁所有补课的陪读兼课堂笔记整理。丁坤并不擅长数学，但他有钻牛角尖精神，为求证一个圆的面积，能死抠到下半夜去。

丁丁也上进努力，自从上了补习班，成绩一下子由班级三十名改写为二十名。这么一想小夏就不气了，索性翻开手机，哎哟，同学群里足足趴着上百条信息。什么情况？

原来下个周末要在海岛山庄搞同学聚会，周五去周日返，连来带去共三天。召集人马小军扯着嗓子喊，注意了！注意了！所有费用均无须自理，大家把自己带去就好。

此时群里正在踊跃接龙买船票。小夏思量片刻，在第二十八位后面敲上名字。她把被子拉到身上，这一刻心窝和被窝一样柔软，那些美好的愿望也争先恐后跳出来。

小夏平时对自己马马虎虎，顶多往脸上贴个萝卜片、黄瓜片算做面膜。这里边有对生活的懈怠，也有经济问题。丁坤是公务员，自己在一家物业公司上班。万儿八千的收入，对一个三口之家蛮说得过去。

然而小夏是个伟大的母亲，早早立志投资教育。在丁丁升初中之前，果断花重金购置了学区房,现在还背着一肩膀贷款呢!微信群里还在嘟嘟叫,小夏拿上挎包,春风它吹上了我的脸,告诉我现在还是春天……

美好的事物当然要从头开始,小夏转到商业中心,发廊在这里已经升华得面目全非,焕然造型、摩斯密码、曲直空间、AD工作室,不是门前的旋转灯,你都不知道里面是干什么的。

小夏的腿不知该往哪个门里迈,正犹豫着,一旁的玻璃窗咚咚响。只见一个大头盔贴在玻璃上,头盔下面是半张脸,那半张脸下面的嘴正朝她一张一翕,"来啊,进来啊。"小夏忽然联想到丁丁的变形金刚。她站在那儿丈二和尚摸不着头脑,里面出来一个服务员,"快请进,你有个朋友在里面。"

小夏看见那个变形金刚正把脑袋从头盔里抽出来,原来是同学肖林,虽然好久不见,但这张脸并不陌生,肖林常在同学群里晒她的生活照。时而面朝大海,时而仰望星空,时而嘴里叼着一粒葡萄,时而与京巴狗赛跑……满满的文艺范儿。

照片虽然也使用了美颜和瘦脸,与这张从头盔里钻出来的脑袋大体差不多。肖林对她笑,"隔着玻璃我见你走了好几圈,就在这家做吧,手艺蛮好,去年我在这儿办了VIP。我不想把头发弄得太复杂,就简单营养一下。"

服务员递过一个价目表,上面的数字从两百八到两千八依次排出阶梯。小夏有种被绑架的感觉,又没退路,一狠心点了四百八的,约等于丁丁两节数学课。

小夏习惯把物品的价格用课时费换算,比如一台微波炉八百元,那就相当于数学一对一四课时、英语小班五课时、语文大班八课时。比如给朋友结婚随份子五百元,约等于作文六课时。小夏正琢磨拿四百八换算,服务员递过热毛巾帮她敷脸,不一会儿小夏的脑袋也被套上头盔定型加热。

做头发的过程漫长又无聊,不过小夏遇见肖林了,她们可是久未谋面的亲同学，还曾经是同桌，况且还有共赴海岛山庄的计划，区区几个小时倒也容易打发。

肖林的嘴像个喇叭，哪个同学日子过得富裕，哪个同学日子过得恓惶，谁赚了大钱，谁把老本赔个精光，谁正在闹离婚，谁背地里偷偷找相好的……

"知道吗？这次的同学聚会幕后操手是付强！""我看见召集人是马小军！""他只负责张罗跑腿儿，付强刚刚晋升心情正爽，据说海岛山庄的老板是他的铁哥们儿。"

肖林忽然停下来看小夏，眼睛一眨一眨的，"付强晋升这事儿你不知道？人家都局长了！"小夏摇头，整天相夫教子，早就两耳不闻窗外事。听到"付强"两个字，小夏嘴巴寡淡，心里却扑棱一声，仿佛飞进一只鸟。

她忽然想起早晨的金元宝梦，那个帮她摇晃树干的人不就是付强吗？身穿湖蓝色运动服，里面衬着白衬衫，从头到脚都清清爽爽……小夏心里边那只鸟扑棱着飞呀飞，直把她带到多年前的那个晚上……

晚自习忽然停电了，大家都如释重负一声长叹。最好别来电，最好别来电！就这样趴在桌子上，什么也不想，什么也不做。高三的晚自习就像在黑夜里背着一座山前行，都快累趴下了，不知谁喊了一句——地震了！顷刻间桌子板凳一起响，书包文具飞满地，哈哈，一群胆小鬼……

小夏在黑暗中蹲下去寻找滚落的钢笔，她先摸到一本书，接着摸到一把尺，然后摸到一块饼干，再然后摸到一只热乎乎的手——潮潮的，散发着青春年少的体温。唰，灯亮了。除了满地狼藉外，小夏还看到一张红彤彤的羞涩的脸，那么年轻，虚火正旺，鼻尖上屹立的那颗青春痘正蓄势待发……

小夏收到情书了，不对，是纸条。豆腐块大的巴掌宽的，还有一筷子窄比打小抄纸条还细的。与此同时，小夏还收到了大白兔奶糖、巧克力豆、炮兵步兵骑兵等小玩偶……

　　小夏不讨厌付强,甚至有点喜欢。十七八岁女孩子的心啊,一个小石子儿丢进去,也会荡出层层涟漪。那付强丢下的何止小石子儿,简直就是一块大砖头。新年礼物居然是一块卡通表,甭管多少钱,也算一个大物件儿。

　　小夏对人对物都不反感,但她能管住自己。如果没有高考这道门槛也罢,年轻的朋友尽管去恋爱。关键小夏的成绩不错,关键她还梦想着利用高考给自己插上翅膀,飞到北京飞到南京飞到上海,总之外面的世界对她诱惑极大。小夏用红笔在付强的作业本上写了四个大字——远走高飞……

　　服务员送来一杯蜜水,小夏并没觉得甜。肖林还在唠叨:"知道马小军为什么鞍前马后?付强帮了他一个大忙。""什么?""帮他儿子去了重点高中,那孩子的分数离重点差了一大截。"

　　付出都有回报,银子不会白流。儿子去补习班,成绩就往前跑了;自己来发型屋,头发就柔顺了服帖了。服务员指着墙上的一张贴画,"要不要在前面漂一缕棕红色,就像画上那样,又减龄又洋气,还能讨个红运当头的彩!"这次小夏倒爽快,连价格都没问。

　　肖林把整个头都染成枣红色,乍看像只火鸡。她们抚今追昔地聊啊聊,十几年的光阴在她们舌尖上倏忽跳过。结账时小夏借光享受了会员价,这么一算,前额那缕红头发等于免费赠送。

　　两个女人从发廊里出来,彼此打量着心情都不错,都有旧貌换新颜的感觉。难得偶遇,尤其小夏,她今天获得的信息量,远远超出之前几年的总和。她们都不愿意就此收兵,便像亲姐妹那样,挽起胳膊逛街了。

　　很快肖林的手上胳膊上都挂满了购物袋,远看像棵圣诞树。小夏就谨慎多了,锁定目标后,偷偷打开手机淘宝。经过反复求证,她买下一条裙子。

　　自从有了淘宝,小夏差不多没逛过街。现在生活仿佛跳回从前,漫不经心地走在大街上，没有目标，没有方向，东游西逛。

累了，她们要坐下来小憩吃点东西。商场里刚好有一家西餐厅，小夏决定这一顿她请，刚刚在发廊已经跟人家借光了。

小夏要了两份牛排，她在手机上快速翻找美团，这家店怎么没上美团？她让肖林看同学群，报名人数还在增加。肖林笑，"这回是白吃白住，还有人给买船票。"这话让小夏心里很不舒坦，她怏怏地放下手机。

肖林看看她，"你蛮仔细的，我老公成天骂我败家。"这话更烦人，简直在卖弄了，"我发现你还是个手机控，几乎寸步不离。"机会来了，小夏说老公带儿子去补课班，遇到弄不明白的题及时发过来，刚刚一边买衣服还解了道数学题。

这么说的时候，小夏就找到了信心，也在提醒肖林，当初她可是班里的学霸，到现在这些功课还是她做人的底气。肖林讲现在的课本可比我们那时候难多了。小夏挑起一块牛排，"只要我认真研究，没问题。"

"你不给孩子辅导吗？"小夏明显不厚道了。肖林功课差，当初作业小考都依靠她，连高考都没参加。这便是女人，刚刚还挽着胳膊跟姐妹一样，现在又杠上了。

"辅导可轮不上我，她爸爸就是教数学的。""中学老师？""对。""那他也在外面开辅导班吧？""是的，他在这个领域有名气，学生还不少呢！"

小夏知道现在学校里的老师差不多都在外面开班挣外快，家长们辛辛苦苦赚俩钱，都奉献给他们了。不是昂贵的补课费，她哪至于过得这么紧巴？

小夏提醒她，"据说现在抓得紧，被逮住要开除公职的，你老公可千万小心。"肖林满不在乎，"大不了不干了。现在有多少老师辞掉公职开补课班，一年收入过百万。"这个话题太拧巴，容易把刚刚捡起来的友谊破坏，停！就此打住。

小夏开始说儿子,她平时也爱聊孩子,当然要谈祖国的花朵,将来天下是他们的。大人有什么好讲的?昨天和今天一个样,今天和明天差不多。

由儿子又说到学区房,眼下学区房是小夏最牛的硬件,家里的收入和学区房隔着一道鸿沟!然而小夏就是天不怕地不怕地买了。凭着勇气凭着母爱凭着魄力,她该出手时就出手。

肖林说女儿在国际学校,高中准备去国外念。肖林变了,曾经小绵羊似的她,此时正顶着一头红发坐在那儿,她穿着入时声音响亮,貌似生活得可以。肖林答应把内部数学试卷发给小夏,并免费教丁丁答题技巧。

打西餐厅出来,两个女人又挽起胳膊,经过美甲店,小夏要进去看看,肖林说明天请你去美容院,那边美甲免费。哦,只要做得好,不免费也没关系。

小夏很久没这么开心了,她套上新裙子,刚漂的那缕棕红色头发画龙点睛一样,让她显得越发白净。小夏忽然就不那么心疼钱了,钱不光要服务于儿子,还要服务于自己,她对着镜子嫣然一笑,都有笑靥如花的意思!

在美容院的软床上,小夏被三个人精心侍弄着,一个给她做脸,一个给她按脚,还有一个给她涂指甲。对面床上的肖林在打鼾,张着嘴巴一点都不雅观,她在做梦吗?

她会梦见校园吗?那可是她不得志的地方,倒数第一那把交椅归属她好几年。肖林课堂上喜欢画小人儿,她把书上本子上都画上古代美人儿。老师夺下笔一声叹息,肖林啊!你以后要和这些美人过吗?

老师说,小夏啊又考了第一名!小夏啊你会飞得更远、飞得更高……

小夏睁着眼睛也在做梦,她的梦不是深藏在梦里,而是浅浅地像云絮一样飘浮在眼前,老师、同学、操场、大白兔、巧克力……

雨很大,小夏后悔早晨没有带伞。正拧着眉头发愁,一把雨伞花蘑菇般在头顶撑开。回家的路很近，两个人却愿意舍近求远。他们来到一条又窄又泥泞的小路上，深一脚浅一脚蹚水玩儿，再弯再绕的路也有尽头，小夏嘴里含着巧克力把两条胳膊搭在窗口，那个背影正渐行渐远……

"怎么又下雨了？"小夏叫道。哈哈，原来美容师正往她脸上补水，肖林坐在对面床上喝茶，"什么美梦让你笑出声了？"

小夏问："这次同学聚会邀请班主任袁老师了吗？""马小军打过电话，她在外地给女儿看孩子。"小夏内心一阵喜悦，肖林狠狠把茶叶啐到地上。

"记得吗？那次课堂上我给你饼干，袁老师看见一下子就火了，'你不思进取可别耽误人家小夏。饼干算什么？蛋糕油条鸡腿，将来小夏都有得吃。有人就只能看着了。'

"呵呵，从举这些例子看，她也没吃过什么好东西、没见过大世面！当时这些话就像刀尖一样在我心上滑，后来就把我换到末尾一排，真心盼着那老太太来。"

这话茬儿别扭，也是小夏的痛点，她后来仅读了本市一个财务大专。一失足造成半辈子恨，所以她跟同学中断来往，所以她痛下决心买了学区房，想把曾经的遗憾从儿子身上捞回来。能捞回来吗？现在的努力跟将来的生活状态能成正比吗？

"马小军儿子读哪个重点高中？""最牛的一高，还不是付强的本事？"肖林忽然盯着小夏，"那时候人家追你追得多苦！都买手表了。"小夏不以为然，"我老公也很好啊，身体健硕心地善良，疼老婆爱儿子，事业蒸蒸日上。"

美容师忙完递过一杯茶，"感觉如何？"小夏看看闪亮的指甲，摸摸滑嫩的脸蛋儿，很天真地点头。"那就办一张年卡，肖姐的朋友给八折。"

"办一张，"肖林怂恿着，"学区房都能搞定，一张美容卡算什么？女人怎么能远离美容院？"小夏骑虎难下了，美容卡红红的像一簇火焰，小夏被烤得脸红胸闷。

　　小夏去家附近的小卖店，老板娘夸她气色好；小夏去信箱里拿报纸，邻居大婶说她今天好漂亮。小夏胸口就不闷了。

　　她对着镜子照了又照，丁坤和丁丁好奇，这是要干啥？"周末去海岛山庄同学聚会。"丁坤点头，"那就对了。"

　　去年他们同学聚会，女同学们浓妆艳抹争奇斗艳。"有个女同学喝多了哭，眼泪把脸上的粉底冲出两道沟来。还有个女同学，也穿了一件你这样的葱心绿连衣裙，把身上勒出好几个游泳圈。"丁坤边说边笑。

　　看小夏没笑，丁坤也就把笑收住，"我们小夏身材皮肤都没走样，比这再绿也撑得住。对，从下周开始数学课每节上调四十元，这帮老师真他妈的黑，挣钱挣疯了。"丁坤挥着手臂把牙咬得咯咯响，恨不得把那补课老师揍一顿。

　　小夏说肖林她老公是数学老师，也在外面开着班。看那消费水准，估计没少赚钱。两个人同时感慨，当年都没人愿意读师范，三十年河东、三十年河西，谁又能看那么远？

　　丁坤拿上笔和纸，小夏一个哈欠钻进被窝，她把头蒙起来让被窝变成自己的小世界……丁坤和小夏每晚都要有个差不多类似碰头会的仪式，就是把第二天所购物品一一罗列，咸盐、酱油、辣椒面儿、丁丁的笔记本、小夏绑头发的橡皮圈……

　　碰头会认真严谨，开源节流，慢慢变成一种生活习惯。开源的办法是，丁丁的试卷打印、家里的充电宝充电，两个人分头拿到单位里搞。节流为丁坤在他们食堂买馒头，雪白的大馒头一块五俩，有时候临下班还能碰上五块钱一大兜子的好运气。都是小喜悦小甜头，今天小夏临时休会。

　　刚刚肖林发过来一堆数学卷儿，还约小夏明天傍晚去逛街。小夏确实想去买双鞋，那会儿她把所有鞋子都试了一遍，没一双和新裙子搭，不过她想自己去。

"小夏、小夏。"商场里好几个人朝她喊，小夏皱着眉头不愿意听见，可她又不聋，那么多人把她当目标，连路人的眼神都朝她看。都是老同学，肖林也在其间。小夏赶紧做出惊讶兴奋状，并和每个人抱抱。

小夏看看表说自己赶时间，然后她把自己隐藏在卖健身器材的角落里，看着同学们从女鞋柜台辗转到化妆品柜台，又辗转到金银首饰柜台。然后她们手里就添了一个又一个购物袋，然后推旋转门离开……

小夏看好灰色和棕色两双鞋，她拿不定主意。服务员说："刚才一个红头发女人，一下子买三双，两双都买给你打七折。"小夏听话地买了。

丁坤看见小夏拎着两个鞋盒进来，眉头那里就拧出个川字，今天食堂里的馒头也涨价了，原来一块五俩，现在一块钱一个。

晚上丁坤想继续碰头会，小夏立刻闭上眼睛假寐。她心里琢磨着，衣服鞋子有了，头发指甲做了，看看还差哪里？她可是曾经的学霸，不好让人看扁……

夜里小夏悄悄爬起来，她把行头再次武装上，总觉得哪里欠点火。差哪儿呢？对，首饰！今天看见那些同学，脖子上耳朵上手腕上，走起路来丁零响。没必要那么夸张，但起码的点缀还是必要的。

首饰盒里的宝贝们已尘封多年，都是小夏当年的嫁妆，金戒指、金项链、金耳环，它们已经被岁月染上风霜，陈旧又黯淡，都让人联想到外祖母和奶奶，这些可不是一咬牙就能买的玩意儿，笨蛋，金子能以旧换新的。

小夏在金店用零零碎碎的细软换了一只稍有分量的手镯、一条精细的项链。黄灿灿的一粗一细，戴起来有分量还不张扬。

公交车上小夏望见对面女孩背着一个精巧的小包，她当即发现自己还缺个包，于是赶紧下车。小夏不买品牌包，价格太贵；她也不买A货，那有失尊严。她买了一个手工编织的草包，又文艺又便宜。

天空蔚蓝晴朗，棉絮似的白云在天空不紧不慢地飘。晚霞是一年中最纯正的金红，多情地洒落在每一个地方，小区里的花还香着。树上鸟儿在叫，小夏拎着购物袋抬头望，一缕头发被风吹到额前，那缕红头发。

丁坤在厨房忙，小夏迅速将购物袋塞进衣柜。她想把所有的新品都披挂起来看效果，可丁坤总在眼前晃，小夏巴望他赶紧睡。

丁坤不睡，他要讨好小夏，水灵灵的桃子送到嘴边。小夏刚咬一口，他则快速递过来一张纸，上面赫然写着煤气费、物业费、补课费若干开销。小夏愤然将桃子丢到地上，丁坤捡起来用手擦擦咬一口，"不就是个同学聚会，怎么都重新做人了？"丁坤说完赶紧闪身。

小夏没追出去，她要反思一下。

小夏的日常像一杯白水，慵懒透明，无色无味！晚上丁坤把从食堂带回来的馒头热热，再炒两个菜。饭后他陪丁丁做功课，小夏则躺在床上追剧，追个三两集也就睡了。小夏爱犯困，就算坐在办公室也能睡一觉。

一次丁丁问妈妈爱好什么，小夏回答得干脆，睡觉。世上没有比这更实惠的爱好了，小夏不像别的女人又美容又健身，节目那么多，因为她内心没想法没波澜。女人臭美也好打扮也罢，都需要一个展示的平台，小夏没有，她每天所面对的外部环境很素。

小夏所在的物业分公司，在一个不足百户人家的小区里。经理加她再加上保安保洁只有八个人。经理和四个保安均男性，年龄都五十开外，余下的就是小夏和两位保洁大妈。

外部没压力没竞争，没有嫉妒没有攀比，连穿件漂亮衣服都没人多看一眼。内里丁坤则像头老黄牛，最有成就感的事，就是用两个小时解开一道数学题。最开心的事，就是花五块钱把食堂里的剩馒头都买回家。没有酒局，没有牌局，没有夜生活。他慧根清净没一点花花肠子。

这样的背景容易让人随弯儿就弯儿，小夏就要破罐子破摔了。春雷一声响，同学聚会在即，新发型、新裙子、新鞋子、新包包。小夏沉浸在物质和期待的喜悦里，丁坤的臭脸就像一个屁，散了就散了。

这几天同学群里一直热闹，大家都在努力回忆过去，忽然说到那年夏天蚊子特别多，有一天小夏带着一身清香来上学。那味道美好得能让人联想到森林、小溪……小夏喷花露水了，那个晚自习她用身体支起了一个隐形的蚊帐，好多人都想躲进去，小夏也因此得名"香香女"。

明天再去买一瓶香水。丁坤已经在客厅沙发上睡了，身体像孩子似的佝偻成一个虾米。这人睡觉从不打呼噜，安静得像只猫。家里还没穷到揭不开锅，而是他们已习惯了仔细，面对集中消费，这男人心里没底。

丁坤性情温暾，已经做了十几年科员，不出意外的话，他会在科员的位置上地老天荒……

临下班肖林电话约小夏去洗浴中心桑拿，肖林说她手里有票。小夏就给丁坤发信息，晚上同学请客去洗澡。

坏菜了，小夏忽略了一件事儿，早晨她随手套上一件烂背心。烂背心的优点是软和，和没穿差不多。谁想到肖林会约她洗澡？偏偏又忘记身上这破烂玩意儿，在更衣室她以迅雷不及掩耳的速度将其扯下，往衣服箱里投掷时，没投准。啪叽，一小堆绵软的泛黄地带着几个斑驳小洞洞的针织物掉到地上，小夏瞥见肖林的眼神很有内容。

小夏都想拉着肖林去家里看看，她衣柜里就有一套黛安芬，商标还没拆。她的生活绝对没这么不堪，上周单位还发了奖金两千块！可这活生生的烂背心，让人有口难辩。

小夏不是好惹的，这样的笑话能让你白捡？等着瞧吧！在休息大厅她问肖林:"你现在都不工作吗?""不去,忙一个月还不够那人讲一天课的。我主要是享受生活,养生、美容、瑜伽……刚刚还去城西看了别墅。"

"其实工作也不单单为赚钱,那是一种自我价值的体现。社会上有交往,生活上有规律。"这俩人又杠上了!

小夏在心里骂,中学教员的老婆,派头摆得倒像大款夫人,想当初为了抄她答案那副低眉顺眼。物质方面不行,小夏就在精神方面巧取。

小夏说春天她都会把槐花晒干做成槐花饼,夏天把玫瑰晒干做成玫瑰酱,秋天把野菊晒干泡水喝,冬天会收集落雪煮茶……

小夏说她喜欢一边听落雨声一边记账,效果是账目一分钱都不差,"我们财务工作者几乎不得老年痴呆。"小夏很认真,讲得像真事儿一样!完全进入了角色,她还要再上个档次,于是又谈到海明威和米兰·昆德拉。

肖林差点笑出声,她使劲儿摁住嘴巴。昆你个头啊!穿那么烂的破背心儿还玩儿这套,肖林控制住情绪说:"让我们一起发财吧。"小夏说:"生命不能承受之轻。""呵呵,无论轻重,没钱的日子终归不好过。"小夏说:"一个人可以被毁灭,但不能被打败。""那个我老公是市级教研员,他愿意把知识传播得更广泛,有计划在市中心办一个大型补习班,等我把收费标准课时内容发给你。介绍一个生源提成五百,介绍十个五千,介绍二十个三十个……没有任何本金,等于白捡的钱……"

小夏说:"现在不要去想你缺少什么,想一想凭现在的条件能做些什么?""你现在的条件吗?你儿子那些同学都是发展对象。可以大力宣传,我们有自己独特的教学方案。"小夏翻翻眼睛,"丁坤在政府机关上班,下一步要考虑给他提干,只怕给他带来影响……"

家里空荡荡,趁没人,小夏把这几天购置的东西一股脑儿堆在床上,簇新的衣物把整个房间都点亮了,小夏赶紧穿戴,此刻衣服在她身上已不仅仅是衣服，而是具有了神奇的抚慰身心的力量。

镜子一向是女人最亲密的朋友和死敌，现在成了小夏的闺蜜。这样一张清秀白果脸，即便站在娇美贵妇身边也不逊色，她怎么就给忽略了？小夏忽然觉得有一大段好光阴，让自己白白弄丢。肖林已经把招生简章发过来，一个大型辅导班，包括所有主科。还有各科试卷，肖林说这试卷就是鱼钩。

从丁丁上幼儿园到现在，小夏手头一大把的家长资源，凭着耐心凭着当初的学霸精神，做大做强完全可以，有了钱能更好地爱惜自己，小夏想其实肖林这人也不赖。

有人敲门？小夏赶紧将身上的衣服往下撤。原来是找对门的。小夏为刚刚的举动骂自己，怕啥？不就美一下？要让那父子俩渐渐习惯。都要挣外快了，去你的碰头会吧。怎么还不回来？丁坤生气带着儿子离家出走了？

小夏在家长群里问，有人看见丁丁吗？片刻回复，他爸爸带着去奶奶家了。小夏躺在床上设想着明天见面的情景。大家都变样了吗？女同学大体认得出，她们微信头像都是自拍照。

付强的头像是一片海，他和小夏一样在群里潜水。她想点进去看看，那边却设了密码。小夏拿新买的香水，把自己从头到脚喷一遍。钥匙开门声，小夏赶紧闭灯。

第二天一早老天爷就阴个脸，小夏去单位请了半天假，回家收拾东西准备出发。除了服装洗漱用品，还拿了一本书一把檀香。这属于精神层面，也是生活姿态一种。

小夏乘出租去码头，群里忽然通知，因为台风原因，所有客船停运，马小军在群里急呼，天公不作美，同学聚会不能如期进行。小夏依旧去了码头，她看见通往候船室的大门紧锁。那个通知停运的大牌子，被风吹得左右摇摆。

小夏拖着箱子在岸边走得很慢，海风把她做好的头发吹散吹乱。她有些烦还有些伤感，索性把脚下的小石子儿一个个投向大海。此时在她身后正站着个巡逻老大爷，这位大爷已观察她好半天，台风就要来了，谁不急着往家赶？这人？"姑娘，想开点，人这一辈子没什么大不了，过着过着就老了……"

台风过去又赶上暴雨，一个星期又一个星期。总算盼到风和日丽，马小军却在群里说，有同学因为出差不凑巧，再等等，好饭不怕晚。

天凉了，人们从单衫换成毛衣，出差的同学还没回来，肖林说那出差的同学就是付强。渐渐这个同学聚会就变成挂在鼻尖前的苹果，能看到能闻到却咬不到。

小夏被苹果的香气牵引着，从肉体到灵魂。

她每天晚上都给家长们发模拟试卷，连业务经理的名片也印好，然后给自己敷上面膜。丁坤不再计较碰头会的事儿，小夏都是业务经理了，经理就该干属于经理的事儿，比如联系各方家长，比如发发试卷。他也不再对老师们咬牙切齿，认为那是劳动致富，比贪官污吏强多了。

小夏不躺床上追剧了，她坐在阳台上喝红酒，红酒是婆婆自酿，最初装在矿泉水瓶里。小夏把它倒进一个大肚子小细脖的玻璃瓶，还买了高脚杯。叮，和窗台撞一下。

小夏脸蛋红了，眼睛亮了。她看着远处的星光，想着曾经的年少时光。花非花，巧克力非巧克力，都是甜美的记忆。

一颗空荡荡的心，被红酒和回忆填充着，被淘宝和唯品会填充着，真丝睡袍文胸鞋袜……手指轻轻一点，这些东西就归她了。

小夏也不再嗜睡，在阳台上一坐半宿，音乐、回忆、憧憬……

它们像春日里的小雨，淅淅沥沥落地生根。小夏非常喜欢恩雅那首《唯有时光》——当初付强送她的CD。再听，荒凉许久的心，忽然有了绿意……此刻小夏睡衣里包裹的不仅仅是肉体，还有那复苏的灵魂……

小夏想在阳台上安一个橙色壁灯，橙色是青春和梦的颜色。她用眼睛寻找着合适的位置，忽然看见墙上一个飘忽的鬼影，啊！那个复苏的灵魂被吓出窍，原来是丁坤。"那什么，石头妈和你要一套数学卷。"丁坤手里捏着小夏的名片，这是眼下不开碰头会的心灵慰藉。

这一天沉寂很久的同学群又热闹了，马小军放炮仗一样——注意了，大家注意了，这个周末我们海岛山庄见。

小夏第一个反应，买衣服去。夏天置办的那些统统用不上了。网购来不及，下了班她直奔商场，这个季节的服装要比夏天贵。小夏买了一条羊毛连衣裙、一件质地沉坠的米色风衣、一双黑色短靴。回到家又觉得先前的睡衣颜色偏暗，于是打车重返商场，选了件橙色的。

小夏幻想着几个人挤在一张铺上，自己就是那万绿丛中一点红。其实也不是虚荣，要说女人的虚荣，很多时候是用来支撑人生中最基本的东西，譬如自尊。这时候虚荣就不再是奢侈，是生活的必需品。

星星一颗一颗亮在天上，祈祷明日风平浪静。

小夏把拉杆箱拖到街口时，又出岔头了。某同学被临时派往外地学习，马小军高呼，再等等，酒越陈越香。

小夏今天画着精致的妆容，穿着漂亮的衣服，连假睫毛都贴上，就这么回去太浪费了，她拖着箱子在街心公园左一圈右一圈转。远处飘来一首歌，是等待春去春来，还是等待一朵花开。春去春来呀，花谢花开呀……

如果你碰巧从那里经过，就会看到这样一个女人，她步履缓慢，面带微笑，偶尔还停下望望天空的白云，宛如外来游客。

殊不知她的家就在附近，她的男人和儿子正风风火火赶着去补习班。

小夏打电话给肖林,"怎么搞的?又这样!""不去挺好,正事还忙不完呢!""出来逛逛?""不好意思,正忙呢。一个同学聚会,别太在意。你现在主要是开展业务,我这边手续办好,你那边生源可要跟上。"

天空飘着雪花,转眼入冬了。群里也和这冬天一样安静,几个女同学偶尔发发自拍和天气预报。

小夏和肖林碰面谈业务,肖林感慨现在办事儿太艰难,手续现在都没落实!"那天看见马小军了,你的初恋情人这个月中回来,同学聚会指日可待。开心不?"小夏问:"怎么没在群里通知?"之前两次都放了鸽子,这次是该谨慎些。

小夏在商场里看好一件羊绒大衣,偷偷拍了照片在网上搜,没搜着。小夏着实喜欢那大衣,去商场看过好几次。接到聚会通知第二天,小夏果断入手,同时还买了羊毛打底裤和丝巾。

付强终于浮出水面,说都是自己耽误了这么长时间,他准备自罚三杯。为表达歉意,还给每位同学准备了一份海鲜大礼包。马小军大赞友谊万岁!群里一片喝彩。

小夏整理行装,丁丁祝她明天如期顺利。丁坤附和,同学聚会还送海鲜大礼包,上档次,像我们去年就一个笔记本。好啊,新年不用买海鲜了。

肖林来电话,"亲爱的,明天在海岛山庄,争取把付强拿下!""拿下?""对,煽情啊,美人计啊,管你什么办法!你不知道,之前为了补习班的事儿找他好几趟,满嘴都是官腔。同学的情分一点不讲,这事他正主管……"

"带上那盘《唯有时光》的CD,去唤醒你们初恋的记忆。明晚还有舞会,我给你准备了连衣裙,橙色的……""那、那不成勾引了?""小夏呀,做生意都要略施小计的。""我可不行!""小夏呀,把钱赚到手是目的,有了钱才能表里如一,你那烂背心真让人上火……"小夏一颤,手里的香水瓶掉在地上……

小夏翻出一个纸盒箱，里面有CD、笔记本、漫画、书签、糖纸、头花、士兵小玩偶……

当晚，她做了个梦，梦见纸壳箱里的物件都活了，糖纸上的大白兔问她："姐姐，你知道那个炮兵小子去哪儿了？我们已经很久没见到他。""他呀，去前线了。""他还回来吗？""不回来了。""他牺牲了？"大白兔就要哭出来。"哦，没，他长大了……"

天空挂着一枚月牙，小夏坐在阳台的藤椅上，手里端着酒杯，耳边萦绕那首《唯有时光》。此刻，那个小岛的上空也挂着一枚月牙，一群中年人正在昏暗的月光下高歌舞蹈……

窗台上，士兵玩偶乖乖地站成一排，它们可是她最珍贵的宝贝，要好好保护着，不被蒙上灰尘。小夏用酒杯撞撞它们的头，然后一仰脖，干了……

· 作者简介 ·

张鲁镭，女，1969年生，中国作家协会会员，文学创作一级，辽宁省作家协会主席团成员，辽宁省作家协会签约作家，现工作于大连市文化艺术研究所。作品发表于《人民文学》《中国作家》《当代》《十月》《北京文学》《小说月报·原创版》《青年文学》等杂志，并被《小说选刊》《小说月报》《新华文摘》《长江文艺·好小说》等杂志多次转载。小说集《小日子》入选2008年中国作协"21世纪文学之星丛书"。曾获第五届、第六届、第七届、第九届、第十届辽宁文学奖，第二届"禧福祥杯"《小说选刊》最受读者欢迎小说奖，第六届《中国作家》"剑门关"文学奖。

萨赫勒荒原

□ 朱山坡

抵达尼日尔首都尼亚美的那天晚上，是一个叫萨哈的尼日尔黑人来机场接我。因为天黑，我看不清他长得怎么样、面部有什么表情。从机场到宾馆，我和萨哈几乎没说什么话，他跟我想象中热情奔放、擅长胡侃的非洲人形象不太一样，一路上拘谨得略显尴尬。第二天，天还没有完全亮，萨哈便推开我的房门，将我从床上提起来，简单收拾一下便出发了。我无法弄明白我的房门为什么未经同意而被粗鲁地打开。这个时候我才发现，他的脸憨厚纯朴，身材中等，看上去很强壮。只是他的性子有点儿急，收拾东西，走楼梯，跨过路障，风风火火的，我的行李箱被扔进车里时我还来不及提醒他小心轻放。我有些不愉快，但不能怪他，因为我已经被告知，哪怕一路顺风，从尼亚美赶回津德尔中国援非医疗队驻地也要走完整个白天。总队领队反复叮嘱我们，一定不要走夜路。上个月，在卢旺达的一支中国援非医疗队就因为赶夜路出了车祸,虽然没有出现重大伤亡,但使馆一再强调:出门在外,安全第一。萨哈觉得他的责任十分重大,不仅要负责我的安全,还要保证车上的药品食品一件不少地送达驻地。

"日落之前必须赶到。因为夜幕降临,魔鬼也跟着降临。"萨哈对我说。非洲人习惯日出而作,日落而息,不习惯走夜路。夜路不是给人行走的。看得出来,他是一个经验丰富、值得信赖的老司机。

我们迅速出发。

按原计划安排,我本应在尼亚美法语强化班培训半个月,下个月初才赶往津德尔接替援非满两年的老郭,但老郭突然病倒,紧急送回尼亚美,抢救无效,前几天去世了。我和他的遗体在空中擦肩而过。老郭一走,津德尔地区医疗队就缺少拿手术刀的医生了,而那里等待做手术的病人排起了长队。我只好提前出发赶赴津德尔。

从市区出来,很快便走上了横跨尼日尔东西部全境的"铀矿之路"。此路全长有一千多公里,津德尔就在路的另一头。由于年久失修,路况很差,坑坑洼洼,像国内的乡村公路。车在路上走,像一艘驳船漂荡在风急浪高的海面上。我坐在副驾,双手牢牢抓住右侧顶上的扶手,时刻担心被抛出车窗之外。萨哈开车很专注,对我的狼狈和紧张熟视无睹,应该是习以为常了。我时不时提醒他"开慢一点儿",但他把我的话当成了耳边风。为了安全,我还是忍不住一次又一次提醒他慢一点儿,但越是提醒,他开得越快,仿佛故意跟我较劲。越往前走,越辽阔、越荒凉、越凋败。村落和车辆越来越少,天色越来越明亮。已是深秋,满眼萧瑟,举目苍茫。

萨哈给中国援非医疗队当司机有三年多了,在尼亚美就看得出来,他对中国医生的信任和爱戴发自肺腑,源自骨髓。他比我年长十几岁,总是用父亲一般的目光看我,让我有些不自在,但又觉得很有安全感。我对非洲大陆的了解仅限于书本和影视，对这里的一切很陌生，所以很忐忑，尤其是两个人行进在如此辽阔的大地上，前路迢迢，我心里更加惶恐。萨哈话不多，不愿意跟我闲聊，但对我偶尔提出的疑虑，他总给我满意的解答。有时候，他还忍不住纠正我的法语发音。我按他纠正的发音再练习三遍，他满意地转过脸来朝我露出厚肥的嘴唇保护下的洁白整齐的牙齿。

萨哈话多起来是因为进入了一个一望无际、渺无人烟的荒凉之地。

"萨赫勒大荒原。"萨哈说，"穿过去就是我们的驻地了。"

我想象中的萨赫勒荒原跟看到的完全不一样。它太辽阔、太平坦、太荒凉！不像新疆的戈壁滩，也不像内蒙古的大草原，这里简直看不到人类活动的痕迹。路边全是荒凉的灌木、荆棘和草甸，并朝着四周蔓延开去。一堆堆，一丛丛，像是一个又一个部落。每一棵树、每一只鸟、每一根草，都仿佛相处了千年，早已经看腻了彼此，却又不得不互相为邻，紧挨着搀扶着度过漫长的岁月和亘古的孤独。开始时我对此等风景感觉很新鲜，甚至有些兴奋，仿佛处处有惊喜，但很快便审美疲劳。因为此景近处是，远处也是，比远处更远的地方还是，仿佛全世界都是，像懒惰而马虎的画家留下的巨型草图。画家来不及完成它，或压根儿不懂得如何完成它，便在被孤独折磨死之前赶紧逃之夭夭。路的前方偶尔有风刮起的黄土，黄土里偶尔有羊群和野牛乍现，以及空中盘旋的黑鹰和乌鸦。环顾四周，在荒野里只有我们这一辆车，渺小得像一只爬行的蚂蚁，此刻我觉得我们不应该闯进这个原始的寂静的世界。最让我绝望的是，无论头抬多高，也看不到路的尽头。毫无疑问，这是世界上最孤独的公路，从荒凉通往荒凉，从寂寞通往寂寞。

我问萨哈，穿过大荒原要多久。

"日落之前。"萨哈脸上的淡定让我惊讶。

何时才日落呀？这太阳似乎才刚刚升起，那么高迥无际的天空，太阳会落山吗？极目远眺，毫无尽头，山在哪里？

"山在我的心里。"萨哈说。

我刚想哂笑，萨哈突然肃然起来。

"老郭就是一座最高的山。"萨哈拍了拍方向盘，仿佛是刻意提醒我，不容我置疑。

怎么突然说到老郭了呢？

我故意对他隐瞒实情。"我不认识老郭，只知道他是天津市著名的外科医生，曾给非洲几位总统做过手术，医术很高明。"

"你怎么不认识老郭呢？"萨哈惊讶地质疑我，并朝我投来不满的目光。也许在萨哈的眼里，我只是乳臭未干的新手，他不相信我能取代老郭。

我说："中国有很多跟老郭一样技术高超的医生。"

萨哈说："我知道。但老郭不仅仅是一个医生……你竟然不认识老郭！"

因为我说我不认识老郭而惹萨哈不高兴了，因而又走了很长的路，他都不发一言。眼前令人忧伤的苍凉和不知道何时才走到尽头的绝望，让我也不想说话。

"我一共有过七个孩子。夭折了四个。"萨哈说。

不知道从什么时候、什么地方开始，萨哈突然开了口。他说"夭折了四个孩子"把我镇住了，我好久才反应过来，直了直身子："怎么啦？怎么会这样呢？"

我知道，在疾病和饥荒的多重打击下，尼日尔的死亡率很高，尤其是儿童。在国内培训时，看纪录片或听期满回国的同事讲述得知，在瘟疫流行的尼日尔一些地区，人命如草芥，尸体随处可见，人走着走着倒地就再也爬不起来。

　　萨哈没有回答我的疑惑。或许他觉得我压根儿就不应该有这样的疑惑。因为在这里，死亡不分年龄，是一个常识。他又陷入了无边无际的沉思。

　　我想打破尴尬的沉默，刚要向萨哈打听一下老郭的故事，萨哈突然一个急刹车，我的头差点儿碰到车窗上。当我抬起头来，萨哈用手指了指车头前面，一条身材臃肿的蜥蜴正慢吞吞地摆着尾巴横穿公路，不慌不忙，霸道得像是大荒原的主人。我明白了，是萨哈给蜥蜴让路。

　　我感觉头晕目眩。萨哈若无其事地说，还好吧？也不向我道歉什么的。我说，有点儿晕。但萨哈并不理会我，车子继续往前走，加快了速度，身后扬起的尘土遮住了公路。

　　"要不，我们聊聊老郭？"我说。

　　萨哈的脸上突然布满了悲伤，连皱纹的缝隙里都堆积着难过。好一会儿也不吭声，只是喉咙咳了咳，像是被什么卡住了。看到此等情景，我也不好再提老郭了。萨哈也没有了说话的兴趣，面包车像辽阔海面上的飞鱼跳跃着前进。我担心车子会散架，紧紧抓住车顶上的扶手。但萨哈的驾驶技术真不错，车子跃起落地都很平稳，没有左右摇晃得很厉害。我不再提醒他"开慢点儿"，因为我也希望他尽快带我走出这个寂寥的大荒原。

　　荒原越来越苍茫，阳光越来越刺眼。我看着干旱的土地，喉咙突然有冒烟的感觉。我拿起矿泉水吸了一大口，然后把头探出车窗，朝饱受干渴之苦的灌木、荆棘和草甸，以及那些可能隐匿其中的动物用力地喷洒过去，希望能滋润一下它们。

　　"你真是一个傻瓜！怪不得不认识老郭。"萨哈看了我一眼，摇头道。

　　"我后悔没有从国内带来足够多的水，否则我能把整个大荒原都浇灌一遍。"我说。

萨哈笑了，用力踩了油门。车像一叶扁舟跃过海面。

车子跳跃之间，我的肚子饿了。这个点，也是午饭时间，但萨哈没有停下来歇息片刻的意思。我可受不了饥饿，从挎包里掏出一包饼干。萨哈不吃我递给他的饼干，也不吃车上公家的食物，只吃自己随身携带的粟饼和水。我听说了，萨哈自尊心很强，从不贪小便宜，从不吃别人的口粮的。他一边开车，一边啃了一半粟饼，喝了一小口水，算是午饭。剩下那半块粟饼，他不忍再啃，放回衣袋里。我不相信那么高大壮实的一个人吃那么点儿就饱了。我可不那么省，但在萨哈面前也不好意思吃得太奢侈，只吃了几块饼干和一罐从北京带过来的八宝粥。饭后，我迅速有了睡意。尽管车子一路颠簸，我还是迷迷糊糊地睡着了。

不知道睡了多久。我是被萨哈又一个急刹车惊醒的。当我睁开眼睛时，看到车头前站着一个身材高瘦的黑男。他双手张开，拦住了车的去路。

我大吃一惊，以为碰到劫匪了。在尼亚美的时候已经被告知，近年来由于旱灾，尼日尔遭遇了大饥荒，疾病盛行，饿死、病死的人随处可见，人们求生的欲望超过了对法律和戒条的敬畏。有些地方并不太平，常有劫匪出没。去年法国一支医疗小分队在穿越萨赫勒荒原时便遭遇了悍匪，两个医生和一个司机被枪杀。我心里下意识地说了一声：完了！

萨哈倒很镇定，伸出头去，朝那个黑人质问说："尼可，你要干吗？"

原来萨哈认识他。我悬起来的心顿时放了下来。

那个叫尼可的男人走过来跟萨哈叽里呱啦地说："我等你们两天了。三天前，有人看见你的车子往尼亚美走，我以为你昨天回来。如果今天等不到你，我会疯掉的。"

萨哈扭头对我解释说，"一个熟人……郭医生给他的老祖母做过手术。"

尼可朝我草草地瞧了一眼，对我说："他是我爸。"

他指的是萨哈。我仔细一对比，他们还真有几分像。尼可虽然长得很高，脸也黑得成熟，但仔细一看也就十五六岁的样子。萨哈知道无法隐瞒，耸耸肩对我说："是的，他是我儿子。"

此时的阳光已经变得很柔和，有了黄昏将近的意思了。

尼可穿着一件灰白相间的衬衣和一条白色的中裤，赤着的脚脏得黑乎乎的，是一张温顺老实的脸。

萨哈说："祖母还好吗？"

尼可说："情况很不好！本来她快要不行了，一听说郭医生得病，她又活过来了。"

萨哈说："你告诉她，还早呢，不要急着上天堂。"

"祖母要去津德尔看郭医生。"尼可焦急地说，"郭医生是被魔鬼缠上了，祖母说要给他驱魔。"

萨哈说："郭医生去了尼亚美……"

尼可说："祖母说了，只要魔鬼还缠着郭医生，即使郭医生回到了中国，她也要去找到他。"

萨哈说："没……没必要。"

尼可说："祖母说了，她必须救郭医生。"

萨哈说："郭医生能自己救自己。"

尼可说："祖母说了……"

父子两人争执起来，各不相让。

我大声地劝了一句："你们不要吵。"二人安静了一会儿。突然，尼可醒悟了似的，对父亲的话产生了疑虑："郭医生不可能去尼亚美的，他不会丢下津德尔不管。祖母的心比眼睛更明亮，你骗不了祖母……"

萨哈无可奈何，对尼可吼了一声："我没有骗她！魔鬼也没有死缠郭医生。什么事情也没有。你赶紧回家去。"

尼可偏不相信父亲,要把头伸进车里来看个究竟:"说不定郭医生就在车里面。"

萨哈一把推开他说:"车上什么也没有……"

其实车里堆满食品和药物。津德尔,乃至整个尼日尔都缺这些东西。在国内很平常的东西,在这里却十分稀缺,甚至比黄金还珍贵。萨哈对自己的儿子都如此警惕,不让他看到车里的东西。

"如果见不到郭医生,祖母是不会瞑目的。她只剩下最后一口气了。她要我等到郭医生。她说如果等不到郭医生,我就不必回村里了,让我跟着魔鬼走。"看样子,尼可固执起来比父亲萨哈更倔。

我知道,在非洲部落中,祖母和母亲的地位很高,她们的命令和遗言是不能违抗的。

萨哈转过身来把嘴巴凑近我的耳边,轻声而严肃地说:"不要告诉他郭医生已经去世了。"

我答应萨哈。尼可的目光越过萨哈落在我的脸上,他从我的帽子认出我的身份了:"你是中国医生?"

我向他点头致意。他向我露出纯真而谦卑的笑容。

也许因为我的原因,父子二人冷静下来,不再争执。萨哈的脸上露出了慈祥的神色。

"你回去告诉祖母,郭医生的病已经好了。没事了。过段日子他又会回来的。"萨哈对尼可说。貌似老实的萨哈说起谎来竟然一气呵成,毫无障碍。

"真的吗?"尼可盯着父亲的脸问。

"是真的。尼亚美的中国医生很厉害,把他的病治好了。"萨哈说,"世界上没有中国医生治不好的病。"

萨哈看了我一眼，希望我出语相助。为了打消尼可的顾虑，我挤出笑容对尼可说："是真的。郭医生休息几天就回来。"

萨哈说："缠在郭医生身上的魔鬼也松手了，放过了他……"

我附和说："是真的。现在郭医生一天天好起来了。"

尼可很高兴，竟然手舞足蹈起来。萨哈突然变得有些悲伤，转过身来，不让尼可看到他的神色，朝着远方看了一眼，不经意地发出一声叹息。

"太好了，祖母可以放心了。"尼可兴奋地说。

尼可向后退了两步，让我们的车离开。萨哈说："回去照顾好祖母！你就告诉她说，郭医生现在很好，他很快就会回到津德尔。"

尼可频频点头，像孩子一样向我们挥手告别。我也向他挥手说再见。

萨哈重新出发，但刚走出十几米，他又停了下来，跳下车，往回跑。我也看到了，身后的尼可瘫倒在路边！

职业的直觉和惯性让我赶紧跳下车，向尼可直奔过去。

萨哈扶着尼可坐起来，问他："怎么回事？"

"我饿。我感觉我快饿死了。"尼可说，"我在这里等你们两天两夜了。我以为天上会给我掉下一块粟饼，但连一滴露珠也没有。"

我摸了一下尼可的额头，好烫啊，而且他的身子在颤抖，还在流鼻涕。

"他没有什么问题，只是饿了。"萨哈轻轻推开我，轻描淡写地说。

我返回车上，从我的挎包里取出一块黑麦面包、一罐上海产的炼乳，跑到尼可跟前，塞给他。尼可端详着炼乳，双手震颤了几下。

"喝吧，是好东西。"我催促尼可。至少它能迅速补充能量。

但萨哈阻止了尼可打开炼乳，从自己的衣袋里掏出半块粟饼，正是午饭吃剩的那半块，送到尼可的嘴里。

尼可狼吞虎咽把粟饼吃完，喝了我递给他的半瓶水，很快便恢复过来，脸上慢慢绽放出生命的光彩，像一根快要枯死的草被甘露唤醒。

萨哈从尼可手里夺回我塞给他的炼乳和黑麦面包，还给我。

"你不能送他任何东西。"萨哈说，"因为对其他人不公平。"

什么叫公平？人都快饿死了，公平还那么重要吗？

"真主对每个人都是公平的。我们不能去破坏真主的旨意。"萨哈好像在给我普及常识。

我尊重常识。但尼可盯着我手里的炼乳，眼睛里充满了强烈的渴望，"能送给我吗？"尼可羞怯地问我。

他怕我拒绝，赶紧补充说："我想让祖母尝尝。我发誓，她一辈子也没见过这东西。我不会动它，我只给她尝。"

不顾萨哈严肃的反对，我答应尼可说，可以。

尼可似乎一下子恢复了力量，从萨哈怀里站起来，举着炼乳，向我表示感谢。

萨哈看到我态度坚决，也不作声，愧疚地闭上了嘴。尼可双手把炼乳紧紧地抱在胸前，生怕父亲把它抢回去还给我。

我和萨哈要走了。尼可突然有点儿舍不得，走近我拉住我的手，看了他父亲一眼，胆怯而害羞地对我说："我……我想跟你去津德尔……"

萨哈忍无可忍了，突然恼羞成怒，一把打掉尼可拉着我的手，厉声地命令他："你还想干什么？回家去！"

萨哈威严和凶狠起来连我都胆寒。

尼可诺诺地退回去，眼神里忽然塞满了绝望的神色。

我惊愕地看着不近人情的萨哈，有点儿意外，而且很尴尬。这让我想起了小时候父亲对我的样子。

145

萨哈推着我回到车上，继续前行。

为了把刚才耽误的时间抢回来，他把车开到了最快。

前面是一片绵延数十里的灌木黄叶，使世界变得金黄。我相信这是大荒原为了取悦我而变换的风景。当然，它也让萨哈的怒火迅速平息下去了。

也许为了缓解刚才的尴尬，萨哈把车速放慢下来，主动跟我聊老郭。

去年，郭医生，也就是老郭，给尼可祖母做过摘除白内障的手术，使她瞎了十五年的眼睛重见光明。你不知道，尼可祖母看见了亲人和草木的模样可高兴了，一连好几天都像小孩子一样又喊又叫，还像一只野鹿在荒原上撒欢儿。去年，我的两个儿子患脑膜炎，都快死了，也是老郭治好的。尼可祖母对老郭感恩戴德，视他为儿子。上个月，她就是沿着这条公路，一个人走了十二天。鬼才知道，她是怎样在这条公路上度过十二个日夜。当她突然出现在津德尔中国医疗队驻地时，衣衫不整，蓬头垢面，像一株干渴的树，让大家大吃一惊。我也吃惊不小，我还有点儿生气。我斥责她，你跑来这里干什么？你是怎样来到这里的……她是赤脚走路来的。靠吃野果和露珠走过了漫漫长路——穿越大荒原，路上差点儿被饿狼和野狗吃了。她是要去见老郭的。她说，十二天前的夜里她做了一个梦，梦见老郭被七只萨赫勒荒原恶魔缠住了，她看到老郭很难受、很危险，惊醒过来，从床上翻身下地，二话不说，谁也没有告诉，马上推开门，乘着星光和月色就出发了。她是来解救自己的儿子老郭的。在我们这里，萨赫勒荒原恶魔，专门对人世间最好的好人下手，死缠烂打，比毒蛇还恶毒，比鬣狗还可恨。尼可祖母要带老郭回我们的村子里做一场法事，替他驱魔。每个月的某一天，先人的魂灵都聚集在村子里，她要借助先人魂灵的力量才能将老郭身上的恶魔驱散。那时候老郭的身体没有什么问题,只是经常超负荷工作有点儿疲倦而已。而且,你们中国人不信邪,不把老太太的话当回事,都劝她不要胡思乱想。

"我能看见它们。它们像毒蛇一样折腾郭医生。"老太太固执地说,"我是萨赫勒荒原活得最长的人,它们也不害怕我。过去我在黑暗里活了十五年,它们不害怕我。现在我的眼睛看得见了,它们终于害怕了。但仅靠我一个人的力量赶不跑它们。先人的魂灵比活人固执,不愿意到津德尔……"

老郭不相信这些乱七八糟的东西,况且,他哪有时间去做无聊的事情?他太忙了。任凭老太太怎么说,他都无动于衷,坚决不肯跟老人人走。排队等他做手术的人都责备老太太,嫌她干扰了老郭工作。老太太蹲在手术室门外哭,哭得很伤心。老郭安慰她说:"我没事,身体好得很,你不要把眼睛哭瞎了,瞎了便看不见那些恶魔了,它们就不怕你了。"

老太太听老郭劝,不哭了。她知道劝不动老郭,央求我把老郭送到她的村子里去。

"你是我的儿子,郭医生也是我的儿子。我们的先人围着火堆坐着等他。再不去他们就要散了。"老太太对我说。

我对她说:"你看看,那么多病人要医治,郭医生哪走得开呀?"

"忙也得顾性命呀!荒原上的野兽还想方设法活下去呢。"老太太怒对我说。

老太太在驻地纠缠了大半天,大家都有些不耐烦了。我劝她离开,不要耽误大家工作。她不听我的,还要我把老郭强行"抢走"。我们僵持着。我快要跟她吵起来了。老太太比母牛还要固执,一辈子都是这样。那时候,我宁愿她的眼睛没有被治好,那样就不会打扰老郭他们了。

"我也不知道母亲什么时候离开驻地的。"萨哈说,"回去后便病倒了。尼可说她快不行了。"

我听说了,中国援非医疗队工作量很大,经常超负荷工作,生活环境恶劣,营养跟不上,常常有累倒在岗位上的,更大的危险来自疾病的侵袭。非洲有各种传染病,一不小心便会感染上,这给中国医护人员带来很大的威胁。萨哈说,老太太离开驻地后不久,老郭便出事了。那些天他每天都要做两三台手术,经常连续工作七八个小时,本来他身体就比较瘦弱,终于扛不住了。那天给一个病人做完手术后,他突然昏倒在手术台前……

太阳早已经开始西斜,我看见地平线上的霞光了。但我的视线模糊不清,因为泪水不知道什么时候溢了出来。

萨哈突然把车停了下来,质问我:"你认识老郭,对不对?如果你不说实话,我就把你扔在这里喂狼。"

我怔怔地看着萨哈。他是认真的。

我只好说:"他是我的博士导师。"

"你为什么要对我隐瞒?"萨哈说。

"老郭也对你们隐瞒了实情。他有心脏病,医学上比较罕见的心脏病,很危险,一般仪器检查不出来。除了他自己,这个秘密只有我知道,他要我替他隐瞒。他说哪怕他死了,也要替他隐瞒。"我说的都是实话,"两年前,本来是我来这里的,但老郭跟我抢。他说他一定要去援非,这是他最大的心愿。"

我哭了。老郭是我的恩师。他是省内最顶尖的医学权威,一说到医学,他比谁都严肃,对细节比谁都严苛。虽然我的业务能力在三百多名医生的单位里只输给他一个人,但他没少当众责怪我。我内心对他无比崇敬,然而，在外面，我从不说我是他的学生，以此博得别人对我刮目相看。

"我担心我把老郭的秘密说出去，所以我干脆说我不认识他，这样你们就不会向我打听了。"我说。

萨哈满意地拍了拍我的肩头："我原谅你了。我们继续走吧。"

我没有替老郭永久地隐瞒秘密，有些自责。但把秘密说出来，这让我心里很舒坦。

我想起送老郭去机场的那天，阴雨连绵，春天的气息竟然让我们有些伤感。因为他放心不下身体不好的师母和准备高考的儿子。我最后一次问他：非得要去吗？他依然坚定地说，要去。此时，压在心底的悲伤突然翻滚起来，溢出我的胸膛，在大荒原弥漫开去。

萨哈好像有心灵感应一般，猛然拍了拍方向盘，发出一声重重的叹息。

"老郭到津德尔报到的那天，也是乘坐我开的车。就像今天这样，坐在你的位置。但他没有你那么木讷，他对大荒原的风光无比喜欢，不断用相机拍照。不过，那时候是春天，是大荒原最美丽的季节。"萨哈说。

是啊，一路上我竟然没拍一张照片。其实，秋天的萨赫勒大荒原也很漂亮。

车子朝着太阳滑落的方向飞驰。几只乌鸦盘旋在车的上空，不断发出饥饿的喊叫，不像是保驾护航。

我突然想起刚才尼可脸额发烫，身子发抖。我那时以为只是他在烈日下晒了那么久，饥渴到了极点才那样的。但职业的直觉和敏感让我醒悟过来，我猛叫了一声："停车！"

萨哈下意识地刹住了车，疑惑地看着我。

我说："掉头！"

"为什么？"萨哈对我命令式的语气有点儿不满。

"我们回去看看尼可。"我说,"我怀疑他患上了疟疾。"

萨哈没有马上掉头,脸上也没有震惊和焦急之色。

"疟疾很危险。会死人的。"我说。我第一次到非洲,经验还是不足,敏感性也不够,我为刚才自己的疏忽大意感到羞愧。如果老郭在,他肯定又会把我骂得狗血喷头。

萨哈重新启动了车。但他没有掉头,而是继续往前开。

医生的责任感让我对萨哈的麻木生气,大声命令他:"掉头!"

萨哈没有听从我的命令。可能我不是领队,只是中国医疗队的一个新兵,没有资格命令他。

我提高嗓门再次要求他:"尼可很危险,我是医生,我请你立即掉头救人!"

萨哈沉默了一会儿才平静地回答我说:"我知道尼可很危险。经验已经告诉我,他就是患病了。他只是患病而已。但天黑之前我们必须赶到津德尔驻地!"

我明白。萨哈说的是对的,但我不能见死不救。掉头回去,我能给尼可治疗,给他打一针,给他几片药物,耽误不了多少时间。救人比按时抵达更重要吧?

我把语气放得柔软,恳请萨哈:"尼可是你的儿子,他回村子里会传染其他人。"

萨哈说:"也许是村子里的人传染给他的。这里到处都有疾病,每天都有人死去。在死亡面前人人是公平的,连老郭也不能例外。"

我说:"你真冷血!我来尼日尔是治病救人的,不是来听你普及狗屁常识的。如果我错过了救尼可,我会内疚一辈子的。老郭在天堂看得一清二楚,他不会原谅我们。"

萨哈脸上依然没有什么表情，好像尼可是别人的儿子。他不打算回头。

"你已经送给他一罐炼乳。这对其他人已经不公平。你看看这个大荒原，每一棵树、每一棵草，都忍受着饥渴，每年都要枯死一次。你拿着几瓶水去救活几棵草，但救活不了整个大荒原。用不着担心，到了明年春天，荒原上的一切又会重生。"萨哈若无其事地说。也许他看见过太多的死亡，所以不再有惊讶和悲伤。

我乞求萨哈："回头吧，救救尼可。"

萨哈不为所动，淡淡地对我说："老郭，你们中国医疗队，已经救了我的两个儿子，治好了我的老母亲，如果我再让你们救尼可，村里的人会说我替你们开车是为了谋私利、得好处。我宁愿死也不能那样做。"

原来，萨哈不返回救儿子还有这样的一个理由！也许这才是真正的原因。

"在萨赫勒荒原，死并不可怕。好人死后能上天堂。"萨哈说，"你应该看得出来，尼可是一个好人。老郭也是。"

看萨哈的表情，他是认真的。没有商量的余地。他的脚没有松开油门。

"日落之前我们必须赶到驻地。"萨哈说，"他们等着药物救人。"

日落时分，荒原更加苍茫。天色慢慢暗淡下来。我忍不住回头看，但飞扬的尘土遮住了一切。

我总感觉尼可在我们的身后，一路追赶着，向我招手，乞求我救他。我仿佛听到了他奔跑的声音，他用最后的力气向我们冲刺。他快要追上来了，但萨哈加快了车速，似乎在故意摆脱尼可。

地平线在遥远的前方，太阳朝着地平线缓缓下坠。大荒原很快便要到尽头了。

我如坐针毡，几次要推开车门跳下去，但车速越来越快，车子像是要飞起来。我狠狠地瞪了几眼萨哈。最后一次瞪他时,意外地发现他已经泪流满面,泪水重重砸在方向盘上。我一下子便瘫软在座椅上。

夜幕降临前,我们终于穿越萨赫勒大荒原。抵达津德尔驻地时,已经是繁星满天,月牙挂在头顶上。

到了津德尔驻地的第二天,我便接替老郭开展工作。病人出乎意料的多,药品省着用。听说很多病人在送来驻地的途中便死了,亲人便将他们就地掩埋。我跟同事们每天都救治不少病人。我的手术水平得到了同事们和病人的认可,说我不愧是老郭的学生,这让我很高兴。但我时不时地想起尼可。他本应该是我到非洲后第一个救治的病人。我不知道他现在怎么样了。萨哈经常外出,大约是两周之后,我才再次见到萨哈。

我自然而然地问起尼可的情况。但他对尼可避而不谈,只说起尼可的祖母。

"当天晚上,她喝了一口尼可带回去的炼乳,半夜里便去世了。"萨哈说,"她说她喝到了世界上最好的东西,肯定是她的儿子老郭带给她的,圆满了,可以满嘴乳香去见祖先了。"

我听后很欣慰。不过,话说回来,炼乳真的好喝,那是师母在我出发前塞到我行囊里最好的东西。她说,老郭也喜欢喝这个牌子的炼乳。我本想到了弹尽粮绝之时才喝的。

"但是,请你不要见怪。"萨哈遗憾地告诉我,"尼可欺骗他祖母说,炼乳确实是郭医生送的。"

我耸耸肩,张开拿着手术刀的双手,向萨哈表示我并不在意。但我向萨哈提了一个要求:再次穿越萨赫勒荒原时,我想顺便到萨哈老家的村子里看看。

萨哈沉吟了一会儿才答应我：

"等到我们先人的魂灵聚集时，你也许能看到尼可的祖母。"

我很期待。到了那时候，我真的希望还能够见到尼可。

· 作者简介 ·

朱山坡，男，1973年生，广西北流人。现供职于广西民族大学文学影视创作中心。出版长篇小说《懦夫传》《马强壮精神自传》《风暴预警期》，小说集《十三个父亲》《蛋镇电影院》等。曾获首届郁达夫小说奖、第五届林斤澜短篇小说奖、广西文艺创作铜鼓奖等多个奖项。

蚯蚓汤

□ 金岳清

这该死的三月，阴雨连绵，已经连续十二天了，人和物都湿漉漉的，连同大地。再说，气压也低，很多老人都感到快喘不过气来。引颈站在门口，瞭望远处的雨水和小麦，就像梅雨季河塘里缺氧的鲢鱼，努力昂起头来，把嘴露出水面，呼吸水面上新鲜的空气。

炳善母亲用细木棍把二楼南边开窗的那扇木板支撑起来时，浓重潮湿的水雾就大团大团涌进来。躺在床上的炳善看见水雾漫过头顶，滚向床中央，那水雾真的像千军万马，杀气腾腾。炳善看得眼花缭乱，又仿佛听见那隆隆的滚雷声，这的确是一场鏖战前的冲锋。炳善感觉到额上有些凉意，用手摸了一把，额与头发都沾满了水，就连手掌心也湿漉漉的。炳善把手放回被窝时，蜷曲在另一头的父亲动了一下身子，开始哼哼。炳善说，爸，你的腰还疼吗？

疼。这鬼天气都连续十几天了，你说，我腰还能不疼吗？

炳善看见母亲一脸怒气，把刚刚支撑起开窗的细木棍顺手一扫，细木棍便从灰黑色的瓦片上骨碌碌地滚了下去，开窗的木板撞击窗框，开裂的声音震耳欲聋。炳善分明感觉到连床也颤抖了几下。父亲身上的被子抖了抖，又挪动了一下。父亲分明是把身子往里转，这样，父亲的身子便侧着，脸正对着墙壁，粗粝的印花蓝布被面就像逶迤的山脉，高低不平。

父亲又开始哼哼。

疼。疼。谁也没有害你，都是你自己造的孽。

母亲在父亲床前走过时，把这话鞭子一样抽在父亲身上粗粝的印花蓝布被面上。父亲似乎屏住了呼吸，没有动身子，也没有声音。但炳善知道，父亲肯定没有睡着。

父亲老是喊腰疼。炳善很小时就经常看见父亲远远地从村口那条大路走来，父亲走路的样子一歪一斜的，等走近了，炳善才看见父亲原来用手按着腰。父亲看见炳善时，皱着的眉才会舒展开来，一只手摸着炳善的光头说，炳善，炳善，你看爸的腰又闪了一下，爸的腰动不动就会闪一下，都快要成为络麻秆了。父亲说话时，往往一脸苦笑，又侧着脸，看着炳善青色的脑袋和圆鼓鼓的脸。这时候，炳善就会把流出来的鼻涕用力吸进去，然后，迅速逃离。炳善很快从屋里搬出一把竹椅，让父亲坐下，又把书包垫在父亲的腰上，让父亲的背稍稍向后倾着，靠在书包上。书包的后面有竹椅背顶着，这样，父亲坐着就舒服了许多。父亲从口袋里摸出一支烟，叼在嘴上，又从口袋里掏出一盒火柴，点红烟，猛吸两口，烟草气味和咳嗽声便在院子里弥漫开来。炳善很快又从屋里搬出一把小凳子，坐在父亲对面。父亲说，背呀！炳善马上就站起来，向父亲鞠上一躬，开始背诵课本。

炳善会从第一课背到最后一课，把一本书背完。父亲仔细地听着，慢慢地，松开眉头，脸上爬满了笑意。有时候父亲也累，听着听着就睡着了，把头歪在一边，还流着口涎，但大多时候父亲手里捧着书，两眼盯着书本，及时指出炳善的疏漏之处。

　　顺顺家住在村西，离村子有一段距离。屋是两间老屋，当然是木结构的。后院子有一道矮墙，里面有很多树，还有两株文旦。顺顺比炳善父亲小十多岁，因为说话有点长舌头，所以很大年龄了还找不到对象。后来顺顺在海上救了邻村的吴连，吴连回家后就让他爸把妹妹吴花嫁给顺顺。

　　吴连是那天晚上回来的，他跟顺顺的那条船捕了满舱，进港卖了鱼，吴连就踏着月光进了家。吴连提着一篮子鲳鱼，满身腥气站在吴花面前时，吴花被鲳鱼的腥气熏得发晕。吴连站在院子里，趁吴花接过篮子时，把嘴凑在吴花的耳朵上将事情挑明了。吴花恶狠狠地瞪了他一眼说，我才不要这长舌头，要嫁你自己嫁去。吴连看见月光下的吴花冷若冰霜，突然间脑子里变得一片空白。

　　第二天，吴连就跟他父亲说，他父亲点头了，吴花也就没话说了。吴连娘死得早，吴花就没有人帮衬。他父亲向来说一不二，吴连和吴花小时，他父亲常常瞪着三角眼，把吴花娘骂得狗血喷头。后来吴连和吴花长大了，他父亲才稍收敛一些。尤其是吴花娘死后，他父亲便沉默下来，但要是遇上什么要事，父亲只要点头了，事情就基本上这么定了。但吴花心里还是不舒服，洗锅时想起来，转过身去偷偷抹泪。吴连见他父亲不在，就说，花啊！你也掂掂你自己的分量，你的肚子还不是已经大过一次了吗？你当你自己还是个黄花大闺女啊！顺顺有什么不好？不就是人长得矮一点，脖子粗一点，说话那个一点，别的还有什么不好？再说他的力气还是很大的，那天我落水时，他抓住我的脚脖子，一把就给我提起来，弄得我头差点撞在船舷上，幸好我双手抱住了头，现在我胳膊肘还疼着呢！吴花正在灶台上洗碗，顺手捡起一只缺口的碗扔过去，差点砸在吴连身上，幸亏吴连逃得快，碗打着木门，掉在地上，砸了个粉碎。

这一头，顺顺娘也有点急，顺顺都三十出头了，说一二个不行，说三四个还不行。况且又都不是顺顺看不上眼，而是姑娘们不愿意，只要见了第一面，对方就说迟些日子再说。这样的意思就很明白了，没戏了。当娘的就跟顺顺说，顺啊！你们见面时你就不说话行吗？顺顺说，行，行，我，我，我不不说话话话行。顺顺娘见顺顺脸涨得通红，粗壮的颈项上青筋一条条蚯蚓样膨突出来，就转过身，撩起灰黑色的衣角去擦眼泪。这次是运气好，吴连落水时，顺顺正好站在边上。当时顺顺正在拉网，吴连在边上走过时被拉上来的网绊了一脚，就一头栽进海里。

吴连是头朝下栽下去的，顺顺还没有反应过来，吴连连个人影也不见了。顺顺正想喊人，看见吴连一只脚浸在海水中，就在船舷边，离自己不远，顺顺急忙趴下身，左手抓住船舷，右手一把抓住吴连的脚脖子，把吴连拉上船。吴连呛了几口海水，吓得脸色发青，半天说不出话来。顺顺扔给他一条旧毛巾，吴连擦了脸上的水才缓过气来。吴连说，顺顺，我这条命是你给我捡回来的，我要把我家的花花嫁给你。顺顺一回家就跟他娘说了。顺顺心里高兴，心里高兴的顺顺说话更结巴，一句话说了半天也没有说完，说不出最后几个字时，因为心里急，还狠狠地往地上跺了一脚。顺顺娘扁了扁嘴说，顺啊！你别做美梦了，吴连的小妹长得那么漂亮，她会看上你吗？顺顺说，娘，这这又不不是我，我我我说的，是是吴吴连自己己先说说说的。顺顺一急，舌头便打了结，把话咬得支离破碎，颈项上的青筋又浮起来，膨突得很厉害。顺顺娘回头时，看见顺顺颈项上的青筋已变成暗紫色，像一条蚯蚓爬了上来，曲曲的，扭动着身子，样子非常恶心。顺顺头顶上是一片被火烟熏黑了的木楼板，木楼板的中央悬着一根红色电线，电线上还沾着几只绿头苍蝇，下面吊着一个十五瓦灯泡，灯泡已有些发黄。顺顺娘看了顺顺两眼，不再吭声，又低头洗盆里的萝卜。不争气的眼泪不管不顾地流出来，滴在萝卜上，顺顺娘用胳膊肘一撩，顺手便擦去眼泪。顺顺压根儿没有发觉娘在流泪。

隔了两三天，吴连提着一篮东西来感谢顺顺，又当着顺顺娘的面说，婶啊，我这条命是顺顺从海里给我捞回来的，没有他，我这条小命老早喂鲨鱼了，顺顺力气大得很呐，我在水里吓蒙了，呛了几口海水就浑身乏力，是顺顺，是他一把抓住我的脚脖子，把我拉上船的，我要把我家的花花嫁给顺顺。顺顺娘笑得合不拢嘴，一手接过篮子，一边看着吴连的眼睛说，你家花花能答应吗？吴连拍了一下顺顺娘的肩膀说，婶，这个你放心，我爸说了，有恩不报非君子。顺顺娘听了，心里也有了几分底。有了几分底的顺顺娘就去找媒婆说媒。媒婆是上村的徐四娘，巧舌如簧，把顺顺和顺顺家吹上了天。花花心里还在打鼓，她父亲在一旁说，行，就这么定了。媒婆吃了鸡蛋酒，提着三尾黄鱼鲞和一只老母鸡欢天喜地地回来，当天就把好事告诉了顺顺娘。顺顺娘千恩万谢。这以后，顺顺娘又隔三岔五地给吴花送去一条围巾，两块花布；给她爸也捎上一壶黄酒，一只老鸭。没几个回合，吴花脸上就有了笑容，她笑眯眯地拉着顺顺娘的手说，婶啊！我听你的。顺顺娘听了，一股暖流涌上心头，幸福得呆在那里半天说不出话来。

这年冬天，第一场雪刚刚融化，吴花就嫁到顺顺家。吴花嫁到顺顺家自然就成了顺顺嫂。

炳善记不得从什么时候开始,村子里的女人们都在鬼鬼祟祟地说着什么。她们总是小心翼翼的,有时还打手势,使眼色,一看见炳善就转过身去,恨不得把闲长嘴互相插进对方的耳朵里,但她们咬住对方耳朵的时候很快又扭过头来盯炳善两眼。炳善对这些女人们的举动百思不解,但又隐隐感觉到女人们的谈话与自己家有关。炳善想凑上去听个明白,她们又狠狠地丢给炳善一个白眼,女人们本来几乎相拥的身体很快又分开。炳善总感觉她们在议论自己,或者是在议论自己父母。自己又没有做过什么错事,无非就是黑一点,丑一点,瘦小一点。父母与她们好像也没有过口角,更没有得罪过村里这些女人。炳善后来才隐约知道这些人原来在议论父亲与顺顺嫂的事情。

有一天夜里,闷热得要命,也没有一丝风,身上黏糊糊的。炳善很久都没有睡着,透过蚊帐纱眼,炳善看了很久天上的云彩,白云、灰云飘过月亮,晃晃悠悠的,外面的狗老是叫个不停。后来炳善困乏了,就有些迷糊。迷糊中炳善听见有人在说话,声音越来越高,话也越来越短促生硬。炳善听清楚了,原来是父母在吵架。炳善睡意全消。其实,一开始炳善就听见父母在说话。母亲开始时问父亲什么,但母亲又没有说明白,父亲回答起来也不阴不阳的,好像在躲躲闪闪。母亲就盯着一两句话穷追不舍。后来父亲就显得有些不耐烦,加重了语气,语气里分明有些愤怒,这声音里自然也就有了分量。母亲本来就认为自己是受害者,父亲做了错事,不检点自己,还这样瓮声瓮气地说话,好像真理都在他这一方。母亲这样想着,火气就突然间蹿上来,声音像老晴竹开裂一样,在空气中噼里啪啦地炸响。父亲哑了,他想不到老婆突然间会跟母狼一样穷凶极恶,每一句话语都像尖锐的竹箭,劈头盖脸地向他飞过来,令他躲防不及。炳善在黑暗中睁大眼睛,一直默默地听着。父亲很压抑地吼了一句,还有什么东西掉落在地板上的声音。

父亲吼了一句后就沉默了,一直没有说话。炳善听见打火机打火的声音,炳善估计父亲又开始抽烟了。接下去母亲的声音里就夹杂着哭腔,继而又哭出声音来,过了不久,这声音便低了下去,再后来就呜咽起来。母亲呜咽时在诉说着什么,但声音十分含糊,炳善屏声敛息,也只听到母亲好像在说顺顺嫂什么的。

第二天,炳善起床时没有看见母亲,早饭也是父亲给做的。父亲坐在灶前矮凳上,埋头扒着碗里的稀饭。炳善下楼时,父亲听见响声抬起头来,炳善看见父亲一脸土灰色,知道父亲昨夜没有睡好。父亲看见炳善走过来,停下手中的筷子朝桌上指过去,父亲不说话,炳善看见桌上放着一碗稀饭,一碟咸菜,一块豆腐乳。炳善碗里的稀饭喝到一半时,父亲把空碗放在桌上,父亲走过他身旁,摸了一下他的头说,你娘到你外婆家里去了。

炳善后来才知道父亲和顺顺嫂到底发生了什么事情。

南方的夏天,天气炎热。男人们大多在白天里洗澡,洗完澡,再赤着膀子,穿短裤坐在院子里吃晚饭,有时候也喝瓶啤酒或半斤黄酒解解乏,抑或兴奋一下情绪。村里的女人们都喜欢天黑时到池塘里洗澡。因为,女人们洗澡时还要洗男人和孩子们当天换下来的衣服,所以,女人们往往在男人和孩子们洗了澡换下衣服后再去洗澡。但大多是晚饭后,因为晚饭时女人还要张罗饭桌上的事情。晚饭后最好,晚饭后男人们可以坐在院子里纳凉,小孩都会到打谷场上疯玩。这时候天也黑了,天黑了更好,这是女人们求之不得的时候,因为这时候女人可以把自己身子也一起洗洗。女人们白天里洗澡有诸多不便,夜色朦胧,可以掩盖一切,这给女人们带来方便,女人们想把自己浸在水里就浸在水里,想在水里泡多久就泡多久。有的胆大一些，还在水里游泳。要是没有月光，有些女人甚至会裸露上身，让清凉的风爽自己一把。有时候，女人们站在水中也会互相比一比胸部和肚子，胸部当然是大点好，坚挺一些好。比肚子时，有人也会拼命憋着气，不让小肚子鼓出来，再不济也不让赘肉垂下来。有些女人比臀部，看谁的臀部形状好，谁臀部紧致，看谁的臀部能翘得起来。这样比来比去，当然会嬉笑起来，水塘里就会风生水起，莺歌燕舞。

村西边有一口小水塘，半亩田大小，就只有顺顺嫂一个人洗。因为村子前面的大池塘正对着村子，离村子近，洗澡的女人多，气氛就热闹，所以大家都往一处去。顺顺嫂觉得大池塘人多嘴杂，况且人多了也不卫生，但更主要的是离自家远了几步。小水塘就在自家门前，她就不必赶这样的热闹，自己的小水塘挺好的，自己要怎么洗就怎么洗，偶尔多露一点也不怕人家笑话。再说，一个人洗，不吵不闹也卫生。

刚结婚的第一年夏天，顺顺嫂在水塘里洗澡时，顺顺都会站在门口瞭望。顺顺担心她夜里看不见，一不小心会滑下去。有时她会把身子蹲下去洗。把整个身子浸在水里，顺顺看不见人，踮起脚尖站在自家门前高叫。顺顺的叫声虽然高，但从嘴里说出的话支离破碎，连顺顺娘听了，都在心里打鼓：幸好花已经娶进门了，不然，这门亲事就难说了。顺顺嫂开始心里暖和着，看见站在自家门前的顺顺在瞭望自己，那副专注的样子着实让她满足，但等到听见顺顺的高叫声，就有点翻胃，酸味和臭气便在口腔和鼻腔里弥漫开来。顺顺嫂就会恨恨地在水里跺一脚。"扑喇"一声，水塘里的水便会发出响声，顺顺要是听见了，便会箭一样朝水塘方向射出去。

第二年夏天，顺顺出海捕鱼了。有一天，天气十分闷热，白天里汗水汩汩地冒出来，衣服都湿透了，顺顺嫂关上门在家里洗了好几遍。晚饭后，太阳早已下山，地上还是热气腾腾。汗水黏着人，痒得人难受。天黑下来时，顺顺嫂就到门前小水塘里洗澡。小水塘里的水很凉爽，顺顺嫂洗了好久仍然没有过瘾。村里人都坐在自家院子里纳凉，大路上没有人走动。大路也不靠小水塘，靠小水塘的是一条僻静小路，小路上也没有人走动。月亮忽明忽暗的，田野也一片模糊，听得见蛙声一片。顺顺嫂看看四周没人，感觉不过瘾，就脱光上身静静地浸在水里。水漫过丰满的胸部，清凉爽人，顺顺嫂用毛巾抹着光洁的脸，水里就发出响声。

炳善父亲这天晚上恰巧从旁边路过，他看见月光下一个半裸着的女人浸在水里，就想着赶紧离开，路走得急，弄出了很大的声响。顺顺嫂吓了一跳，脚下一滑，整个人都倒在水中。顺顺嫂倒向水中时动作很惊恐，嘴里还发出尖叫声。炳善父亲知道这下麻烦了，赶紧跑过去，蹚进水里抱起顺顺嫂……风言风语就此传开。

第三年的春天雨水特别多，连续一个月，总是阴雨绵绵。就是有了雨缝晴，天地间也是一片水汽。就连瓦屋上的炊烟似乎都沾了水汽，升不上了，也回头往下掉。湿漉漉的日子让人浑身不舒服，顺顺嫂老是感觉身体奇痒难忍，夜里都会拎一桶清水上楼。春天里，顺顺大多日子都在海上过，顺顺嫂上床前就会把自己脱个精光，洗个过瘾。有时上床前洗过了，半夜里还痒得难受，又起来擦洗。

到了小麦收割的日子，雨虽然停了。但天仍然阴沉沉的，闷热得要命，墙角上的青苔长出了一片绿意，房间里老是浮动着一股霉气。小麦脚秆吸满了水，软了，烂了，大都倒伏在田地里。有人发现打下来的麦穗有些暗红色，有些甚至是褐黑色。每年到了春天，村子里粮食早早就有些吃紧，都巴不得早点将小麦打下来，以便接济春粮。但这一次村里的人却失望了，第一批打下来的小麦有毒。

小麦有毒，是顺顺嫂先发现的。第一批小麦打下来，顺顺嫂见没有好天气，就把小麦放在铁锅上烘焙。顺顺娘夸顺顺嫂聪明，不然，要吃上新鲜麦糕，还要等太阳出来，要是太阳出不来，这麦粒就有可能继续坏下去。顺顺嫂用铁锅烘焙麦粒，就不再需要太阳了。顺顺嫂还很小心，烘焙时，先把发黑的麦粒拣出来喂鸡了。顺顺娘拿着烘焙好的麦粒去村子里用石磨磨了两遍，又用粉筛把麦麸筛掉，用精细的麦粉做成麦糕。麦糕出蒸笼时，屋子里浮动着小麦的清香。顺顺娘顺手捡起一个递给顺顺嫂。顺顺嫂狼吞虎咽，转眼间一个麦糕便不见了踪影。过了半个小时，顺顺嫂想去院子里割芥菜，刚跨过门槛时，肚子里突然有东西涌上来，就一口吐在门口。接下去便是一阵狂吐，吐得她眼冒金星，把吃下去的麦糕全吐了出来，一种不可名状的臭气便弥漫开来。顺顺娘很高兴，这日子都盼了两年了，终于有了喜，便抢着走过来，在顺顺嫂的后背轻轻拍打，又轻轻按摩。顺顺娘笑得合不拢嘴，让顺顺嫂快去床上躺下来，自己去烧壶热水。

炳善父亲是在床上听到这消息的。这年春天他又是腰疼。有人说顺顺嫂怀孕了，没有看见顺顺嫂，是顺顺娘在村子里说的。但到了晚饭后，传过来的消息又是另一回事：顺顺娘自己也呕吐了。因为有早晨的冷稀饭，所以中午麦糕只吃了一角，等到吃晚饭时，顺顺娘吃了小半个麦糕，也不行了，站在灶台前洗碗，差点直接吐在灶台上。人发软，头发昏，四肢乏力，怪不得顺顺嫂足足睡了大半天，连吃晚饭也没有下楼。这天傍晚顺顺正好从海上回来，进门发现情况不对，问过娘与媳妇后，把两人送到镇卫生院，才知道原来是食物中毒。医生说，小麦在雨水中时间泡长了，已经霉变，产生了细菌。

春三月，炳善父亲又闪了一下腰。

清明刚过，天气就很暖和。炳善发现学校南门河道上一夜间就泊满渔船，渔船全都装扮一新，船头两角还插着嫩绿的桃标。炳善知道又到了渔船出海的日子，每年到这时候，村里都要热闹一番，出海人家又请戏班来唱大戏，又要打酒斫肉请船神，请完船神又请左邻右舍和亲朋好友到家里来喝顺风酒。炳善父亲这几年都被吴连他们请了去，顺顺一直跟着吴连他们出海，以前都是顺顺先来请一次，炳善父亲说，你们忙，这个时候事情多，不用再来叫，待会儿我自己过去。顺顺本来就结巴，不会说话，见炳善父亲这么说，就接不上话，有时就乖乖地在炳善父亲面前站上片刻才走。等到开宴前吴连再来请时，炳善父亲已经洗过脸，也刮了胡子，换了一身干净衣服，上衣口袋上插着两支钢笔，走在吴连前面，边走边说笑着。

顺顺结婚后，请人喝顺风酒的事全由顺顺嫂来打理，顺顺嫂来家里还没坐下，炳善父亲就会放下手中活计说，好好好，我这就走，这就走。顺顺嫂说，炳善呢？炳善哪里去了？炳善母亲就会告诉她，炳善还在学校里读书。顺顺嫂就会对炳善母亲说，等会儿我再来。这一次炳善却没有去，是母亲不让他去。顺顺嫂请走父亲后过了一会儿又来叫炳善，炳善母亲远远地看见顺顺嫂走过来，就让炳善赶快上楼躲起来。炳善有些不愿意，母亲就狠狠地剜了他一眼。炳善才很不情愿地上楼，炳善上楼时还故意把木梯蹬得很响。顺顺嫂还没跨进门，炳善母亲就站在门口挡住她。炳善趴在楼板上，眯着眼睛从楼板缝中看下去，顺顺嫂站在门口，看着炳善母亲的脸说，阿婶，炳善回来了吗？母亲说，炳善，炳善，炳善是你生的？炳善母亲说话时没有看顺顺嫂，而是抬起头看门前的水塘。顺顺嫂怔了一下，满脸通红，过了好一会儿，才回过头悻悻地走开。那一晚，炳善等了父亲很久，父亲都没有回来。后来实在忍不住了，就迷迷糊糊地睡着了。第二天一早，太阳刚上山，炳善上学时站在石桥上，看见顺顺他们的船向太阳升起的方向驶去，渔船首尾相接，一路浩浩荡荡。炳善估算自己大概还需要等六七年，到那时，自己也能上船，春天里也能站在船头，沐浴着那一缕缕温暖的阳光。

那一晚父亲醉得很厉害，是顺顺把他架回来的。顺顺嫂走在前面帮着打手电筒，光在泥地上不停地晃动着，他父亲想踩住地上的光，可每一脚都像是踩在棉花上。顺顺把炳善父亲架到门前时，看见炳善父亲已经把手放在木门上，就跟炳善父亲说，阿阿叔，你你自己叫开开门。炳善父亲满身酒气，打着饱嗝说，这个我知道，别啰唆，你们先回去。顺顺走后炳善父亲没有敲门，在门前待了一会儿，自言自语说自己走错了门，又在院子里走来走去，后来推开的是猪圈的门。炳善父亲进门时骂了一句炳善母亲，骂她让他在外面等了这么长时间。炳善父亲骂完就一头栽在猪圈里，呼呼大睡。第二天清晨，母猪醒来后发现边上躺着一个"怪物"，就用长嘴狠狠地拱了他一下，炳善父亲突然间觉得腰被什么东西撞了，一股钻心的痛把他从梦中惊醒。

父亲腰又闪了，是被母猪的长嘴给拱的。炳善开始也不知道，后来炳善听母亲跟父亲斗嘴时，母亲一不小心说出来的。炳善父亲很生气，脸色发青。炳善母亲说，家里又没有外人，你丢什么脸，谁让你这么贪吃，吃人家的，喝人家的。母亲说话时，拿眼睛看着父亲，父亲就蔫了，很多话都涌到喉咙里就是说不出来，把脸涨得通红。接下去父亲就不断咳嗽，他咳嗽时小心翼翼地，生怕牵动了腰，但还是防不胜防。有几次根本无法控制，咳嗽声就接二连三地像爆米花一样蹦出来。他用手按住腰，满脸痛苦。炳善走过去，把两只小脏手搭在父亲的腰上用力揉着，父亲扭曲的红脸才慢慢平和下来。这天晚上睡觉时，炳善生怕自己的脚捣了父亲的腰，就把自己蜷曲在一个角落里。第二天起床时，炳善还闻到一股浓重的猪的臊气，恶心得差点让他吐出来。

多半个月了，炳善父亲还不能下床。这春雨是他躺到床上第二天晚上开始下的，藕断丝连地下了十几天，空气中到处弥漫着浓重的水雾，村子里老屋的灰砖吸进了很多水，颜色醒目了许多。还有老屋门前的芥菜，也一碧如洗。炳善每天都看见父亲拉着瘦长的脸，翘着几根山羊须，嘴里叼一根烟，一手按着腰不停地揉着，有时还哼哼。炳善母亲也用尽了办法，开始给父亲喝三七汤，后来又在父亲腰上贴膏药。父亲喝三七汤时脸上的青皮都皱成一条一条的，看上去有好几个川字，特别是眉头那个川字立体感很强。还有他的眉毛，都几乎扭结在一起。

尽管父亲喝了一星期的三七汤，他的腰还是没有明显好转。炳善母亲又去镇上庆隆堂找陈三裕，让陈三裕配膏药。陈三裕手上的膏药是祖上传下来的，方圆几十里的地方都知道庆隆堂有一贴好膏药，专治跌打损伤。不过陈三裕的药货好钱也贵，背地里有人说他卖的是乌金饼子。炳善母亲咬咬牙，就买了三个。回到家用文火慢慢给膏药加温，温热了，膏药慢慢软塌下来，再温下去，膏药就冒青烟，满屋里到处弥漫着清香的气息。这时候，母亲就让父亲把被子揭开，一手捋起父亲的衣服。炳善父亲趴在床上，把瘦硬的腰露在外面。母亲说，哪里？哪里疼？父亲用右手指点着左腰上青紫色的部位说，就这里，就这里，这个位置最疼。母亲把一纸膏药摊在手掌心，乌黑的膏药热气腾腾。炳善母亲深吸一口气，一掌拍在父亲腰上。父亲像杀猪般嚎叫，母亲嘴角上却露出一丝笑意。母亲说，很疼吗？我也没办法，人家老陈太医说，一定要把膏药全部化开，软了，会流了，再贴上去，这样才有效果。父亲一句话也没说，只是把脑袋耷拉在床边，满脸虚汗。

贴过第三个膏药后,父亲的腰起了许多水疱,但疼痛仍然没有减轻多少。雨还在不紧不慢地下着,空气里全是潮湿浓重的水雾,父亲整天一脸苦相。母亲说,都说庆隆堂的膏药好,看来也是吹牛的。父亲说,也可能是天气的原因,这种鬼天气,庆隆堂的膏药不失效才怪。母亲说,我还是再走一趟,看看能否抓几副中药。父亲就把嘴歪到一边,说中药又苦又臭又难喝,能否换成别的。炳善母亲狠狠地丢给他一个白眼,说,这可不由你,我得听太医的,太医说你该喝什么,你就得喝什么。

炳善母亲从镇上回来时,天淅淅沥沥地下着小雨。炳善也刚回家,正忙着把雨衣挂在门口的墙壁上。母亲打着一把油布黄伞从外面走进来,裤脚口上有些泥水,肩膀上的衣服也有一些水迹。站在屋檐下把黄伞合拢起来,对炳善说,你到屋里把锄头拿出来。炳善说,要锄头干什么?母亲说,太医说药生在地里。炳善从屋里拿了锄头,母亲又让他去拿小竹篓。炳善拿了门后那个最小的竹篓,母亲又让他把墙壁上的雨衣取下来。母亲打着伞,扛着锄头,炳善把雨衣披在身上,一手提着小竹篓。小路上尽是浮泥,炳善看见母亲的身子一歪一斜的。母亲走几步又停下来回头看看炳善,让他小心,脚下打滑,千万别跌倒,这样的天气衣服很难晒干。炳善跟着母亲走到屋后的菜地里停下来,炳善不知道母亲要干什么,就站在她身边看着她。母亲在泥地上看了一会儿说,炳善,你知道哪里有蚯蚓吗?炳善说,你要蚯蚓干吗?太医说的,蚯蚓熬成汤能治你爸的腰。母亲说话时把锄头搁在泥地上。炳善说,蚯蚓是喂鸡鸭的,人怎么能喝这种汤?母亲说,只要能治好腰,不管什么汤都得喝,就连……母亲把后半句话咽了下去。炳善说,什么东西?母亲看了他一眼说,不说了,你还小。

泥地里蚯蚓很多,一锄头下去就有七八条,一条条跟筷子一样粗壮,粉的,绿的,晶莹透亮,软软的伸缩着身子四处爬散,有一两条还缠着锄头爬上来。母亲说，炳善，捡啊！炳善蹲下身子，抓住一条蚯蚓，蚯蚓滑溜溜的，又从炳善的指缝中钻出来。蚯蚓一边爬，一边拉出很多屎，蚯蚓的屎是软软的新泥，不停地从蚯蚓的屁眼里涌出来。竹篓里的蚯蚓缠成一团，也有几条沿着竹篓壁往上爬，脑袋一愣一愣地顶上来。炳善拍打了几下竹篓，蚯蚓又纷纷掉下来，摔在竹篓底。

从菜地里回来，炳善母亲让炳善去河塘提了一桶水，自己在门后找了一个破瓦罐，抓了一把蚯蚓放在水桶里，蚯蚓在水里慢慢散开，有些沉入水底，有几条在水面上漂游，样子十分欢快。炳善母亲抓过一条捏在手里，另一只手把蚯蚓肚子里的泥慢慢挤出来，每挤过一遍，她又把手中的蚯蚓放在水里洗一次，这样挤上两三遍后，她手中的蚯蚓早已奄奄一息，挤去泥后的蚯蚓比放进水桶前更加透明且富有肉感，她就把这些洗过后的蚯蚓一条条放在破瓦罐里。等全部洗过一遍后，她又让炳善再提一桶清水，又把破瓦罐里的蚯蚓倒在水桶里，蚯蚓都沉入水底。这时候，炳善发现自己和母亲身上都很臭，是一种令人恶心的腥臭，尤其是母亲。

蚯蚓汤是晚饭后开始煎的。尽管母亲放了生姜、大蒜、红糖、黄酒，但蚯蚓汤的腥气一直弥漫着整个房间，还有一些飘到院子里，又通过院子飘到隔壁人家的屋里。开始的时候炳善也没有觉得臭，但慢慢地对这臭气就有了感觉，后来臭气逐渐浓重起来，拼命往鼻孔里钻。再后来炳善就感觉到自己的脑袋开始迷糊，炳善好像听见楼上父亲的声音，是父亲在叫他，问他打翻了什么东西，臭得这样恶心。母亲让炳善说，没什么，是隔壁伯母在煎羊油。父亲说，煎羊油没这样臭，这臭气缠人，头疼，让人恶心，一定是你们不告诉我。母亲说，炳善，你买酱油去。炳善从母亲手中接过钱和玻璃瓶，憋着气，很快跑出自家的院子，走出好长一段路，炳善看看一片绿油油的麦苗，才大胆地吸了一口气，这空气清新甘洌，炳善从来没有这样感觉过。

母亲把煎好的汤倒在大海碗里，蚯蚓早已被炖得稀烂，这稀烂的渣被留在陶瓷药罐里，大海碗里的汤很浓很酽。母亲把大海碗放在木盘里，又舀了一调羹白糖放在汤里，用调羹慢慢搅了几下，捧到炳善父亲床前。汤还没放下，父亲就大叫，臭，这汤臭死人了。母亲狠狠剜了父亲一眼说，臭，臭什么？陈太医说的，不喝这个，就得喝炳善的童子尿，这庆隆堂陈家的祖传膏药都贴不好，天下就只有两味药了，这是一味，另一味就是尿。要是再治不了，那你的腰就废了，等你废了腰，我一脚踹了你，让你滚出这门槛，你爱跟谁睡就跟谁睡，爱跟猪睡就跟猪睡。炳善母亲数落完就站在一边看着，炳善父亲刚把嘴凑到碗边，一股恶臭直冲脑门儿，酸水一阵阵从胃里泛上来，很快穿过喉咙，溢满口腔。炳善父亲一张嘴，酸水就吧嗒吧嗒落在床沿上。

晚饭是炳善送的，炳善上楼时一只手捧饭碗，一只手捏鼻子。炳善父亲斜靠在枕头上，脸色幽暗。右指夹着一支烟，也没有开灯。炳善把饭放在床前的木凳上，给父亲开了灯。父亲说，炳善，你能撒尿吗？炳善看着父亲手中微暗的烟火，有些莫名其妙。炳善父亲说，炳善，你现在有没有尿？炳善说有啊。炳善父亲说，你去找只碗来。炳善去楼下拿了一只粗碗，又匆匆忙忙跑上楼，站在父亲床前。炳善父亲看着炳善的脸，认真地说，你尿吧。用碗接住，十万不要把尿撒在楼板上。炳善转过身，把裤裆里的小东西掏出来，等了好一会儿，却怎么也尿不出来。炳善父亲说，炳善，怎么啦？炳善说，爸，我也不知道，怎么一点也挤不出来。炳善父亲说，过来，过来，让我看看。炳善迟疑了一下说，那不行。炳善一边把小东西放回去，一边把身子转过来。炳善父亲笑笑说，这小东西。

第二天一早,炳善父亲刚醒来就看见炳善站在窗边撒尿。太阳从窗口照进来,炳善右手拿着昨天那只粗碗接着,样子很专注,那喷出来的尿,细细的,弯弯的,晶莹发亮,热气腾腾。炳善左手指里夹着的小东西,看上去很像一条晶莹发亮的大蚯蚓。

· 作者简介 ·

金岳清,男,1963年出生,浙江临海人。一级作家,中国作家协会会员,中国书法家协会会员,浙江省作家协会主席团委员,台州市作家协会主席。1990年开始发表小说,作品散见于《小说选刊》《人民文学》《十月》《中国作家》等。出版有小说集《大家的风景》《姐姐在天堂弹琴》《远距离欣赏》《内参》,长篇散文《呼愁》等。曾获浙江省优秀文学作品奖。

那人

□ 周瑄璞

没想到，这辈子还能坐上一次飞机。

大坡璃外，各式各样的车到处乱跑，扁的宽的长的低的拉人的装货的大肚子的小短脸的，真是好玩，有的从来没见过。飞机在远处缓缓移动。建勋忍不住拍了视频，发了条微信。在他的那些去镇上饭馆吃次饭、去县里商场负一层逛回超市，都要发个朋友圈晒摆晒摆的微信好友里，坐飞机真是件大事了。那人，她也没有坐过飞机，她最远去过郑州。建勋的大张湾，全村人，除了在外工作的——那些人严格意义上已经不是他们村里人了——也没有谁坐过飞机哩。他们只是嘴上说过好多次，梦里坐过好几回。

一个开小加工厂，一个开小超市，一个倒卖粮食，都是有实业的人，他们自称全村三巨头，贵族能人，不太跟别人玩，只他们仨走得近，吃吃喝喝大肆喷空儿。前几天遇着一个西安上大学回来的学生，逮住了问人家，郑州到西安有飞机没？下次我们坐飞机去西安看你。那小伙子说，太近了，好像没有飞机，就是有也划不来，你坐车跑到新郑机场俩钟头，等飞机一个钟头，到天上可能也就飞四十分钟吧，还不如坐高铁。他们说，那不是想坐坐飞机嘛，我们飞到新疆再拐回西安中不中？总之他们说得很热闹，几天里都是飞机的话题，好像这个夏天非坐飞机不可，若不飞一回，半辈子白活，挣的那些钱白挣。可说了再说，到底没有行动。他们的买卖和业务最远也就是本县，没有飞到哪里去谈个业务的机会，就是经济再宽裕，也不会烧包得没啥事往哪儿白飞一趟，把自己的两千块钱扔出去。

而建勋，说飞就飞，很是果断。这次同去新疆干活的七个人，有四个选择火车，再咋说便宜五百块钱，现在火车也怪快的，三十六个钟头跑到乌鲁木齐，而你干啥事，三十六个钟头能挣五百块哩？省的就是挣的。建勋和那俩人，爽快地决定，就坐飞机了，多花五百块钱，天塌不下来。现在疫情期间，飞机票便宜，那么高级的铁家伙装住你飞三四个钟头，难道还不值八百多块钱？他们这次去新疆，这批活干完，二十多天，每人差不多能落万把块。坐一次吧，混了大半辈子，连飞机长啥样都没亲眼看过，没伸出手去摸过，真是憋屈。小萍也同意他坐飞机，她也没坐过，要不是在家看孙子，她真想一起飞去，给他们做个饭，给建勋做个伴。多少给点钱就中，不给也中，权当出去逛逛。

建勋他女儿六天前，在手机上给三个人买好了机票。那四个坐火车的前天半夜走了，他们今天才动身往新郑机场去，这就是优越性。他们将在乌鲁木齐会合，再坐汽车跑一天，到一个县里，给一个新建的胡萝卜加工厂进行装修，粉刷工是建勋，那几个是瓦工电工管道工地砖工。洪亮的儿子开车送到新郑机场，领着三个大男人，进入航站楼，排队，托运行李，办登机手续。小伙子也没坐过飞机，可他会问，会看各种标识，会说普通话，会在手机上查坐飞机的流程。一会儿看看手机，完成一个程序，再看手机，领着三个长辈对付这些在电视里常看到的场面。三个五十上下的男人，每人戴个口罩，乖乖地跟定一个小伙子，完全没有在自己地盘里的大大咧咧、高喉粗嗓，话都不敢说，大气也不敢出。四个人不愿分开走，必得看到另几个在眼前，就像春天里的小鸡娃，聚一堆行动才有安全感。别人托运的行李都是箱子，皮的、塑料壳的、厚帆布的，而他们几个是尼龙编织袋，里面装着铺盖和衣物，更里面卷着干活的工具和吃饭的碗筷小盆，其他再没啥值钱东西。就这，刚才在大门口，也得拿打包带杀了个十字扣，工作人员也像对待那些高级行李箱一样，给打包带上套了长白纸条。传送带一动，运到黑帘子后面去了，登机牌上贴了三张小票。建勋心说，不用贴，我们也能认出来自己的东西，全大楼里，就我们仨的不一样。建勋一闪念之间想，要是在新疆挣到钱了，何不买个大号行李箱拉回来？下次家里不论谁坐飞机了，也像城里人那样，潇洒推着走。

　　洪亮的儿子把他们送到安检排队的地方，告诉他们，进去后，按指示牌上找到31登机口就行。他又小声给他们说，跟前面的人不要离得太近，保持礼貌距离，进去后，按工作人员指挥的办就中了。然后小伙子站那儿，看他们排队往前挪。三个男人听话地点头，那是，不能凑太近，挨再近也不能插到前面去，插到前面也没用，飞机也不能拉住你先飞。

　　大男人变成小男孩，又乖顺又幸福，一点点往前挪，把紧张而兴奋的脸，掩在口罩后面，只露两只眼睛骨碌碌到处看，看哪儿都漂亮都新鲜。这么大的楼，要是让我一个人来粉刷，得干一年。人家让摘了口罩，看前面镜头,建勋向着屏幕里的自己笑笑,牙一龇,哎呀,真是老了,脸上的横肉全部往下坠。他前些天,自拍头像发朋友圈,配的文字:70后的我,已经开始老去。照片里的他刚刮了胡子,脸皮青着。这两天他慌慌着要坐飞机,也没时间刮了,起大早赶飞机,昨晚才睡了四五个钟头,更显出一些沧桑来。

随身的包、身份证、登机牌,放到小筐子里。工作人员做出的一切指示,都是那么必要,让人愉快,令人信服,必得照办。问他,有没有雨伞、充电器,这声音与问别人没有两样,不会因为他们是农民就省略这个项目,跟他们问那些大款大官上等人一样。他笑脸说,没有没有。他学着前面人的样子,走过去,让那个年轻姑娘拿着一个棍棒样的家伙嘀嘀嘀地安检自己,皮带扣也要摸摸,脚脖子也得捏捏。繁复的细节都是有必要的,这是坐飞机,去新疆,不是开着你的电三轮去七里头干活。他觉得自己正在被一套高级流程熨烫抚慰,不再是那个粗糙的农村人。村里人讽刺别人时常说,你能得上天了。现在,他就是要上天。再多一些的程序,再多一些的盘查和搜身,都是可以的。遗憾,没有了。三个人等齐,去找31登机口。哎呀,这才是8,每一个登机口,都跨着挺远的距离。好家伙,可得一会儿走。哈哈,那三人,再别喷着坐飞机了,光找登机口,得让他们这两个半瘸子走半天,还没走到,飞机就得飞跑了。那三个人里,一个年轻时在外干活腿被砸伤,一个股骨头坏死,一个痛风。前两个实瘸,后一个痛了瘸,不痛不瘸,净是吃出来的,有点钱烧的,酒肉撑得肚子滚圆,像怀了五六个月,脸蛋子肉横里长,家中冰箱里吃食堆得满当当。全大队里,也就只能他三个做朋友了,有几个钱,看不起别人。别人呢,嫌他们走得慢,也都不跟他们玩。他们呢,有车,也跟村里人走不到一块,半里路都开车。你再能,你能把车开到人家候机楼里?到了这儿,你得拿自己腿老老实实走路，来来来，你走走试试，你看这吭哧吭哧，快走一里地了。31还不是最后一个登机口，再给你来个58登机口，你去走吧，让你们那样腿一拐一拐，蜗牛般的爬，飞机早飞跑了。光这一项，你们就不配坐飞机，老实趴家里吧，哈哈。好像为了回击建勋的想象，身边滑过一个小电瓶车，上面坐着几个人，轻松驶过，再走几步，眼前又出现一条笔直的传送带，站上面不动，运着走。哼，这机场想得还真周到，有必要吗？腿不好就别出门呗。建勋不太高兴，我就偏不走这传送带，我又不是残疾，庄稼人把个十里八里都不算啥，何况这点路。他们三人，好像都是同样的想法，绕开中间移动的黑色通道，从一边向前走。

好容易走到31登机口，人少，位置随便坐，洪亮和儿子视频通话：好了，找到地方啦。一直听儿子话，分贝控制在挺小的量，他们一进入这个大楼，就走上一个自觉讲文明懂礼貌的场合，不用谁给你规定和提醒，这环境，叫你不文明都不中。手机对着31照一照，再对着建勋和另一个人照了照，这两个男人洋气地对小伙子挥手说，拜拜。只能说拜拜才跟坐飞机这件事配套。

建勋得以坐下来，那个一直盘桓的问题再次浮上心头。这个问题从前几天买了机票，就来到他心里，而且还有个类似于庄严和浪漫的想法：到飞机场再说吧，电影电视里的人，不都是在飞机起飞前，处理这些事情吗？

要不要给那人打个电话，发个微信？虽然三个月前就断了联系，可那个人，那些事，总也不能从心里抹去。他要给她打个电话，第一句话就是，我在机场，快要上飞机了。

建勋平常在家干活，骑着电三轮，四处跑着给人家刷墙粉白。去了先看场地，然后谈价，主家管一顿中午饭，每天工钱多少，或者全部干完给多少钱。有时候忙起来一个月休不上一天，扒明起早，天黑回家，活赶活，挨家跑，前面这家没干完，后面那家的电话就来了，预定住他五天后的时间。反正不管怎么搞价，怎样赶工，折合下来每天二百多块，少有冒出三百的时候，市场行情就是这样。有时候一个月能休息好几天。一歇下来，他心里就急，没活就等于没钱。

那人就是用电话预定了他。她说，那好，你过三天来吧。三天后他去了，骑着电三轮，后斗里放着刷子滚子铲子瓦刀，一路向东。是三间堂屋、两间旧东屋，连带一间厨房，全部粉刷工程包给他，谈好工价一千五百元，他说六七天能干完。这个时候他就想，小儿子要是在家，两人合伙，加班加点，三天就能搞定，钱拿到手。

大儿子前几年盖了房，结了婚，分出去另过。给他盖房娶亲借的钱刚还完。小儿子二十一，还不用忙着订婚。可现在又兴了在县城买房。凭你长得再漂亮的小伙子，女方头一条就是县城得有套房。一套房买下来，四五十万。简单装修下，买必不可少的家具，又得十万。也就是说，没有五六十万，儿媳妇别想娶进门。小儿子在上海送外卖，跟别人合租房子，吃住之外，一个月能落三四千元。他也曾给小儿子说过，一个人在外处处操心，吃苦受累，不如回来跟我一起干活，落的比在上海一点不少。刷墙粉白这事，不是啥太难的技术，学几天就会。

小儿子在大城市待惯了，过不了家里的日子。他问，那你将来结婚，不还得回来找对象吗？不还得在咱县上买房吗？小儿子不回答，反正就是不愿意回来。

主家夫妻俩和建勋一起，又叫了个邻居，把所有家具一起抬到屋中间，然后按建勋开的单子，男主人出去买白灰涂料。女主人在家，屋里屋外收拾、洗涮，和建勋说话。他们只有一个儿子，去年订了婚，已经在县城买好了房，且装修到位，这里借着劲把自己家里也粉刷粉刷，过年时来人，尤其接待新亲戚，好看一些。

第二天来干活，男主人不在家，他出去给人家干活去了，县城方便面厂开铲车，每月有固定工资。女的还是屋里屋外地收拾、洗涮，有时候进来看看，和他说几句话。中午做好饭，盛好端给他，他吃完，她接过去，再盛一碗给他，他吃完第二碗，坚决不要了，她不再勉强。她说，歇会儿吧，歇歇再干。他坐着，靠在大门楼的墙上，闭住眼睡着了。他每天中午饭后，必须得睡会儿，哪怕十分钟，起来就有精神，否则一下午心慌眼乏，光想发脾气。

第三天中午吃完饭，他发现大门楼里，多了一把躺椅，她把躺椅撑开，用干净抹布擦一遍，叫他睡在上面。大门始终开着，这是避嫌，好叫村里人看到。而她自己，关起堂屋门午休。吃得饱，小风一吹，他睡得沉沉的，还做了梦，儿子回来了，他们一起到县城看房买房。一睁眼两点半了，赶快起来干活。夏季天长，七点了还不黑，他想多干会儿。男主人回来了，带回半只烧鸡，留他一起吃晚饭，他不肯，收拾东西要走，当初说好的只管一顿午饭。可夫妻俩让得很实受，男的上手来拉他，他只好留下，她炒了两个素菜，还拿出一瓶酒。三个人吃完饭，他在黑下来的天光里，开上电三轮走了。

第四天一大早，儿媳妇过来说，孙子有点发烧。儿子在外打工，儿媳妇也干点零活，孩子白天小萍看着，晚上儿媳妇自己带。建勋开上电三轮，把娘儿俩送到南边镇上，医生叫做这检查那检查，他在那儿招呼了一会儿，想知道孩子发烧的原因，积食了，还是感冒了？儿媳妇知道他有工作，叫他先走，她给孩子看完后，回附近的娘家，建勋晚上过来接她就行。

建勋给儿媳妇留下一百块钱，刚走出不远，女主人打电话，直接问他，诶，咋还不来哩？平常这时候都干上活了。没有称呼，没有客套，更不会像城里人那样先问声你好。从那口气，建勋听出了点亲切和嗔怪，不是催着他来干活，而是操心他为何跟前几天时间不一样。那感觉是建勋这几天归她管了，她得知道他的行踪和快慢。他到了后，她问了孩子的情况，然后问他，晌午想吃啥饭？建勋说，啥都中。她到村后超市，买了块豆腐，擀了面条，中午吃了西红柿鸡蛋煎豆腐丁的捞面条，浇上食香叶子捣蒜汁，建勋吃了两大碗。下午临走，女主人拿出几根指头粗的小火腿肠，说儿子上次回来买的，拿回去给小孩吃。

再下一天，早上去的时候，路过一个集市，他停下电三轮，给她打电话，也是没有称呼，直接开腔：我路过集上，看要买点啥菜不，晌午吃啥饭？她问他，你想吃啥？他说，吃卤面吧？我买点肉。对方说中，对于他花钱买肉一事，并没有客气。他其实爱吃饺子，但他觉得受雇于人，提出吃饺子有点奢侈，做起来太麻烦。他买了半斤肉，一把豇豆角。她做了一大锅卤面，他吃两碗，她吃一碗，还有一锅底，给自己男人留到晚上吃。

再下一天他去的时候，她正在盘饺子馅。他问，咦，你咋知我爱吃饺子哩？她笑，世上人哪有不爱吃饺子的？建勋说，饺子好吃就是太费事。她说，又没事，多包点，他晚上回来也吃。

他觉得在这家做活，好像是跟女主人过日子似的。下午走的时候，他干脆问，明天需要啥菜，我顺路买上。她说，你要想吃啥改样饭，就买，不想吃的话就不用买，家里平常的菜也都有。她说家里两个字，建勋突然觉得好像是他俩的家一样。骑着电三轮出了村子，一种毛茸茸的感觉，轻轻拨弄他的心。建勋结婚二十七年，除小萍之外，再没亲近过别的女人，日子过得紧紧巴巴，永远在奔命一般。超生罚款，孩子上学成家，各种费用，全凭他一个人挣。早些年他也外出打工了几年，算一算，吃吃花花，落的并没有在家做活多，还要承受夫妻分离之苦。他就不信这些正当盛年的人，真的能半年不挨靠女人，不乱来不胡生法儿，也不出问题。他可受不了，他是人啊。于是他再不出去打工。他有粉墙刷白的手艺，在家里四处给人做活，也能挣钱，维持一家开支。守着自己老婆，多好的事。三个孩子都大了，能顾住自己，孙子也快两岁了，他怎么像回到年轻时的感觉，心怦怦跳。电三轮在公路上轻快地奔驰，西天的太阳热烈地下坠，像大火燃烧。立秋了，早晚不那么热，风吹得全身舒畅。他停下车子，站到路边，对着西边的天际看了一会儿，拍了照片，发微信朋友圈，配一句诗：夕阳无限好，只是近黄昏。以他的初中文化水平，也就知道这一句了。他觉得配得挺合适，应该能收获不少点赞。他希望那人能够看到。一旦把一个人叫作"那人"，就有点别样的意味了，亲近、酸甜与嗔怨，说不清，道不明。五十岁的人了，竟然也有了"那人"，那人知道不知道呢？是否把他也当成那人呢？直到夕阳坠落，他有点惆怅地重新骑上电三轮，在黑下来的天色里回家。电三轮颠簸的声音不再那么欢闹，车轮辐条轻轻地转动，声音小之又小，几乎介于静音。他整个人也是无声无息，包藏着什么秘密似的。进村遇到人，也不像平时那样大声打招呼，半条街都知道他干活回来了。他希望没有人看到他。他悄无声息回到自己家，孙子从大门楼里叫了声爷爷，竟然把他惊醒。从车上下来，孙子抱住大腿，他弯腰抱起孙子。小萍劈着声说，洗洗脸喝汤吧。他突然对这声音有些抵触，没有回应。

  已经有一星期，建勋晚上没有表示主动，小萍有点意外，问他，咋了？不热乎啦？建勋说，眼看五十，半老头了，天天干活累成这样，还有啥劲。小萍一想也是。小萍比他大两岁，前年就绝经了，本对这事不热，只是应付加对付，同样一套程序，几十年了，也该消停了。

　　今天活儿收尾，下个活儿已经定下，建勋明天就到下一家，他突然有些惆怅，腻子细细地刮，滚刷轻轻地动。那人出去买东西，整个院里屋里，就他一个人，他站在一个洁白的世界里，头上落了一层白灰，白脸白鼻子白睫毛，他觉得自己是个纯洁的孩子，怀着一颗呼应爱情的心，怎么再有几个月就五十岁了，真不敢想，小的时候看五十的人，那就是老头子，而自己怎么还像年轻时一样，会怦然心动呢，会微微脸红呢。那人，她也不年轻，她也不漂亮，她也没打扮，她就是那么妥妥帖帖顺顺当当的样了，院子里收拾得干干净净，饭做得清清爽爽，话也不多，嗓门也不大，句句都挺合适，好像你说什么她都能理解。不像别的村妇那般，松垮着，稀拉着，任由自己糠糟下去，脏话粗话是家常便饭，顺口就来，她是收着，静着，仿佛总有约束与边界，只在界内活动，脏字从来不说。她连孩子也不多生，头生是个儿子就够了。在农村没有儿子当然是不行的，可有的人——就像自己和小萍吧——生了儿子又想要个女儿，儿女都有了，再要一个最好。生来生去，关键是养孩子费事操心，把自己整得一路垮塌，不可收拢，还理直气壮，老娘就这一摊子了，咋着？当然不咋着，没有人敢对一个劳苦功高的农村女性再提别的要求，审美不是她们要负责的事。而她，一直是收拢得好好的样子，好像和多年前当姑娘也没啥差别。她买东西回来了，并没有进屋里来，在大门楼里收拾做饭。厨房里的家什，都挪到大门楼，因为家里有个干活的男人，大门一直开着，让人们看到她在院里或门楼里。不时有人路过，跟她说话，有的站在大门楼不走，东家西家南地北院打工上学挣钱订婚，说上好一阵，有的进来参观一下新刷的房子，顺带把他这个老师儿也看看。请来的手艺人，叫作老师儿，"师儿"字上挑，拐个小弯，含着点幽默与调皮，是对手艺人的尊重。这些年市场经济，年轻人不这样叫了，你干活我掏钱，就这么简单，啥"师儿"不"师儿"的，叫你个老张就不错了，或者只说，大张湾的。只有老年人会说，这家请的老师儿干活还不赖，电话你存上，明年俺家刷房也找他。多年来，建勋就是凭着这干活还不赖，不断有活儿找来。有的家本没有刷房计划，是看邻居家刷了房，有用不完的小半桶涂料，自己占个便宜，再买一桶，就着刷刷大门楼算了。而建勋讲价也不抠死，只要不是亏得太多，只要有活儿干，总比在家闲着强。慢慢地，他的出工半径越来越长，前些年是周围十来里，这两年是二三十里，去年还有一回，市里郊区的一家小厂子，不知从哪儿得了他的电话，让他找几个人，承包住他们的活儿。建勋找了几个人打下手，他负责监工和技术指导，来回一百多里，不能每天跑了，吃住在那，十二天自己竟然落了五千元。

　　好久没有她的说话声，是大门口没有人路过，还是她不在院子里？她在干啥呢？竟然没有一点声响。建勋像是站在大雪地里，四野寂静，他孤独一个，大仰着头，只有高处的滚子，饱蘸了涂料，肥墩墩地蠕动，所到之处，青白更添一层，过几分钟，慢慢变成深白，情绪更浓一成。第一遍的白，过于稀薄，盖不住里面的腻子，再刷一遍，盖严实了，但也还不是扎扎实实的白，要走上三遍以上，才能抓牢润透，涂料大军丝丝缕缕全力以赴，长在墙上，成为它的一体，成就厚实笃定的白墙。扑嗒一声，有一滴落在地上，更响亮的扑嗒一声，掉在盖着家具的大塑料布上，眼泪似的，跌落成一摊白花朵。满世界只有这零星的扑嗒声，敲打他柔软的心。

　　四五点就能干完，可他想慢点干，等到男主人回来，主家验工后，他拿到该得的一千五百块钱。整整七天，他吃了不重样的饭，芝麻叶稠面条、塌菜馍、胡辣汤、捞面条、卤面、饺子、米饭，不知是女主人本来就讲究，还是专意为招待他而做。北方人很少吃米饭，吃一次就显得挺隆重，因为大多家庭没有电饭锅，要把一个小钢精盆盛了水和大米，再放到大锅里蒸，很难把握干湿，而她今天中午，竟然蒸了米饭，干湿度很好。她炒了三个菜，两素一荤，小桌摆在大门楼里，还拿出那天晚上没有喝完的半瓶白酒，叫来邻居家一个侄子陪他吃饭。可能是提前说好的，那男人很顺当地来了。而她自己，碗里三样菜各夹一点，坐在堂屋门口的小凳子上吃，遥遥地跟两个人搭着腔。邻家侄子劝他喝酒，他没敢多喝，只抿了两口，怕一喝就睡得起不来。

不到六点，活干完了。他说，等你家人回来验验吧。她先仰头四处看看。其实这些天里，她不知看了多少遍，当着他的面看，他不在时也挑剔着看，可能心里早有定论了。她外行充内行地说，嗯，怪好怪匀称，都白着哩，比二十五年前新盖时还好，那时只有白石灰，哪有现在的涂料啊。六点了，男主人还没回来，她打电话，对方说，厂里加班，还得一钟头，你看着中就中。于是她拿出钱给他。他说，他不在，这些东西咱俩抬，恐怕你不中。她说，没事，就剩这几件了，他回来我俩慢慢弄，你在这儿喝罢汤再走吧？他知道这是虚让，她还没有动手做晚饭。他收拾自己的东西，女主人在院子里继续洗洗涮涮，她趁这些天倒腾屋子，好像把家里所有能洗的东西，都洗刷了一遍。他把简单家什放在电三轮的后斗里，心里头像有小刀轻轻剜弄着，也不疼也没流血，就是不舒服。她打开水管给他接了半盆水，叫他洗洗。他洗了手脸脖子。她将他送出大门外。他说，把我手机号存好，下次谁家有活儿，给我打电话。她点点头，说声嗯。

他一路骑着电三轮回到家。

第二天早上,他给她打电话,说他现在去下一家的路上,天不冷不热刚刚好。她说是啊,天凉了,干活不受罪。

他问她中午吃啥饭,她说,一个人好凑合,下一把面条就中了。

他干着活儿,一直想着,她在他粉刷一新的屋子里出入,手里拿着这样那样的东西,收拾,打扫,做饭,甚至躺在沙发上看电视。整个白天,她都一个人在家,而他却不在了。

他又换了一家,再给她打电话,说上一家干了几天,挣了多少。她为他拿到钱高兴,说,提住劲干,攒钱给小儿子在县上买房,现在都兴这了,谁也没法儿。她为他叹息一声,好像是挺心疼他。

过几天就想给她打个电话,其实在他心里,是要天天打的,可怕她烦,无缘无故的,打啥哩打,已经人钱两清,还有啥好说的?他趁摸着时间,等到想打这个愿望积攒得过于强烈,再也按捺不住,他才拨她的电话。问她在家干啥哩,她说刚洗了衣裳搭在院里,他想象着衣服静静地滴水,落在地下她种的青菜里,有时候她说没事看电视哩,他想着那个画面,洁白的屋子里,电视开着,她穿着碎花绵绸衣裤,歪在沙发上。

生活中的什么事,都想给她说说,这一家不好对付,吃的赖,给钱少;下一家挺大方,顿顿有肉,工钱也给得痛快;小儿子在上海,这个月挣得少往家里打回来不到三千,他的钱咱一分不花都给他存起来,将来给他买房;女婿外出打工,儿子在外干活,每年回来一两次,闺女和儿媳妇常年一人带着个孩子,年纪轻轻的,白天黑夜就这样一个人,真让人操心,可别再出点啥事;自己白头发又多了一些,头发掉了几根显出了秃顶的兆头;孙子今天说了句逗人笑的话……很少谈及他们两人之间,很少说你我这样的词。他俩之间有什么呢?啥也没有,啥也没有你凭啥给人家打电话说得这么起劲呢?她也并没有拒绝的意思,没有恶声恶气地说,干啥老打电话你操的啥心？她总是那么耐心地听他说，时不时附和几句，想法也都跟他的一样。

他问自己，这是什么行为？这就是人家说的外遇吗出轨吗？电视上演的婚外恋？可是他并没有再去找她。但你心里装着她，天天有她，时时有她，这算怎么一回事呢？一直这么电话打下去，越说越热乎，会是个什么结果呢？都是成年人了，还能是什么结果？最后两个人想办法轰到一起呗。民间语言真是丰富，非正当男女搞在一处叫轰在一起，这个轰不是别人轰，全是内因起作用，是两个人热切地自发地往一堆凑，朝一起钻。

轰在一起的结果是什么呢？都有家有孩子，有脸有皮的，四五十岁的人了，出点事可咋办？

丢人卖赖折财生气。农村这样的事也不少，大都没有好的结果。一开始俩人好也是真好，到最后打的闹的哭的流的，说是感情，其实论到根上还是钱，女的嫌吃亏了，不干了，翻脸了，突然告男的强奸，公安真的把男人带走判了两年；也有叫人当场拿住的，私事变成了公事，领一队人打到男方家里，赔钱赔东西。相好本是俩人的事，却跳出一圈子人理论，只叫男的赔钱。建勋惊出一身的汗，自己儿媳妇都娶进门了，再叫人为这事打上门来，那才是丢人现眼。建勋几天没有再打电话，可总觉得心里空得慌，像是被谁摘去了魂。傍晚，他开着电三轮往家走，秋风浩荡，吹过大平原，又是西边火烧似的云彩，他不由停下车子，站在路边。苞谷都掰完了，玉米棵有的砍了有的没砍，在地里干枯地竖着；豆子快该收割了，衬着夕阳，铺上层金灿灿的热烈的橘黄，真是好看。暮色温柔，他的心也流淌了般，不由得又拨打电话，那人开口就问，咋好几天都不见信儿，忙啥哩，活多？多像小萍的口气，总是管着他挂着他的样子，他心里忽悠一暖，嗓子眼热辣辣的，要是人在眼前，必定得有所动作。他一时竟然不知该说啥了。那人说，身体咋样啊？到处跑着干活，得先吃好。他只说嗯嗯，好着哩，没啥，就是想你，总想给你说几句话心里才安生。那人不语，停一会儿说，那没事挂了吧。嘟嘟嘟，天边的夕阳往下坠去，嘟嘟嘟，惊心动魄的样子，好像掉下去就会爆炸似的。眼看只剩了小半拉，再下沉下沉，任谁也拽不住，整个地落入地平线，又不甘心似的，放出半扇光来，向上射着，是一句无望的长长的啊的呐喊。建勋挂了电话，一个人在路边，一直站到天黑，搁他年轻时的性子，定一气骑上电三轮，跑她村子外，叫她出来见一面，再开到县里，请她吃个饭，好好说说话，就像年轻人谈恋爱一样。他这辈子，基本没谈过恋爱，那时和小萍，是媒人介绍认识，按程序来，年节走动提礼，都是规范动作、公共行为，不兴单独见面。而跟这人，竟然是恋爱的感觉，可连她叫啥名字都不知道。他骑上电三轮，缓缓地走。天黑透，回到家里。

这样打电话，打来打去，为的个啥，最终目的，不还是想轰到一起去。轰这个词，真是形象，高热的冲动的突发的盲目的不计后果的飞蛾扑火的打闹嚷乱的……直至最后，失败告终，一哄而散。

有时候建勋就想不明白，人们为了这点事，费那么多周折，几头编瞎话，编不圆展，这儿漏了那儿破了，打打闹闹，哭哭流流，何苦来哉。可是，放眼望去，世人都在为这点事奔着，电视里，身边的，整天说的听的传的都是这事，此刻，自己也落入井中，无人诉说，没处抓挠，白天黑夜，思来想去，天天想打电话，想给她说这说那，说东道西，想听她的附和、劝解和最后的几句安慰鼓励，无非是叫他干活注意安全，吃饭吃好点，涂料有害应该戴个口罩这些最平常的话，可对他来说，是最动人的旋律。

电话继续打，建勋是一只缓缓胀大的气球，已经薄得透明，成为一个危险品，轻轻一碰就爆成碎片。总得做点什么吧。一想到要付诸行动，他头脑嗡的一声，空中飞来一个耳光打在自己脸上，人家搞婚外恋，都有经济基础，跟女方见面，难道空手去？得送个礼物吧，今后维持关系，除了感情外，还需要钱吧，可他又是个啥角色呢？到处干零活，为了攒钱给儿子买房，再热的天，一瓶水都舍不得买，几十里路干渴着，电三轮开得飞快跑回家里。建勋感到羞愧，快一米八的大男人，被钱给拿住了。

满面红光圆滚滚的大男人竟然日见憔悴，夜里偶尔还会失眠。胡子拉碴，他也不想刮，一早一晚，骑着电三轮在公路上奔跑。一个个村庄甩在后面，无论是夕阳无限好还是朝阳多美丽，他也没心情看了。到主家做活，他一语不发，铲墙皮，刮腻子，粉白，仰着头刷呀刷呀，又生气又忧伤的样子。生谁的气呢？想起奶奶说的话，谁也别怨，怨自己没本事。眼看冬天来了，他对自己的情感生活来了一个大总结，痛下决心，再不打电话了！

大男人说到做到。建勋一个多月没打电话，那人也没有打来。快过年了，他突然想起，她儿子要结婚了，微信里给她转了二百元钱，作为随礼。几小时后，她收了钱，说，到时你儿子结婚，也得给我说。他说，好的，两个字后面，给她献了六朵玫瑰，本来还有六个抱抱，想了想，删去了。第二天那人发来婚礼的酒店地址，让他大年初五来吃喜酒。他犹豫，去不去呢？去了能见见她，可是，见了又能怎样呢？一会儿想着应该去，一会儿觉得没必要去。到年根根上，突然武汉传出疫情消息，到处封锁，酒席办不成了。这样也好，省了他纠结。

走到哪儿把她装到哪儿，行走坐卧，吃饭睡觉，都默默跟她说话。这样总可以吧？不行动不出事不丢人，从头到尾，是我自己的事，沤烂在心里，我乐意，谁也管不着！此时坐在31号登机口，马上就要到登机时间了，他怀着暖暖的酸酸的心情，就那么坐着，听着广播不断报出航班号。前面那些数字他听不懂，后面的城市全国各地都有，而那人也融化在播报里，一会儿上海，一会儿南宁，一会儿沈阳，跟每一个他从没去过的城市联系起来。

终于听见乌鲁木齐四个字，三个大男人相互看看，见身边的人站起身来，向登机口汇聚。又像怕走丢的鸡娃那样，三人一同起身，跟在一处，要走进一个他们此生第一次进入的空间。建勋将把那人，带入机舱，一起飞向高空。

·作者简介·

周瑄璞，女，1970年生，现居西安。著有长篇小说《多湾》《日近长安远》等五部。在《人民文学》《十月》《作家》等期刊发表中短篇小说约一百万字，多篇小说被转载、收入各类年度选本及年度小说排行榜。曾获第三届女性文学奖、柳青文学奖等多种奖项。

一路平安

□ 裘山山

　　早上去机场，八点的航班，预约了一辆六点的出租车。下雨，还好我到小区门口后，车很快来了。司机没下车，只是让后备厢门翘起来。我只好自己把行李放进去。一坐定，司机就连打俩哈欠，好像以哈欠问候我似的。他收住哈欠问我，怎么走？我说就走新机场路吧。他没说什么，开动了。

　　我也困，一夜没睡好，今天要面对的事让我不得安宁。可是我又很怕自己一脸倦容出现在他面前。于是想眯一会儿，养出一点儿精神气来。以我的经验，什么面膜营养霜都比不上一个好觉。每每睡了一场好觉，自己都感觉容光焕发。

　　司机师傅却开聊了，你自己叫的车吗？我说是啊。我听出了他语气里的意思，特意说，我在手机上看着你从西二环转德胜路开过来的。他哼了一声，看不出。我心想，难道我的样子像是不会叫车的人吗？真是没眼神儿。说不定我会的你还不会呢。

天还是黑的，大街上冷冷清清。彻夜未熄的路灯显得疲倦不堪，努力撑着，在期盼拉电门的那一刻。雨不大，空气却因此清新。这是好雨，很贵。雨也是有地位的，春雨地位就高。"好雨知时节，当春乃发生。"杜甫早就赞过了。我猜街两边的树木正愉快地享受着。对我来说，他是好雨吗？是当春乃发生吗？我闭上眼，思绪还是理不清。

可是师傅又说话了。这条路，这条新机场路，简直不合理，妈哟，专门整我们出租车。

我没接茬儿，也没明白他是啥意思。只是很烦被打搅。

他说，政府还说给我们减压，骗人！全部是骗人！

我还是没吭声，希望他住嘴。

可他继续说，而且越说越生气，反反复复骂骂咧咧的，弄得我不得安宁。我终于被迫听明白了，原来这条新机场路有个规定，去时不收费，返回才收费。

应该去收十块。回来收十块才对，凭什么回来的时候收二十块？他们这样做就是为了剥削我们出租车！太黑了！

后面还跟了一串脏话。

这人的逻辑思维显然有问题。我发现很多时候，人们对问题的看法有分歧，不是立场导致的，而是逻辑导致的。逻辑混乱。为了让他停止谩骂，我婉转地说，其实这个规定不是针对你们出租车的，所有车辆都是按这个收费，去不收，返回收。可能有什么原因吧。

他看我接话，更来劲儿了。能有什么原因？就是几个老头坐在屋子里想出来的，想多赚我们的钱。太黑了！×××！太可恨了！

我还是耐心地说，不会吧？你想一下，分开收二十元和单边收二十元，对他们来说收入差不多嘛。我本来还想说，过路费不是乘客付的吗？除非你是空车。但我忍住了。说多了他更生气。

他愣了一下，但继续骂骂咧咧，反正就是对我们出租车不公平。

我只好不说话了。也许他生气，有一部分是针对我，因为这一趟我不用付过路费，我属于"去时不收费"的。可是等过几天回来的时候，我不是要付二十元吗？我占不了便宜。

他吧啦吧啦骂个不停，很多话我无法复述。耳边总有人骂街，哪怕不是骂你，你也会很烦。我真无法想象这样一件事会让他生这么大的气。他是天生如此还是最近如此？也许他有路怒症？或许是被迫害妄想狂，总觉得什么不好的事都是冲他来的。

我决定转换话题，强行转换，咱们要用正能量抵御负能量。我说，今天是惊蛰呢，真正的春天到了。春暖花开了，好舒服。他鼻子里哼哼两声，到处飞起毛毛，有什么好。我继续说，我特别喜欢春天，上有天堂，下有春天。"春眠不觉晓，处处闻啼鸟"，还有"好雨知时节，当春乃发生"，你都会背吧？他从后视镜看我一眼，可能觉得我有点儿神经。我只好问，那你喜欢哪个季节？秋天吗？他说，我哪个季节都不喜欢，季节再好也不是我的，是老天爷的。

他总算说了一句还算有趣的话。

我从后面看到他的侧脸，腮帮子都掉下来了，语气恶狠狠的。看来他还是放不下过路费的事。我只好放弃春天，回到他的话题上，并有意顺着他说，其实呢，最好把所有的收费站都撤了，全部免费。

这下他高兴了，好像我是决策者，大声附和说，就是就是，撤了，全都撤了，凭什么收费？

我还来不及高兴，就发现自己失策了，因为他并没有因为高兴而闭嘴，而是把我当成了他的猪队友，说，我跟你说嘛，上次有一对老夫妻坐我的车去医院看病，我就骂了几句，那老头就生气了，跟我大吵，还说不去医院了，要送我去法院！太笑人了。

我心说，他要是当官的，会打你的车去医院吗？但我忍住了。跟不能沟通的人沟通，不仅徒劳无益，还会增加新的摩擦。看来出租车司机也该做个心理测评，不然真会影响行车安全。

我问他，你这个车是跟人合开还是自己开？他说，我自己开。我说，那挺辛苦的。这么早就得起来。他说，哪里，我还没睡，昨天晚上接到你的单，我就想跑完机场再回去睡。

这更让我提心吊胆了。一夜没睡，还生气。出租车公司应该有规定，一夜没睡的不能接早上的单。我不敢打瞌睡了，我得为自己的安全跟他说话。

我用体贴的口吻说，那么辛苦，收入还好吧？他哼哼一声，马马虎虎吧。钱再多，都是拿命换的。一天在车上坐十几个小时。过了一会儿又说，女儿在读大学，压力大得很。这让我很意外。我有一半真诚地拍他马屁说，哦，女儿都上大学了，你看着挺年轻的。他还是气哼哼的，读大学也不懂事，一天到晚买衣服。我说，年轻姑娘嘛，都爱美。他说，穿也不好好穿，穿些乱七八糟的。这儿破个洞，那儿掉截线。我说，她妈妈呢？他说，离了。离了好几年了。这我倒不意外，肯定是被他骂跑的。

我努力调节他的情绪，但收效甚微。他的腮帮子还是往下掉。做个乘客也不易啊。我又没有什么奢望，不就是想在正确的时间抵达正确的地点吗？坐过那么多次出租车，还是第一次遇到这种情形，我也缺乏应战招数。

天渐渐亮了，春天的景色从暗夜里显影出来，因为雨水更加鲜亮了。葱绿的树，还有时不时闪过的粉白的花朵，不知是杏花梅花还是海棠。我的心情顿时明亮了许多。我是真的喜欢春天，天堂的样子，就应该是雨水的样子、惊蛰的样子、春分的样子。这次之所以答应他去，也是因为春天。春天让我内心充满希冀，总觉得万物生长的大地上，或许真会长出一朵属于我的花。

可是这么美好的季节，这位司机师傅感觉不到吗？他这辈子，有没有因为春暖花开而高兴过？有没有因为清风拂过脸颊而舒畅过？

过收费站了，我们果然一路开过去，没有缴费。他恶狠狠地说，等会儿老子回来就要交二十！我说，回来你肯定拉着客人，客人付嘛。他生气地说，反正你不用付。

果然是生我的气。真是毫无道理，我不再说话。我想我是不是太好脾气了？我也应该像他骂的那个老头一样，和他做斗争，老子不去机场了，去派出所！这么一想我又乐了。

终于到机场了。清晨的机场竟然灯火闪耀，车水马龙。看来赶早班飞机的人很多，大家都想在正确的时间抵达正确的地点，以完成必须的却有几分无奈的行程。

我掏出手机付款，脑子里忽然闪过一念，也许我该平复一下他的满腹怨恨，不要让他成为马路上的潜伏杀手，为和谐社会做贡献。于是我说，我多给你十元吧，算我出一半过路费。

他顿时眉开眼笑，原来他也会笑，笑起来还有几分可爱。他大声说，可以可以，那就谢谢你了，你这个人不错。我说，我也是看在你女儿的份儿上。他没听到，把箱子拿下车递给我，大声祝我一路平安。

这让我很后悔。我真是笨，我干吗不在他一开始发牢骚时，就表态说愿意多给他十元呢，这样路上我还能清静一会儿，不必跟他聊什么春天，背什么唐诗。太失策。钱在很多时候是相当管用的，可以买清静，还可以买时间。比如追剧，如果不花钱加入会员，每集都要忍受长长的广告，一旦付钱成了会员，片头马上会出现一行讨好的字："尊敬的VIP会员，已为您跳过片头广告。"就是这样。我应该一开始就说，我出一半过路费吧。那他的后脑勺也会跳出一行字："尊敬的乘客，已为您跳过旅程噪音。"

还好，登机很顺利。

若有若无的小雨只是湿润了空气，完全不影响飞行。乘客们似乎都还在梦里，迷迷糊糊地潜入机舱，又迷迷糊糊地潜伏到各自座位上，连空姐说话都放低了声音。

我的座位不好，在中间。本来我总是选靠过道的座位，昨天因为忙乱，错过了选座位的第一时间，没有过道了，连靠窗的也没有了，只剩后舱的中间座位。好在就两小时，忍忍吧。

左右两侧都是男人。左边靠过道这位，是个中年男人，面色微黑，还有些沧桑。上身穿了一件旧夹克，下身是条牛仔裤，也很旧了，头上戴了顶黑色棒球帽，帽子上印着纪念什么公司多少周年。从坐下后，他就两手放在腿上，眼睛平视前方靠背，很拘谨。我心里便暗暗猜测，肯定很少坐飞机，也许是个农民工。

虽然人们常说不可以貌取人，但是根据大数据显示，以貌取人也还是靠谱的。有一回我坐飞机，前排一个男人，头顶是光的，后脑勺留了一撮头发，穿了件黑色中式服装。我当即想，应该是个画家吧。下机时他打开行李箱，取出长长的几卷画轴，我不禁哑然失笑。

不过我还是不能确定。他的一双手开始不安分地交叉相握，左右扭动。手指又白又长，不像体力劳动者。

反倒是右边靠窗的这位小伙子安静，上来就戴着耳机看手机视频，一副拒绝交谈的样子。

飞机起飞后，空姐来送报纸，他不要，送毯子，他也不要。就这么一直僵坐着。送餐了，他接了过来，摆在小桌板上，也不动。还时不时瞟我一眼。我不禁悲悯地想，看来他不知道怎么开盒子。我曾经遇到过这样的同伴。我很想指点他一下，又怕冒昧。

就在我纠结时，他终于打开盒子开始吃饭了。我庆幸自己没有好为人师。接着让我惊讶的是，空姐送饮料时，他居然要了咖啡，而且不加糖不加奶。很西化。

收拾了早餐盒子，我放倒椅子准备睡觉，局促的座位闭上眼或许还宽松些。壮汉拿出耳机开始听音乐。在他塞进耳朵的瞬间，我听见了小提琴的声音。看来我的判断完全失误。显然这位是个白领，说不定还是个海归，只是不修边幅而已。我在美国的时候，看到大部分美国人都穿着随便，夏天大裤衩配T恤，冬天连帽衫配牛仔。除非是要参加正式会议或者晚宴，才把行头拿出来套上。

我决定放弃分析。我又不是心理侧写师，管他是干吗的。刚吃了饭，血氧都跑到胃肠道去工作了，大脑罢工，正好睡觉。

我闭上眼，心事又浮上来。刚才关机前，我收到他最后一条短信，他说他已经安排好了，会来机场接我。我忽然有些忐忑，我真的要大幅度地改变自己现有的生活状态吗？真的要整机更新吗？他就是一个朋友的朋友的同事，三十天前还八竿子打不着。但如果不如此，我后几十年的生活，真的就这么一直平庸下去，平庸至死吗？人生到底应该娱乐至死还是平庸至死？这个你只有以身试法了，而且没有改错的机会。

有人拍我，胡思乱想被打断。我睁眼，正是那位喝咖啡的壮汉。他像哑巴一样指指我座位前面插袋里的报纸，显然是想看。我连忙抽出来递给他。那是空姐送来的，应该算公物。他哗啦啦摊开报纸，报纸扫到我脸上，我只好往里挪挪，头歪向舷窗那边，继续眯眼思考那些永远无解的问题。我常用这种方式催眠。

突然，飞机突然剧烈抖动起来，机身大幅度起落摇晃，机舱里发出一片惊叫。我刚有点儿迷糊就被惊醒，感觉是遭遇过的前所未有的颠簸。双手立即下意识地扶住了前排座位的靠背。

飞机正在反复广播，说由于天气原因，我们的航班遇到强气流，请大家系好安全带。

不是飞机故障就好，我暗想。身边的人开始抖腿，一定是左边这位壮汉，抖的频率很快，像发加急电报一样，嗒嗒嗒，嗒嗒嗒。我很想咳两声表示厌烦，但忍住了。右边靠窗的小伙子还算淡定，只是关了手机视频，盯着窗外。

我换了个姿势，想继续睡，实在是太困了。再说我有个习惯（或者叫法宝），每次外出遇到危险时，我就睡觉，感觉一觉醒来危险就会过去。去山区采访，行驶到那些危险的路段时，我就闭眼睡觉，不去看，不去担心，相信驾驶员。本来到了高海拔的地方缺氧，也容易犯困。有一次从睡梦中醒来，同行的人说，你居然还睡得着，刚才我们与死神擦肩而过。我想，就算不是擦肩而过，撞过了正着，那我提心吊胆也没用。

但飞机持续颠簸着，让我很难再下潜到梦里。闭着眼，也能听到有人呕吐了。广播里不断地说，请大家回到座位上，系好安全带。看来是有人坐不住了。于是想起一个段子："我们抱歉地通知大家，本次航班临时改为翻滚列车。"

我也被"翻滚列车"搞得难受起来，早上吃下去的面条在胃里翻涌。这大概是我遇到的最厉害的一次颠簸。我强忍着，再睁开眼，发现我左边位置空了，看来那位喝咖啡听小提琴的壮汉去卫生间了，棒球帽和揉成一团的报纸遗弃在座位上。

老天保佑，十几分钟后，颠簸总算过去了，飞机渐渐平稳，机舱安静下来。

这时广播里说，我们的航班还有半小时就要降落了，请大家收起小桌板，系好安全带，卫生间停止使用。太好了。我暗自松口气。可是，我左边的壮汉始终没回到座位上。怎么回事？他换到别处了吗？

我看到空姐在敲卫生间的门了。机舱中部那两个卫生间，其中一个始终是红灯。降落前卫生间停止使用，这个谁都知道。我环视了一下，所有人都在座位上，显然，里面就是我的左邻。但无论空姐怎么敲门他都不开门。不会是在里面出问题了吧？

空姐只好用钥匙打开卫生间的门，对着里面说，先生，请您回到座位上，飞机马上要降落了。

没人出来。大家都盯着卫生间。

空姐劝了好一会儿，没用；乘务长来了，又是一番劝说，还是没用。怎么回事？是呕吐太厉害了吗？如果不出来，会影响降落吗？大家都开始感到不安。

我忍不住站起来走过去，空姐以为我们是一起的，没有阻止。卫生间的门开着，我看到那壮汉坐在马桶盖上，头伏在洗漱盆上，一动不动。我冲着他大声说，落地了！下飞机了！

他终于抬头了，即使肤色偏黑，也能看出面无血色。手上可怜巴巴地捏着塑料袋，衣服前襟上有着星星点点的污迹。他费力地站起来，身子有些晃悠，两个空姐立即上前搀扶住他。

举座皆惊。这么一个壮实的男人，竟然被吓到那个地步。他被搀扶到座位上，立即瘫倒下去，一屁股坐在自己帽子上。跟着，飞机咚的一下着陆了。机舱里响起集体松气的声音，很响亮、很悦耳。我虽然貌似淡定，也盼着迅速踩到坚实的大地上。

有人马上开始打电话了："刚才好吓人啊。我们遇到强气流了，我差点儿吐了。"

可是我的邻座依然紧闭着眼，面如土色，一动不动，仿佛还在死亡线上挣扎。我想侧身挤出去，很困难，他块头太大。我只好拍拍他肩说：麻烦让一下。他咕哝了一声对不起。但身子仍不动。也许他的身子不听他的指挥了，真吓瘫了。

幸好空姐很负责，又过来扶他。我终于得以离开座位。

一场颠簸竟然把他弄成这样，真让我瞠目结舌。或许不是吓得，是他的平衡能力特别差？据说人和人的差异，超出了人和动物的差异。我今天算是真正见识了。

我一边朝外走一边打开手机，急于知道朋友在哪里接我。

不料竟看到朋友发微信，说他临时有急事，不能来接我了。

今天这是怎么了，出门没看皇历吗？落地时我还想，终于不用再和陌生人打交道了。不想还得继续战斗。他说他为我叫了一辆车，把司机的手机号告诉了我，还说中午会过来和我一起吃午饭。

我隐忍着，准备回复一个"没关系"，还没发出去，一个陌生电话就打了进来。你是不是某某女士？我是来接你的专车，我在停车场，一辆白色奇瑞，车号是……他一口气说完，我得以应了一个"好"。然后继续回复微信："没关系，我已经和你预约的车联系上了。"

他会遇到什么事呢？肯定很重要，否则不会爽约。是他请我过来的，还给我买了机票。转念又想，不来接也好，此刻我状态那么差，先去酒店小憩一下或许更好。

我还是很擅长安慰自己的。当然，是个中国人都擅长安慰自己。比如丢了钱，会说舍财免灾；打了碗，会说碎碎平安；胖了，会说富态；瘦了，会说精干。总之，都可以找到说辞。

清冽舒适的空气迎面扑来，把我从机舱里带出来的郁闷吹散了。显然，此地也下了一场好雨，好雨完成任务就走了。

我很快找到了车，远远就看到一个小伙子站在一辆白色小车旁张望。他见到我，马上对上号了，上前接过箱子，态度很好地说，您就是某女士吧？请上车。我习惯地想坐后面，他抱歉地说，可以请您坐前面吗？后面有孩子的座位，没来得及收。

我瞟了一眼，后座果然有个儿童座椅，还丢了些小毛绒玩具什么的。照理说他应该收拾好，等我的时间足够了。他显然是懒得收，估计是下午还得用。我坐到了副驾驶的位置上，挺好。一个奶爸开车，或许更让人放心。

车上似乎有气味。也许是孩子经常坐车的缘故？我系好安全带，他递给我一瓶矿泉水，显得颇为专业地说，现在咱们去酒店。我说好，有些没精打采。

和司机并排坐着，让我不好意思闭目养神。但也不想说话，我就拿出手机看了下股市，小小操作了一下。又打开电子邮箱，收了两封邮件，简短做了回复。再去看朋友圈，点了几个赞。把这些琐事处理了，到酒店就可以小睡一会儿。

奶爸司机一边开车，一边时不时扫我两眼，感觉到他是想和我说话。好吧，我关了手机。他马上说，您是公司老板吧？我说不是。为什么觉得我是老板？他说，就是吧，感觉你像个女强人。

我暗笑。虽然涉嫌马屁过度，但远远好过早上那个"路怒症"司机。我回问他，你是兼职开车？他马上点头说，就是吧，有了孩子，开销太大。我说，现在已经十点多了，你今天不上班吗？他说，我是下午三点上班，每天上午送了孩子跑两单。我说，还有这么好的工作？他有些不好意思地笑笑，就是吧，我在一家酒店做厨师。下午三点到晚上九点。哦，原来是厨师。我反应过来了，车上有厨房的味道。

他特别爱说"就是吧"，听得我难受，真想给他删了。但我还是第一次遇见厨师，挺好奇的。我说，你是烹饪学校毕业的？

他说是的。我说，听说你们烹饪学校的毕业生很俏，毕业前就抢光了。他没否认。我又说，听说还有好多被各国大使馆抢去了，在国外烧菜做饭。他说是的，我们班就有。我说，你怎么不去呢？他说，女朋友不让，她是独生女。

奶爸厨师司机好像对我关注他的职业没兴趣。回答我的语气都很对付，看得出并不是他不热爱这个职业，而是，有些心不在焉。

他忽然问，老师，你是不是特别会玩儿手机？

我说，还行吧。

他说，我想请教你一件事。

我的虚荣心上来了，什么事？

虚荣心真是害死人。我当时应该说，不行，我不擅长。或者说，玩手机肯定是你们年轻人厉害。我干吗去管人家的事，我应该闭目养神。我的神经急需养护。但他马上开始讲了：就是吧，这个事已经好几天了，搞得我心神不宁，又找不到人说，我跟你说说。

我只好默许。

他说，就是吧，我有个同学，叫李四，这个月初被车撞死了。

我心里咯噔一下，好像那个"撞"字是个动作，直接撞了过来。

他却很淡然地说，他夜里下班回家，骑个电瓶车，被一辆大货车拐弯的时候撞上了，就是吧，刚好是个死角，把他一下撞到河边的护栏上，头破血流，当场就死了。

我说，天哪！太惨了。

他说，我们班同学群发了讣告，有几个同学还去他家看了，孩子才两岁。唉。后来，就遗体告别什么的，安葬了。我都没去。就是吧，我每天早上送孩子去幼儿园。下午上班到夜里，根本没时间嘛。不过我还是给了份子钱的。

我心说，你主要是舍不得挣钱的时间。但我说出来的话是，这和手机有什么关系？

奶爸厨师司机说，就是吧，他安葬以后，我就想人都死了，就把他微信删了。反正我也没和他聊过天，加了跟没加一样。他不爱发圈，我也不爱发。我们连点赞之交都没有。

我还是不得要领。这不很正常吗？我的微信好友也有很多这种状态，有时候我都忘了还有这么个人存在。不过，近几年我也有几个朋友去世，我一直没删他们的微信，因为我们曾经有过珍贵的聊天。

他终于转折了，说，没想到，过了两天，就是三天前，早上起床，我忽然收到他的一条微信，上来就是"你好，我是李四"。真把我吓死了。他怎么会给我发信息？我看了下时间，是夜里两点发的。

我也吓一跳。我问，会不会没有删掉，他家里人发的？

他说，不不，我完全删了，我连他电话都删了。我查了通讯录，没他的名字。我老婆让我把手机重启一下，我就重启了。但是第二天早上又来了，还是一句"你好，我是李四"。我差点儿没把手机扔了。

我心里有些发毛。若是我遇到这事儿，也会三魂吓掉两魂。

他接着说，我老婆胆子比我大，她说，你回一条试试看呢？我就回了两个字"你好"。结果弹出一行字"对方还不是你的好友"。你说，你说吓人不吓人？

是有点儿吓人。我说，看这情况，你的确是删了他的微信号。但他手机上的微信号还没删，否则应该出现"对方账号异常"才是。

奶爸厨师司机说，对对，肯定他的微信还在，可能他老婆舍不得删。就是吧，昨天晚上睡觉的时候，我生怕再出什么幺蛾子，把手机拿到厨房去放着，想尽量离我远点儿。

我说，你关机不就行了？

他说，不行，没用，这几天我都关机了。就是吧，我设置成早上七点定时开机。今天早上我第一件事就是看手机，果然又收到了，还是那句话"你好，我是李四"。你说这是咋回事？闹鬼吗？

我真后悔让他讲这些。我虽然喜欢侦探小说，但并不打算亲临案发现场。幸好高速路两旁鲜花盛开着，有一段是迎春花，有一段是蔷薇。天上是蓝天白云，人间阳气十足。若是刮风下雨，肯定更发毛。

我瞟了一眼奶爸厨师司机，他不像是恶作剧，一脸担惊受怕的表情，偶尔看我的时候，眼神里流露出惊恐和无助。现在，他的身份不只是奶爸厨师司机，还增加了一个恐惧症患者。

好吧，既然揽了瓷器活，总得假装有金刚钻。我做出淡定的样子说，我猜，你和这位同学的关系不好。

他很意外地看我一眼，嗯，不算好。

我说，不是不算好，是很不好。对吧？

他又看我一眼，惊诧莫名。

我说，你别看我，看路。你们之间是不是发生过冲突？

他含糊地说，冲突倒没有，就是吧，我烦他。

为什么？我问。

他沉默了一会儿说，不好说。就是吧，有时候同学聚会，他去我就不去，看到他我心里别扭，我也不想假装热情。

我说，人和人的关系大部分都一般，能成为好朋友的就几个。但你们是同窗，曾经近距离相处过。如果不好，通常是发生过冲突。

他还是支支吾吾的。他那个人，怎么说呢？就是吧，人都死了，我也不想说他坏话。

这种表达我们常见，是一种还算善意的掩盖。为对方，也是为自己。于是我试探着揭秘，是不是你们之间有过情感纠纷？比如，你们喜欢过同一个女生？然后……

他吱的一下踩刹车，吓我一跳，话也被卡住了。好在他很快稳住了，只是脸有点儿发白。我明白了，不再往下说，不能搞得我像个巫婆似的。但心里还是有点儿小得意的。

我们的车下了机场高速，进城了。太阳明晃晃的，车流量增大，街边人头攒动，可谓阳气爆棚。

奶爸厨师司机说，老师，你有点儿厉害哦。

我咧了一下嘴，感觉自己气血很旺，嘴角都要起泡了。

忽然手机振动，我又收到他的信息了，还挺长。

"你到酒店了吗？非常非常抱歉，我中午也不能过来了。事情很棘手，一时半会儿搞不定。以后见面再解释。我先让我一个朋友过来陪你好吗？我晚上一定过来。"

我有点儿发呆，想不好该怎么回复。我不能再回复"没关系"了。我又不是过来等皇上诏见的臣子。我想了一下，一句话没回，默默将他的微信拉黑。

奶爸厨师司机继续倾诉说，我们之间那些破事儿我就不说了，你肯定也不爱听。你也能猜个八九不离十。就是吧，我想知道他干吗老给我发信息？他老人家的在天之灵干吗不放过我？我都原谅他了。

我放下手机淡定地说，我猜，可能是手机程序出错吧，是自动发送的。"你好，我是李四"这句，估计是他平时加好友时打招呼的话，你删了以后，他又自动来加你。就这样，哪有那么多在天之灵？

他还是疑惑。会自动发送？那干吗只发我？我问了我们班上两个比较要好的哥们儿，他们都没收到。

我说，他惦记你嘛，你们关系特殊嘛，你们的结还没解嘛。

我说得有点儿恶狠狠的，带了几分不耐烦。说到底，我们对陌生人的善意还是有限的，何况我心里刚添了堵。

酒店到了，是一个很普通的连锁酒店。奶爸厨师殷勤地帮我把箱子拎下来，他放下箱子后，仍可怜巴巴地看着我说，老师，你再跟我说说嘛，我该咋办？

好吧，送佛送到西天。我说，其实你不用紧张，实在不行就换个手机。活人还能被死人掐住脖子？再有，如果你真的想让自己好过一点儿，就去给他扫个墓，正儿八经给他送个行。

这下他脸上有了笑意，还过阳来。哦，对哦，我怎么没想到。我去给他扫个墓，正好要到清明节了。我去跟他告个别，做个了结。

其实人生就是不断寻找平衡,平衡了才舒坦。你去扫墓,我原路返回。我们都可以找到平衡。

他没明白我这几句突兀的话,急于想走。我说,加个微信吧,司机师傅,我也想知道你后来怎么样了。就是吧,这样的事,百年难遇。

他笑了,摸出他那个闹鬼的手机。

· 作者简介 ·

裘山山,女,1958年生,祖籍浙江,现居成都。1976年入伍,1983年毕业于四川师范大学中文系。已出版长篇小说《我在天堂等你》《春草》,长篇散文《遥远的天堂》《家书》,以及中篇小说《琴声何来》等作品约四百万字。先后获得过鲁迅文学奖、中宣部五个一工程奖、解放军文艺奖、四川省文学奖、《小说选刊》年度大奖、《小说月报》百花奖、《人民文学》小说奖以及夏衍电影剧本奖等多种奖项,并有部分作品在海外翻译出版。

重圆

□ 杨小凡

大哥离开我们的时间是他自己定的。

现在，坐在他的灵堂前，觉得一切仿佛都是自有安排，无可逃脱。

腊月二十九，我从省城回到故乡。本是不想回来的，患肺癌四年的大哥从病房里给我打了电话，三，回来过年吧。我年后就要走了！

他的声音已有些沙哑，但底气还挺足的。我强装着笑说，大哥，你别瞎说，你这病没事的，现在医疗水平多发达！

灯里剩多少油，我清楚，不想再熬了。明天我就出院，在家里过了年，过了生日，我就心满意足了！大哥很平静，似乎还有些兴奋地对我说。

我说，你别出院，我明天就回去！年三十那天，我们弟兄几个到医院陪你过年。

腊月二十九，我赶到家的时候，大哥已经回到了乡下的家里。我埋怨四弟和侄子为什么让大哥出院。四弟委屈地说，你还不了解大哥吗？他这么一个明白人，我们能拦得住吗？

说的也是，我们家弟兄六人，加上我上面的一个姐姐，姊妹七个，一直都听大哥的。他是老大，高中毕业回乡后他就成了母亲的助手，成为这个家的主心骨。我们从心眼儿里是敬他，也是怕他的。

年三十那天，大哥的气色突然好起来，满面红光的。他自己剃了胡子，换了衣服，指挥着贴春联。春联贴好后，又与我们一起去村北的祖坟去祭祖。他走路很吃力了，但还是坚持自己慢慢走。路上，他指着赵家那片坟地给我说：三啊，赵家人也不少，说散都散了。人这一生啊，真是做梦一样。

中午吃饭，大哥执意要喝酒。在医院都不能顺利进食了，我们当然不让他喝。但他却坚决地拿起酒瓶，给九十二岁的父亲和自己倒了一杯，然后，吩咐侄子给我们弟兄几个全满上。他先带着我们给父亲敬了一杯，然后，跟我们五个弟弟每人也碰了一杯。当然，他只能象征性地喝一点点。我们弟兄一边笑着敬他酒，一边说着宽心的话，气氛热烈乐呵，但每滴酒都那么苦涩和难咽。都知道，这是我们与大哥在一起的最后一顿年酒了。

正月初五早上，大哥像泄了气一样，人就躺在了床上。他的脸颊热红，说几句话就得吐口痰。但他却不想停下来说话，我和四弟、侄子陪在他的床前，听他说以前的老事儿。为了让他少说话，每当他刚开了头，我们就接着他的话回忆，只是在不对的地方，他才开口纠正。一个话题完了，他会再提一个话题，他心里好像有说不完的话。我们为了让他休息，就借口打电话或者有事，离开他，让他安静会儿。我知道，他真的快要走了。这情形与我母亲离世前一模一样，人离世前对过往的留恋是一种本能反应。

初六早上，大哥喝了小半碗稀饭，又做了雾喷，气色显得不错。他又开始给我们说早年的旧事。刚说一会儿，他的手机突然响了。他显得很兴奋，从枕头边拿起手机，摁下接听键，电话里一个年轻人的声音传出来：爷，听说您回家了，我一会儿去看您！

啊，根生啊！你别来了，咱村子都封了，进不来出不去的。我好好的没事。他怕声音小，说话尽量用着力气，声音也更加沙哑了。

根生？根生是谁啊！我有些不解地看着大哥和四弟。我从来没听说过，这个叫根生的跟大哥有什么关系。

根生的声音又响起来：那我夜里去，就说是送口罩的！

大哥放下手机，看我一脸疑惑，就指着侄子说：儿啊，你办了件好事！

我更加不解了，就问，根生是谁？

大哥笑着说，是赵三胖卖掉的那个儿子！

啊！是赵三胖的儿子？你们是怎么联系上的？这些事儿，怎么从来没人给我说过。

大哥有些遗憾地说，你从考上学，哪在家待过。老家里这三四十年的事，你咋能知道。

赵三胖的家住在村子最西头。他比我大一岁，小时候，他和四弟像跟屁虫一样跟在我后面玩，我们三个是村子里玩得最好的。只可惜，从一九八五年到现在，我再也没有见过他。关于他的传说是听过一些，我也多次打听过他的下落，但是，他留给我的印象还是停留在我十八岁以前的记忆。

其实，赵三胖很瘦，正是因为瘦，他娘才给他起了"三胖"的名字。他前面有两个姐姐和两个哥哥，他在男孩里排行老三，村里人都喊他三胖。他家是我们村里唯一的外姓，据老人说，他爷爷那辈才从黄河北逃荒过来的。我们小的时候，家家都很穷，春天连肚子都吃不饱。他爹脾气很大，动不动就打他们姊妹几个。发起火来，近了，朝脸上抽，用脚踹；远了，捡起什么用什么砸。三胖脸上身上常常被打得青一块紫一块的。每次挨打后，他都吓得不敢回家，跑到我们家里，有时就在我们家里吃住。

我母亲看到三胖在我们家不走，就知道他又挨打了。她就领着三胖，骂骂咧咧地向村西头走去。他家低我们一辈，他爹叫我母亲婶子。我母亲总是叫着他爹的名骂：赵胜，你个孬种，打孩子有啥本事！有志气你别生养这么多啊！这时候，三胖他爹就赔着笑说，老婶子别生气，这孩子属猴的，三天不打就上墙！

三胖六岁那年的春天，得了一场大病，差点没死。村里人都说他被吓破了胆，先是不停地拉肚子，后是发高烧，再后来吃什么都吐。他本来就瘦的，这样折腾一个月，刚能出门的时候，走路都扶墙。我们在一起玩时，他老是坐在地上，或者倚在树上，两个眼珠木刻的一样，每转动一下都很费劲。

他被吓着那天，我也在场，也被吓得不轻，我们两个一起跑到了村外。那是打春不久的一天，天气还很冷，我与三胖一起在村里麦垛边玩了一会儿，就决定去生产队里盛喂牛草的那个大屋里暖和暖和。我俩刚走到屋门前，就见三个戴着高帽子、花花绿绿的纸人出来了。纸人的脸被画得黑一块红一块绿一块紫一块，血红的舌头伸出来老长，脖子上都吊着打有红叉叉的纸牌子。纸人比人高大，我俩没看到后面的人，认为这就是大人说的鬼。

半年后，三胖的病好了。从此，也胖了起来，人像是气吹的一样，一天一个样。村里人都不明白，他咋就胖起来了呢。现在，我想，他如果不是因为那次得病后胖起来，他的命运也根本不是后来的样子。

侄子见我一脸的不解，就对着我说，二叔啊，要说我碰到根生这事啊，比小说还小说，似乎一切都是命中注定的一样。

接着，他讲起了根生的事儿。

侄子是我们这药都市的律师协会会长。谁家遇到官司，能请到他去打，即使输了，也不再觉得冤屈。

七年前的一个秋天，他的大成律师事务所里，突然来了一个年轻的女人。这女人约莫二十六七岁的样子，人长得还算漂亮，但脸上却写满了冤屈和不平。侄子接待了她。但听她说是一桩因丈夫打伤人入狱的案子，就委婉地拒绝了。现在，他只接经济案子，刑事案都推给其他的律师。这个女人当时就哭了，她说丈夫一审被判六年是冤枉的，明明是对方想抢占他们的家产，丈夫只是出于气愤，一时失手打伤对方，咋能判这么重呢。

侄子说，做律师时间长了，从事主的表情上就能判断出是不是有冤情。他从这个女人的言行上判断，应该是有些冤屈的。于是，就让她细致地先讲一下案情。

女人说，她丈夫叫锁根生，一九八五年出生，是公公家收养的儿子。她公公叫锁明全，和婆婆一辈子没有生育。根生四岁的时候经人介绍被公公收养。公公家是卖中草药的，开了一家"福满堂中草药贸易公司"，生意不算好也不算差，至于现在家底有多少，她也不太清楚。三年前，她经人介绍认识了锁根生，一年后两人就结婚了，第二年生了个儿子。儿子出生七个月时，公公锁明全心梗去世了。

公公有个哥哥，早年去世，他的儿子叫锁兴光。按辈分说，这个锁兴光与锁根生是堂兄弟。公公的丧事办完的当天下午，锁兴光就来她家里骂，说锁根生是野种，霸占了他们锁家的钱财。他是想贪占公公留下的家产，锁根生肯定不愿意，两个人就对骂起来。骂着骂着，动起手来。锁根生一拳打在了锁兴光耳门上，他就倒在地上，躺着装死。警察来了，立了案，经过鉴定，说锁兴光被打成耳聋和轻微脑震荡。锁兴光的一个亲戚在法院里，他肯定是做了手脚，一拳怎么就能打成耳聋呢。一审，重伤害罪判了六年，外加经济赔偿四十四万六千元。

侄子说，那天他听过案情后，竟立即决定接下这个案子。按说，对于律师而言，要动感情是很难的，这案子也完全可以交给手下的律师去办，但那天他鬼使神差一样决定亲自办这个案子。

侄子说，在监狱会见室里，他看到锁根生的第一眼，就觉得这人面熟。他详细听过锁根生的陈述后，就开始问一些细节。

你知道自己是锁家收养的吗？

知道。

你什么时候知道的？你来锁家时有记忆吗？

我是在十二岁时才听邻居说的，他们说我是四岁时被养父买过来的。

你听说过是从哪里买过来的吗？

我听说出生地是在城西四十里的一个村子。十六岁那年开始，我偷偷地到城西四十里那一带村庄打听过，但没有任何消息。

后来为什么不再找了？

我一直在找啊！但没有任何消息。

当你听说自己是被生父卖掉的，你还找他干什么呢？难道你不恨他吗？

开始恨，后来我就不恨了。

为什么不恨了？

后来想明白了，为什么要恨他呢？如果他不把我卖到养父这儿，我能过上今天这样有钱的日子吗！

那你找他，是想感谢他？

我就是想知道，当初他遇到了什么难事，舍得把我卖了？他现在过得怎么样。

侄子说，在问话时，他看到了锁根生右嘴角有个黑痦子，加上年龄的巧合，以及似曾相识的神态，他初步断这个锁根生应该是赵三胖卖掉的儿子小伟。

侄子比锁根生大四岁，根生四岁还叫小伟时，同在一个村，还抱过他。尤其是，他右嘴角的痦子，侄子是有记忆的。

会见结束时，侄子对锁根生说，我会帮你上诉的。减刑后在里面好好改造，争取早日出来。出来后跟我联系，也许我能帮你找到亲生父亲！

锁根生愣一下，突然跪下来给侄子磕了一个响头。

侄子对我说，当时我觉得这孩子不是坏人。我想圆他一个梦。

大哥安静地睡了有一个多小时，醒来的时候又不停地咳。几口黏痰吐出来后，侄子和四弟又给他做了一会儿雾喷，他脸上的红潮才退去一些。

他看着我和四弟说，赵三胖这孩子啊，也是命中注定的。命这东西真是说不清的。从大哥的话中，我判断刚才他应该是没有真正睡着，侄子与我们的谈话他是听到的。

侄子不想再让大哥多说话，就岔开话题问我：二叔，你说三胖当初咋能卖孩子呢？

我看了看大哥和四弟，就说，我也说不清，可能当时他太需要钱了吧。

四弟点上一支烟，摇了摇头说，我后来问过三胖，他不承认是卖！

应该说，四弟与三胖在一块儿的时间最长，他们一起拜孙大炮为师学武术，有四年时间形影不离。他们一起打对把，互相间更了解，包括三胖娶的媳妇芝兰，都曾是孙大炮的徒弟。

说起三胖和四弟拜孙大炮为师学武，我是知道点儿的。在这之前，我和三胖一起到芮红脸的戏班学过一年戏。那时，农村刚让唱老戏，芮红脸就搭了个戏班。那年，三胖十岁我九岁，不知道什么原因，家里就送我们去了戏班。

想到这里，我问大哥：大哥，当初我咋去学了半年戏呢？

大哥想了想说，还不是因为穷啊。进戏班不交钱还管饭，再说了，要得欢进戏班，学成了，还可以走村串户地吃百家饭。

啊，原来是这样啊。我笑着说。

大哥想了想，又吃力地说，还有一层是母亲怕你娶不上媳妇。戏班子里女孩多，说是学戏，我猜想母亲是想让你学戏，将来混一家人。说过，他又笑了一下。

记不清啥原因了，我半年后就从戏班回来了，可能是嗓子不行，只能学丑角，没啥前景。不久，三胖也回来了。三胖回来后，芮红脸来他家找过一次，说三胖是块唱"红脸"的料，将来会出息的。三胖就是不愿意再回戏班。芮红脸走后，三胖的爹赵胜狠狠地打了他一顿，我记得是用青秫秸打的，打得三胖满院子跑。

就是在那年秋天，三胖又开始学武了。这件事，我是记得清楚的。

收完秋，村里村外场光地净了。一天下午，村里来了个耍刀卖艺的拳师。拳师带着四个徒弟，拉着一辆板车，上面装着刀枪剑棒和铺盖行李。一阵铜锣敲过，就在村里大人小孩子围成的圆圈内表演了。

看完表演，三胖就迷上了，从家里端出一大瓢黄豆。他缠着爹非要跟着去学武功不行。他爹赵胜一想，家里少张吃喝的嘴也是好事，就把这个外号孙大炮的拳师请到家里。赵胜是有算计的人，既然要让三胖学武，就得照应好孙大炮。他又从鸡窝里拽出刚歇窝的母鸡，又跑魏岗集上打了二斤散酒，孙子一样地待承着孙大炮。三胖的娘眼底儿浅，心疼那只咯咯嗒嗒叫的老母鸡，她怕填了孙大炮这个坑，连一点儿回头子也见不了。一直到赵胜打酒回来，这只母鸡还没舍得宰。

赵胜一回来，三胖就告状说，俺娘不杀鸡！

赵胜气得涨红着脸，照着三胖娘的屁股就是一脚。女人倒地时，正被在院子里瞅天看云的孙大炮看到。

老哥，这是咋了？

三胖爹嘿嘿嘿地笑，俺也自小爱武术，这不，见到你高人瘾就上来了，练练腿。孙大炮笑了，好的拳师是找徒弟的，你一家子都喜爱，你这孩子我就收下了！

三胖的爹一听这话，想踢个弹腿，让孙大炮高兴。可一抬腿，竟摔个四脚仰天。

那天晚上，我母亲也动了心。她也想把四弟送给孙大炮当徒弟，就让我父亲拿着家里仅有的十几块钱，领着四弟来到三胖他家。

第三天，三胖和四弟就随孙大炮，浪迹天涯，习练拳术去了。三胖他爹可是高兴坏了，这下好了，这下好了，一天家里又少吃九个馍，少喝三碗汤，过几年之后兴许还能自己领回来个俊媳妇呢。对于三胖他爹来说，这确实是一个最划算的买卖了。

我母亲却说，学点武艺好。别说行走江湖吃香喝辣的了，胳膊腿练强壮了，长大了总不会吃亏吧。

现在看，我的母亲还是有远见的。当她知道她娘家有个远门侄子考上大学，就要求我发奋读书。只有读书，将来考上了大学，离开这黄土地才能有出息。

后来，我就到魏岗中学读初中。那时，初中都住校，一个星期才回来一次。也就是从此，我对三胖和四弟学武的事不太清楚了。

这时，我问四弟：说说三胖你俩一起学武的事吧。

四弟叹了口气，又点上一支烟，才说，许多事真是弄不清，怎么走着走着就变道了。

于是，他说起了三胖学武后的事。

三胖十五岁那年，和四弟一起跟着师傅孙大炮在城父镇教场子。在那里，他结识了一个也喜欢武术的小女孩——芝兰。芝兰天天跟着三胖看他演练，一连半个月。后来，芝兰也进了场子学武，成了孙大炮的徒弟。

半年后，三胖的父亲赵胜突然去世，他被叫回了家里。一个月后，他的母亲也离世了。十五岁的三胖面对如此变故，像被抽去了脊梁骨一样，蔫在家里，一动都不想动。

临近春节了，三胖突然想起芝兰的那对水汪眼，而且再也不能不去想她。

天不亮，他就朝芝兰的家乡城父镇奔去。芝兰也是不停地想着三胖，想得心一扎一扎地疼。见三胖来找自己，立即跟着三胖走了。他们回到我们村，住在家里一间偏房里，这一年他们俩都刚过十六岁。一年后，生个儿子叫小伟。两个大孩子加一个小孩组成的家，其困难是可想而知的，打打吵吵的事时时发生。

小伟一岁多时，一个常来村里修收音机的人勾上了芝兰。穷人家的女人好上钩，小伟过完两岁生日的第二天，芝兰突然不见了。三胖抱着小伟，找啊找，一找就是一年多。

芝兰就像大海里的一朵浪花，一会儿在三胖眼前浮现，一会儿又融入大海，三胖看所有的女人都是芝兰，可最终连芝兰的一点消息也没听说过，更没有找到她。

十八岁的三胖带着两岁多的儿子，一大一小两个人，其凄苦是可以想见的。

再深的亲情，也容易被这样的日子磨钝。

后来，三胖听魏岗集上人老苗的话，把儿子送给了一个做药材生意的人家。说是送，其实是收了人家八百元钱的。三胖后来才觉得，儿子是被自己卖了。他把拿到的八百元钱放在黑提包里，按了又按，拉上拉锁，挂在借来的自行车车把上。他心里很难受，突然想到要抽支烟，在这之前他是没有抽过烟的，他认定抽支烟自己心里肯定要好些。于是，他立即拉开黑提包的拉锁，抽出一张票子，就去路边的商店买烟。

当他买烟转身回来的时候，车子被人推走了。转眼间，没了孩子也没了钱。

三胖回到村里，气恼得要死。四弟这时也不再学武了，快到了说媳妇的年龄，被母亲叫了回来。他知道三胖的事后，劝过他几次。但是，这劝是不顶用的。

三胖一直气恼不已。人一气恼，总是要找个发泄的地方。三胖想不出如何把心里的怨气发泄出来，就把头向住的那间房的土墙上撞。一次一次，一天一天，撞，不停地撞，时间长了，头上竟有功夫了。有一次，他喝酒后不想活了，拿酒瓶向头上砸，酒瓶竟一下子粉碎了，但他的头却丝毫未伤。三胖愣了半天，突然大笑起来，自己想撞头死都找不到硬东西了，因为他有了铁头功。

三胖觉得唯一能让自己生存下来的办法，就是出去走街串村卖艺了。

于是，他来到了河南的汝南县。当他来到刘老家这个村子卖艺时，被一个丈夫触电而死的寡妇看中。寡妇要看中的男人，可是跑都难跑掉，何况，三胖也是一个孤人呢，俩人说结婚就合床了。

又一年，他们生了个女儿，加上这女人前夫留下的儿子，三胖觉得很满足，也很幸福，突然间竟儿女双全了，这是他做梦都没有想到的好事儿。

三胖这个媳妇的二哥是派出所所长，见三胖有一身武功，觉得与土坷垃为伍是有些白瞎他这个人了，就让他到派出所当临时民警。

四弟说到这里，用力吸了一口烟，然后说，这人一生向前走的路真是没个定性，有时走着走着，冷不丁地就岔道了。

可不是嘛，三胖因祸得福成了警察，这连他自己也是没有想过的。只可惜啊，捣蒜杵顶不住大水缸。三胖生来不是庙里的神，受不了那香火。

这一切都是命啊！

四弟说话时，大哥其实并没有睡着。他动了动身子，向我们摆了摆手，然后有些吃力地说，唉，这些天我想明白了，啥叫命啊？人的命还是人做主，只不过，有的是自己能做主，大多数人的命都是别人在给你做主呢。

听了大哥的感叹，我觉得他下面肯定还有许多话要说。一个快要走的人能说这话，说明是有一些事真正触动了他。

于是，我就问大哥。大哥，难道赵三胖的命运是别人摆弄的？

大哥停了好一大会儿，才开口。我以为他没有了说话力气，其实不然，从他接下来说话的神态和语气，他是在想到底该不该说。

大哥长叹一口气，终于开口了：都是要走的人了，还是说了吧，说了也不妨了。三胖这孩子，毁在大老苗手上！

啊！大老苗？我正在惊异的时候，大哥又长出一口气，接着说，他也得了报应！离地三尺有神灵啊，阎王不会放过恶人的。

侄子年龄小，没听说过大老苗。我和四弟对大老苗是了解一些的。

大老苗住在魏岗集西头，年轻时当过土匪，解放军到药都城时他投了诚。跟着大部队说是去过长江，后来自己回来了。他说得了病，被部队退回来的。究竟是什么情况也没有人弄得清。但他很会来事儿，一次一次运动竟没有真正牵连过他。

他是有媳妇的，是个外地口音的女人，也不知道是哪里人。他们一辈子生养不出孩子，就两个人过着。我六七岁的时候，到魏岗去赶集，常见他腰后面插杆两尺长的枣木秤，在鸡鸭行里转。他一直是鸡行里的经纪人，人们背后都叫他吃秤杆的人。买家和卖家拉好价钱，他用秤杆子一撅，你就得给他几分行钱。

这个人脸很长，有点像马脸，整天黑着脸，眼珠子骨碌碌地转着。别说我们小孩子了，就是来赶集的大人们，也怯他几分。

四弟说，十一二年前这个大老苗才死。

我们讨论了一会儿大老苗的事，四弟突然问大哥：大哥，那年，三胖回村，你为啥没给他说？

大哥想了想，摇摇头，叹着气说：不能说啊，木已成舟的事了，说了也晚了。再说，真说了可能会出人命的！

接着，四弟给我讲了十三年前，赵三胖夜里回到村里的事儿。

那天夜里，四弟并没见到三胖，他正在城里干着一个小工程。三胖回来的事，是大哥后来给他讲的。现在，大哥说话困难，四弟是有意接过大哥的话茬儿。

他说，那年刚入腊月没几天，就冷得出奇，村西边的沟里开始上薄皮冻了。

大哥那天正好没去城里打工，天刚黑就坐在屋里看电视了。新闻联播后面的天气预报还没放完,他就听到院里的黑狗一声急一声地叫。大哥出了屋门,就着屋里散出的灯光,吵着黑狗,走到大门前。这时,他听到两下重重的敲门声,就大声问:谁?

叔,是我!

大哥听着声音不太像本地人,就警惕地又问:你是谁?

我是赵三胖啊!你听不出来我的声音了?

大哥迟疑了一下。三胖?他都快二十年没归家了!他妈的,你到底是什么人?

叔,我真的是三胖啊!不信,你拉开门缝看看。

大哥折回头,把屋檐下的灯拉亮,才小心地把门开个缝。他一看这人模样,还真有点像赵三胖。于是,又大声说:真的是三胖啊?你他妈不会是鬼吧。

赵三胖进了院子,大哥才真正断定这人就是三胖。只是,他没有以前胖了,头秃顶了,在灯光下反着光,衣裳穿得还是干干净净的。他本来下巴就向前伸,现在向前托得更长了,两个腮上竟长出几道很深的皲裂纹。看这脸相,估计这些年在外面没少遭罪啊。

三胖进屋后,从怀里掏出两瓶古井酒放在桌子上。然后,又掏出烟,给大哥敬了一支,而且坚持着给点着。

那天晚上,大嫂到城里看孙子去了,家里就只有他们两个人。大哥拉开煤球炉子,炒了盘花生米,又炒了盘鸡蛋花。他们两个就喝了起来。

没喝几杯,三胖哭了。哭过之后,他就头上一句、脚上一句地讲他那些年经历的事。

他说,在汝南县一个派出所当治安队员一年半的光景,出了条人命。有天夜里,他与其他两个队员去乡下抓赌博的,抓到派出所审问时,那人横着眼就是不吭声。他当时也是年轻，又不懂得审讯的规矩，火气上来了，一巴掌打在了这人的耳门上，谁知一个大人竟这么不经打，就一巴掌下去，这人就口吐白沫，死了。他当即就溜出派出所，跑了。

他跑了两天，就到了陕西潼关一个金矿里去干活儿。他是在矿洞里打风钻，这活儿根本不是人干的。打十来分钟，白矿粉起的雾，人和人离三尺多都看不到对方；从矿洞出来，用力一擤，鼻子里能出来两坨圆柱，鼻子早就被完全堵住了，只能用嘴呼吸。

干了有半年，与他一起打钻的河南柘城人发现了一块明金矿石。他们两个起了贪心，第二天就悄悄地从矿里跑出来，在外面卖了两万三千块钱。他要了一万，那人拿了一万三，两个人约好从此不再联系，天各一方。

那时的一万块钱算钱啊，他本来想继续向北走，找一个小城市落脚做个小生意。但是，毕竟出了人命，又怕河南那边公安追过来，就想到山西去挖煤。煤矿上哪里的人都有，不容易被查到。没想到，他在车站被人骗了，被带到一个黑窑场拉砖坯。

进了窑场就被搜身，身上的一万块钱被收走。赵三胖肯定不愿意啊，这时，老板就指挥着四个人把三胖给绑了起来，先是饿了三天，然后就审讯，非问他钱是哪来的。三胖一口咬定，是捡来的。他被打了个半死，先是说要把他送到公安局去，后来又让他拉砖坯。

三胖说，那些天他的肠子都悔青了，不仅丢了钱，还挨打，出苦力。那感觉真是死的心都有了。他为了逃出这个地方，只能装着老老实实地干活儿，以便寻找机会。一个月后的一天晚上，他见着这些劳工的三个人喝多了，就凭着身上的功夫把看门的一个人打倒，逃了出来。

逃出来后，他打零工挣点饭钱和路费，向东走。钱没有了，再到建筑工地上干一个月，挣点钱，继续向东走。在泰安时，他听说到威海捞海带活儿轻，也挣钱。尤其是，整日在海上漂，不担心被人认出来。他就搭上车到了威海。

那天晚上，三胖边喝酒边给大哥说，这世界上根本就没有农村人干的好活儿，捞海带这活儿更是要命。海上的风咸，活儿也重，整天身上都是汗，一天干下来得喝十斤水。再说了，咱在平地上长大的旱鸭子，晕水也晕船，成天吐，心里吓得缩成一疙瘩。干了一年多才算适应。

第二年刚入秋，出船了，风太大，竟翻了船，淹死两个四川蛮子。我吓得要了工钱，离开了威海。后来，又到了张家口，混来混去，在一个小区看大门了。唉，不说了。三胖说到这里时，连喝了三杯。

大哥说看大门不是挺好吗，风吹不了，雨打不住的。

三胖却说，好得很呢，俺也不知道咋跟这小区的一个寡妇挂拉上了。女人啊，真是男人的对头，要男人的命，你想着她的那个蜜蜜枣，其实那就是个害人坑。

说到这里，他就不愿意再说下去了。大哥知道他在外面的事不可细问，但是，突然回来的原因，肯定是要问的。

三胖只说那边出了点事，他也想家了，就偷着回来看看，天不亮就得走。

大哥听他这样说，估计着可能又遇到了一些麻烦。就追问说，你这次到底是为啥回来？

三胖想了想，终于开口了。

他说，叔啊，你侄子这次偷跑回来，本来是想找大老苗算账的，现在又改想法了。我这些年啊，想来想去，芝兰是大老苗给勾走的，小伟也是他哄着送人的。他妈的，我这一辈子就是他祸害的。可我没有真凭实据，再说了，也是自己当年年轻脑子发热，现在一身事，再杀了他不更麻烦吗！

大哥听三胖说这些，知道这时只能劝了。本来，大哥还想把大老苗一次酒后说漏嘴的话告诉三胖，现在看是不能再说了。就劝他说，人啊，多一事不如少一事，你千万不能再冲动了，往后还有不少日子呢。

他们又喝了几杯酒，大哥说，你咋不回你家，你大哥、二哥都在村里呢？

三胖冷笑了一下，然后说，刚才俺在西头转了转，他们以前都不管我，我现在这样子回去，有意思吗？我从小就在你家玩，受你和俺奶的照应，心里比跟他们亲。对了，我回来的事，你不要给任何人说，谁知道我回来，都不好！

大哥他们俩，都喝得有些晕了。

大哥就问三胖，这些年你没想再找小伟和芝兰吗？

三胖苦笑着说，我有啥脸啊，这次回来可能是最后一次回咱村了。我一会儿就得走。

走？夜里走啥！大哥不让他走。

三胖站起身来，说，叔，我真得走了，天快亮了。你也别拦我，咱爷俩喝了这场酒，把我这些年的大概说了，心里好受多了。你要放心，我没做啥丧良心的事。

大哥见拦不住他，就把身上的几百元钱掏给了他。

三胖推辞一会儿，最终还是收了。临出门时，他又跪下给大哥磕了个头。大哥把他送到村东头，他突然抱着大哥哭着，叔，我把姓也改了，叫卜建伟，一竖一点那个卜。我还回张家口，那边的事如果摆平了，也许我还会回来看您！

说罢，他转身大步走了。

这时，大哥听到三胖边走边唱起了《赵氏孤儿》里面的戏文。

天暗下去了。我走出大哥家的院子，见村街上空无一人，只有几条狗静静地走来走去。由于疫情，人们还没有出门打工，都窝在家里看电视。

我回到大哥的堂屋里，他正咳得厉害。四弟和侄子又给大哥喷了药，才缓和下来。

我在心里埋怨大哥没有听我的话，非要出院回来过年。现在，疫情正紧，医院病房不再接收慢性病人。侄子给大哥的主治医生打电话，还是想去医院，医院说这病就是在医院也没几天了，况且现在医院里进去了几十个新冠病人，真的是没有必要再来了。

大哥听到给医院沟通的事，也摆手制止。

他说话已经十分吃力了，人瘦得皮贴着骨头，他说现在并不疼，只是咳嗽和喘气困难，坚持不再去医院。

家里其他的人都在院子里或偏房里看电视。我和四弟还有侄子，我们仨陪着大哥。

看着床上的大哥，我们心里也觉得难受又无聊，继续用聊天来打发时间。

侄子说，根生在监狱里三年零两个月就出来了。他出来的第二天，就找到了我，一是表示感谢，更重要的是打听他爹赵三胖的下落。

其实，侄子只是听大哥说过三胖回过村里的事，具体情况并不清楚。于是，只好带着根生回到村里找大哥。

根生见到大哥，没开口说话，就先跪在地上磕了三个响头。大哥赶紧把他拉起来，仔仔细细地看了好大一会儿，两眼也湿了。

时间真快，一晃竟二十多年了。当初，这小孩也常在大哥家吃饭，三胖有时出去的时候，就把这孩子放在大哥家里。现在，这孩子都快三十岁了。

那天，大哥问根生为什么要找三胖？恨不恨他？根生流着泪说，他这一辈子最大的愿望就是找到三胖，找到他娘芝兰，让一家人破镜重圆。当他知道自己是被三胖送人的，心里就特别委屈，街坊邻居背后对他指指点点时，他就想一定要找到亲爹娘，问问他们为什么要把他送人。后来，他大了，一些事想开了，如果一直跟着三胖，生活又是什么样子呢？尤其他结婚生孩子后，劝自己原谅三胖。再说了，现在，三胖和芝兰都漂泊在外，连村子都不敢进，他们心里肯定更苦。

大哥明白了根生的本意，但是，也担心他找不到三胖。二胖上次夜里回村时说得很清楚，他没有脸见根生，也没有脸见村里的人。而且，这二十多年经历的事太多，可能还有些不好说的。

但是，见根生态度这么真诚和坚决，大哥就把三胖那天夜里回来的事，一五一十地给他说了。其实，只有三个信息是有用的，那就是：张家口，卜建伟，在小区当门卫。

张家口这么大，那么多小区，何况，又过六七年了，三胖极有可能早不在张家口了。到哪里去找呢！

临别时，大哥对根生说，你有这个心是好事，但未必真能找到。找到找不到也无所谓了，你爹还健健康康地活着，他自己在外面二十多年了，没事的。你到张家口碰碰运气就算了，家里的生意别耽误了。

根生却说一定要找到他。他就是把张家口这个城里的小区一个一个地打听，也要找到他爹的下落。

根生虽然这样说，大哥却不抱希望。

我、四弟和侄子正聊着根生的事，侄子的手机响了。

电话是根生打来的。他已经到魏岗集上了，离村子还有三里多路。

电话是在魏岗集西的疫情检查站打来的，虽然测了体温没有问题，但检查站还是不肯放行。当他打通电话，证实是来看大哥的，才给他放行。

疫情虽然检查得紧，但对于体温正常，家里有病人的还是放行。

几分钟的时间，根生到了。他停好车，就直接进了院子。

进屋后，我仔细看了看，虽然是第一次见他，那脸膛和神态都像赵三胖年轻的时候。尤其，他那向前伸着的下巴，那托板嘴更使他父子像一个模子刻出来的。

他径直走到大哥床前，一把拉着大哥的手，有些激动地说：爷，我才听说你病了！你要放开心，没大事的。您好人有好报！

四弟把大哥扶起来半躺在床头。大哥笑了笑，呼着气说：我能想开，早晚都得走！

大哥想喝水，根生跟大侄争着要喂大哥。他从侄子手里要过来汤勺，舀着碗里的温开水，小心地送到大哥嘴里。

我在旁边看着，心里想，这真是个仁义的孩子。

大哥喝过水，嘴张着断断续续地说着话。话有些含混不清，但个别字眼儿还是能听明白的。他是在问赵三胖的事。

根生叹了口气，眼皮眨了几下，是怕眼泪落下来。又过了几秒钟，他才说：爷，你还操着心呢！我找到俺爹了，可他犟着不回来。估计您的话，他也许能听。

这时，四弟就说，找到了咋不回来呢？真是的，他从小就是头犟驴。

接着，根生说起了他前年找赵三胖的事儿。

根生说，他到了张家口，整整找了二十七天，一个小区一个小区地问，最终才找到他的下落。他不在小区当保安了，转到一家养老院看大门去了。那天下午，我来到"幸福里"养老院，到门口，一照面，我就知道他是俺爹。

看见他，我就止不住眼泪了。为了让自己镇定，我赶紧点上一支烟，只抽了两口，我又把烟扔了，快步上前。

他问我来看谁。我说，爹，我是来看您的！

你，你这孩子认错人了！爹可不是乱叫的。三胖子根本不认根生。

根生就说，爹，俺老家是亳州赵湾的，我叫赵小伟啊！

我不知道啥亳州，你认错人了。走吧，走吧！

说着，赵三胖走回门卫室里。

根生说，他肯定认出我来了，就是不肯相认。

这时，我觉得好委屈啊，好生生一个家你没守住，娘不知道现在是死是活在哪里，我四岁你就把我送人，为了你我打伤人家坐了三年半的牢，现在找到你，你竟不认。

想到这里，他推门走进门卫室里，突然开口大骂：你是个什么东西，成家了你守不住家，俺娘被你打跑了，儿子被卖掉，你一个人躲着，对谁都不管不问，你配当爹吗？你还是个男人吗？

他一边骂，一边哭。骂完了，双腿一软，扑通，跪在地上，给赵三胖磕了三个响头。然后，抱着赵三胖的双腿，放声大哭起来。

赵三胖浑身抖动着，弯腰抱起根生，两个人抱在一起大哭起来。

根生说到这里，眼泪不由得流了出来。

我递给他两张抽纸。他擦了擦眼，掏出烟递给我和四弟。

那天晚上，根生给我们说了许多话。

他说，找到他爹那天晚上，两个人就在门卫室里坐了一夜。都是他在说，赵三胖在听，偶尔才说几句话。他是不愿意把这些事说出来。问了也支支吾吾地不肯说。

第二天，我怎么求他，让他跟我回来，他就是不答应。给他钱，他也不要。最后，硬给他留下一万块钱。临走的时候，他对我说，汝南县留盆镇官庄有个妹妹，让我去看看过得怎么样。他打死人逃走时，这个妹妹一岁零五个月。

根生说，我当时心里好受多了。心想着，找到妹妹后，他们兄妹两个再一道来找他，也许，那时他会同意回来的。

我从张家口直接奔汝南县去了。到了官庄，我没敢直接找妹妹，而是在邻村先打听了一下。一问都知道，说安徽来的姓赵的，在派出所打伤了人，留下媳妇和女儿跑了。前两年，那个女孩的母亲得病死了。现在，这个女孩二十多岁，在驻马店职业学院上学。

根生打听清了，妹妹叫赵聪。于是，他就立即到了驻马店职业学院，没费多大劲儿就找到了妹妹赵聪。

赵聪对父亲赵三胖的事，只是听她妈说过，现在突然冒出来个同父的哥哥，她怎么也不肯相认。这可难坏了根生。实在没有办法，他又折回头来到张家口，他想让赵三胖跟他一道去认妹妹。

赵三胖现在知道，当初被打的那人后来又活过来了，但毕竟成了脑震荡，两年后就去世了。他担心案底还在。根生就用手机录了三胖的像，让他给妹妹说清事情的缘由。根生再次回到驻马店职业学院，找到赵聪。她看了父亲赵三胖的录像，听了三胖的解释，仍然不肯相信。后来，根生又去了两次，最终在半年后，赵聪和他做了亲子鉴定，才接受根生。

根生说，他们相认后就立即去了张家口。但是，他爹赵三胖仍然不愿意回亳州。赵聪的母亲也去世了，家里没有啥亲人，毕业后就来到亳州，在根生的药厂里帮忙。

说到这里，根生心情变得很好，他毕竟找到了妹妹。但是，让他遗憾的是，赵三胖为啥就不肯回来呢？

他说，他现在最想的就是能再找到他亲娘芝兰。

那天他与赵三胖第一次见时，快天亮的时候，赵三胖含糊地说到他娘。现在，他是应该知道她的下落的，但他就是不肯说。

这一直是根生心里的疙瘩。这个疙瘩只有赵三胖才能真正解开。

那天晚上，我们聊到最后，根生说，这一辈子的愿望就是亲人团圆。

快十二点了，根生要走，说药厂正在加班生产着口罩，活儿紧，得盯着。

他走后，四弟说，这孩子有这股劲，兴许他们家能团圆的。

我心里想，也许不那么重要。人生中的重圆只是短暂的，大哥不是马上就要与我们离别吗？

四弟没想那么多，他说，现在就差芝兰的下落了。何况，赵三胖也许真的知道。

侄子和我的看法一致。他从律师的角度分析，赵三胖为啥改姓卜？这里面一定还有故事。他在张家口跟那个女人的关系，我们也都说不清。这离重圆还隔着不少呢。

大哥最终还是圆了自己的心愿。正月十五那天，他过完自己第六十七个生日，第二天早上就平静地走了。有时，人的意志力真的是不可估量的。初十那天，我就觉得大哥可能过不去了，可是，他硬是一天只靠两勺汤水，撑过了十五。

大哥出殡那天，根生和他的妹妹赵聪都来了。

棺材入土时，根生跪在地上抽泣着，拉不起来。送葬的人都不认识根生，就窃窃地议论，这是哪个亲戚，跟大哥咋这么亲啊！

后来，听说是赵三胖的儿子赵小伟，人们都很吃惊和感叹。

这孩子，也许是为自己哭呢！

那天，根生与赵三胖的大哥——他的大伯相认了。赵三胖的二哥在外

227

地打工时，受伤去世了。但让我没有想到的是，根生跟他大伯只是礼节性的相认，并没多说几句话。

他心里到底想的什么？这也是亲人啊，不也是团圆吗？

后来，我与四弟聊到此事时，四弟说，这孩子哑巴吃饺子——心里有数，他知道亲近。当初，如果他大伯肯帮帮赵三胖，他们家也许就散不了！

看来，根生要想在心里与亲人重圆，也是不易的。

· 作者简介 ·

杨小凡，男，1967年生，安徽亳州人。中国作家协会会员。曾在《人民文学》《收获》《当代》《十月》《花城》等刊发表作品四百多万字，多部小说被《小说选刊》《中华文学选刊》等刊转载，出版长篇小说《酒殇》《窄门》《天命》《楼市》，中短篇小说集《药都笔记》《玩笑》《欢乐》《流逝的面孔》等。曾获《小说选刊》最受读者欢迎奖、中国报告文学奖、安徽省政府文学奖、鲁彦周文学奖、冰心图书奖等奖项。编剧和改编电影四部。

养水仙花的人

□ 夏鲁平

1

这是个好天气，天空像水洗似的透明。叶之谦来到阳台，将十几天前存放的烧纸，往花盆与花盆的罅隙间推了推，理顺了几片快要耷拉下来的水仙花叶子，心有点乱，他转回身，来到门口，拎起早晨收拾的垃圾，带上买菜的便携车，恨不得一头扎出家门。

叶之谦将垃圾投放到垃圾箱那一刻，忽然想起刚才出来时好像没锁房门。每次离家都是认真锁门的，可今天他对这一程序没有一点记忆。门到底锁没锁？一点也想不起来了。不能心存侥幸！他转身回到楼道里，摸着楼梯扶手上楼，爬过几层楼梯台阶，站在了家门口。房门锁得严严实实，真是庸人自扰了。他又伸手拽了拽门把手，确认没问题，安全了，拉上便携车再次下楼,慢悠悠地赶往早市。

给老伴儿过完头七,女儿薇薇飞往了南方她所居住的城市。那里有她工作的公司,有上小学的孩子,她不可能在这里停留太长时间。况且,她需要尽快从丧母的悲痛中解脱出来。"人总有一死,过度悲伤对身体有百害而无一利",他对薇薇说,"你未来的路还很长,发展好自己才是对妈妈最好的报答。"

女儿薇薇原本打算也给他订一张飞机票,劝他跟她一块儿去南方住一段日子,等啥时心情好一些再回来。薇薇还为他去南方找了个借口,说可以帮她接送孩子,料理家务。他愣眉愣眼盯住薇薇说:"我答应了吗?我可没同意你的想法,我就要一个人守在家里,你休想说服我。"老伴儿活着时,他曾说过,假如她离他而去,他绝不再找老伴儿,绝不请保姆,绝不给女儿添麻烦,绝不去养老院。他牢牢坚守着这四个"绝不",不可能听从女儿薇薇的摆布。

老伴儿去世,女儿薇薇回到了南方,他忽然感觉自己一夜苍老,睡眠也不好,一晚上顶多睡三四个小时,稀里糊涂,空空落落,梦做得乱七八糟。到了白天,便秘又开始困扰着他,好像他一天中最重要的事情,就是如何解决便秘。好在他每天坚持五点醒来,在床上转眼球、搓耳朵、握固、叩齿、咽津、鸣天鼓,身体还算说得过去。

确认锁好了门,不再有牵挂,似乎心无旁骛了。他拖着便携车,在楼下砖石路上嗒嗒嗒前行,走得很慢,没什么要紧的事,必须慢走。迎面看见了他家对门的老邻居,她好像刚从早市上回来,手里拎着两个塑料袋,隐约可见里面几个苹果和一捆小白菜。老邻居退休前是歌舞剧团的歌唱演员,每天早晨起床她都要在家里吊嗓子,啊啊啊啊——那时老伴儿刚在医院检查出问题,心情很不好,听到那"啊啊啊"就不胜其烦,她命令叶之谦过去敲门，对其进行强有力的阻止，两家闹了个半红脸，好在老邻居很知趣，再"啊啊"，也都是跑到外面大野地里，迎着初升的太阳，尽情而嘹亮地"啊啊"了。

老邻居知道他老伴儿去世，停下脚步，脸上现出一片愁容问："人遭罪了没有？"

叶之谦故作淡然地说："还行，不算遭罪，走得很安详。"

老邻居说："积德了，积德了，你也要多保重身体。"

叶之谦说："谢谢！"

这天早晨，叶之谦心里五味杂陈，他忍不住多看了几眼老邻居的头发，印象中她的头顶没有这么白，几天不见，怎么全白了呢？

2

老伴儿得的是不治之症，那段时间他唯一的希望就是能让老伴儿多活些日子，虽然医院床位紧张，但他还是很幸运地为老伴儿争取到一张病床。办完住院手续，他在附近找了一间出租屋，在那屋里给老伴儿做上可口的一日三餐，装进保温饭盒，用毛巾围在外面，踽踽地拎到医院。晚上，他回到出租屋休息睡觉，不仅可以省去路途劳顿，也节省了不少奔波时间。

老伴儿住的病房有两张床位，跟她同屋的是一个姓张的老太太，俩人相处很好，没事就坐在床上唠些家长里短。张老太太有个侄女，每天都来到医院，走路像刮风似的来来去去，浑身光芒四射光彩照人。据张老太太说，这孩子家住市郊，前年赶上城市征地，家里成了拆迁户。最主要的是，她家两亩塑料大棚，也同样得到了拆迁款，她家一下子就发了。可就因为那些拆迁款，她和丈夫闹起了矛盾，俩人正在冷战，她也是为了散散心，才开车来到医院。

老伴儿和张老太太聊着聊着，到了吃水果时间，老伴儿拿出一个苹果送给张老太太，张老太太拿出一根香蕉递给老伴儿。俩人正客气，她侄女在一旁一只手接过苹果，另一只手拿过香蕉，把两样水果去皮、切块，混放在一起，分别装进两个果盘，一盘递给老伴儿，另一盘送到张老太太手上。

有时叶之谦早上来得不及时，她侄女会把老伴儿床头柜上的暖瓶打满了开水，供老伴儿吃药用。老伴儿要去厕所，她侄女会搀扶老伴儿下床，穿鞋，小心地把老伴儿搀扶到卫生间里。这样一来，老伴儿和张老太太的关系更加友好和亲密了。

自从老伴儿住进了医院，叶之谦对她百般顺从，老伴儿喜欢水仙花，他就跑了一趟花卉市场，捧回了一盆水仙，放在病房的窗台上。他们家里平时养了十几盆水仙，摆满整整一阳台，别有一番味道，那味道究竟是什么样儿？他也说不清，如果硬要说，那也许像草原与河滩的味道吧。

那天，张老太太侄女风一样刮进病房，看见窗台上那盆水仙，惊讶地扑过去说："哇——你们喜欢水仙？"

叶之谦高兴地说："主要是你阿姨喜欢。"

"巧了巧了，真是巧了，我名字叫水仙，张水仙。"她兴奋异常。

老伴儿说："我喜欢水仙……更喜欢张水仙！"

于是老伴儿和张水仙一起笑起来，笑得那个开心，仿佛整个病房里的空气都跟着笑开了花儿。没什么事的时候，老伴儿还跟她们讲起家里阳台上那一盆盆水仙，讲她如何伺候那些水仙，她说她隔三岔五给它们换水，跟它们说话。"我们家的水仙养了几十年了，从我结婚时就养，那东西一茬茬生长，从没衰败过。如今我女儿薇薇长大了，去了南方，我们守护着那些水仙，像守护着爱情，爱是不分年龄的，只要心里有它就有……"叶之谦知道，老伴儿这不是信口开河，她是故意说给张水仙听的。为尽快岔开这些有点肉麻的话题，他拿起手机，对准水仙，跟女儿薇薇进行了视频。

薇薇说："这水仙怎么这么好？"

叶之谦说："怎么不能这么好？"

薇薇说："家里的水仙怎么样了？"

叶之谦说："好着哪，你妈三天两头催我回去换一次水。"

叶之谦又把手机对准床上口若悬河的老伴儿，移动着走过去，把手机递到了老伴儿手里，相隔几千里的女儿就跟她近在咫尺了。

薇薇说："我妈气色不错，比以前好多了。"

叶之谦说："就是就是，她喜欢水仙，看着水仙，能不好吗！"

薇薇张罗请假回来一趟，看看她母亲，顺便替他当个帮手。

叶之谦说："你回来干吗？这边都挺好，你安心工作就是了，没必要瞎折腾。"

薇薇说："我怕您这样时间长了，身体会吃不消。"

叶之谦说："放心吧，我结实着哪！"

薇薇的话好像说到了他的痛处，自从住了医院，老伴儿的情绪很不稳定，特别爱急躁，好的时候，有说有笑；不好的时候，专找碴儿跟他闹别扭。他呢，整天在出租屋和医院之间跑来跑去，着实有些疲乏，还有很多事力不从心。比方说，他给她倒一杯水，她不是说烫嘴，就是说水凉。他在出租屋里精心做好的饭菜，老伴儿吃了一口，告诉他说："以后做菜一定要少放油，少放盐。"他再次送来饭菜，她又说，"做菜不能不放油，不放盐，太没味了，我怎么能吃得下？"他听得不耐烦了，说："咱们吃医院里的食堂吧。"老伴儿脸吧嗒撂了下来，说："你吃吧，我回家，这院我不住了。"

有一天，老伴儿床头上面的铁钩上挂起一瓶药水，他搬了一把椅子坐在她跟前，看着那药水一下下落到滴壶，再流入针管，注入她的体内，看得实在有些寂寞，他打起了瞌睡，睡着了。猛一睁开眼，发现头顶药瓶空了，滴壶也空了，有长长一条回血流到针管里，吓得他大呼小叫。老伴儿从熟睡中睁开眼，气急败坏地说："你说，你还能干点什么？连个吊瓶都看不住，你说，你还能干点什么！"

后来老伴儿走了，孤身一人的叶之谦，每当想起老伴儿那些絮絮叨叨的抱怨，都觉得那是一种难得的幸福。这样说，并不是他有什么自虐倾向，而是没有经历过一些事的人，体会不到这种感觉。

老伴儿病情恶化是有先兆的，本来窗台上水仙养得挺好，眼看吐出花蕾，鲜花盛开了，可它们却莫名其妙出现了"哑花"，叶子和茎干蔫下来，整盆枯萎死掉了。这是他们几十年养花生涯中从没经历过的事情。水仙死了，老伴儿的念想似乎也断了。张老太太的侄女张水仙看见了，心疼地要去花卉市场帮忙买一盆。老伴儿摆手坚决给予制止。叶之谦说："要不，我从家里搬一盆水仙过来？"老伴儿立马回绝。她让他守在床边，一刻也不能离开。很明显，老伴儿的生命进入了倒计时，过多的药水已打不进身体里，她有好几天不进食物了。在她弥留之际，叶之谦心情沉重地给女儿薇薇打去电话。

那一天，无疑是他人生中最为黑暗的日子，阴沉的天空下起了雨，霏霏细雨打在医院的窗玻璃上，静静向下流淌，如同他心中的泪水。当白色的布单蒙向老伴儿身体那一刻，女儿薇薇破门而入……

3

  他拖着便携车来到早市，觉得心里还是有什么事，能有什么事呢？他一时半会儿想不起来。早市很是热闹，充满了旺盛的烟火气，人们熙来攘往，耳边不时响起卖东西商贩的吆喝。他从穿梭的人群缝隙中看向每一个摊位，看那一堆堆土豆、茄子、西红柿、小白菜、大白菜，很是诱人。他挤进一个摊位跟前，准备挑选几只茄子，想着家里冰箱还有，只好放弃。他又打算买些豆角，但他一个人吃不了多少，又放弃了。便携车在背后受到了阻力，他转回身，见车轱辘碰到一个人腿上，他急忙停下来，给人家让开通道。继续往前走，漫无目的地往前走。现在，他不急于买什么东西，他喜欢在这早市里东瞅瞅，西看看，或停下来，打听一下某样东西的价格。

  他来到了花卉摊位前，扑鼻的花香飘浮在空气中，阵阵袭来，他看见了水仙。一盆盆水仙娇翠欲滴，茎干挺拔，一点也不亚于他家里养的水仙。他站在那里，以一个内行人的眼光打量起每株水仙，准备买两颗种球带回家里，放入水仙盆。不同时段投放进去的种球，自然长出不同长度的茎干，开放的花朵也会源源不断，这是他养水仙的技巧，也是经验，没人能像他这样体会到水仙花常开不败的乐趣。

  "有没有新货？"他知道摊主认识自己，这时准能说出新花样来。

  "当然有了，刚进来一批法国水仙。"摊主从身后拽出一只塑料袋，掰开袋口，里面现出一堆大大小小的种球，供他挑选。他的手伸进塑料袋里挑剔地拨弄来拨弄去，想着最近总有一些奇怪的事情在身边发生，让他百思不得其解。就拿前些日子来说吧，他在这个摊位上买了三颗种球，投放在家里水仙盆里，没隔两天，盆里居然多出两颗，他琢磨着自己是不是记错了，但一想不可能，他明明买了三颗，怎么变成了五颗？后来他又买了两颗，同样投放在家里的水仙盆中，第二天再数，变成了九颗，难道他老糊涂了，神经错乱，没有从老伴儿的去世中调整过来？这可不行，这样发展下去他要出大事的。他决定不再往水仙盆里投放任何种球，即便这样，没过两天，那种球数量竟然增加到了十二颗……

耳边响起手机呼唤的铃声，摊主从裤兜掏出手机看了看，放回去说："是你的手机响。"

他摸起了自己的衣兜，左摸一下，右捏一把，终于掏出手机，铃声加大了，是女儿薇薇发来的视频。

"你在哪儿？"

"早市。"

"家里水龙头关好了吗？"

"关好了。"

"煤气呢？"

叶之谦停顿了一下，脑门嗡地轰鸣起来，他迅猛掐断手机视频，终于想起那件事了！早晨去阳台看水仙前，他去过厨房，拿水壶从水龙头接了半壶水，然后放在煤气灶上，点燃了灶火，他还看见蓝色的火苗发出幽微的光……是的，他确实点燃了灶火。现在那半壶水肯定烧开了，开了好半天，说不定壶里的水烧干了，水壶烧红了，变形了，滚落出灶台，摔在地上，地上到处是纸盒箱，还有塑料油桶，碰到烧红的水壶，冒起了烟，起火了。他越想越害怕，越怕腿越软，他顾不上再跟摊主说什么，拉起便携车转身往回跑，栽栽歪歪横冲直撞往回跑，他好不容易跑出人群，跑出了早市，耳边响起了鸣笛声，持久而尖厉。家里的水壶是带有鸣笛的，平时他靠鸣笛唤起烧水的记忆，今天怎么把这事彻底忘了？他气喘吁吁心急火燎地跑哇跑，有点跑不动了，便携车在身后拽得东倒西歪，他也不管不顾，胸腔开始冒火，火辣辣地疼，他耳朵里又响起消防车声，那些车肯定朝着他家方向驶去，大火蔓延开了，烧进了整个屋子，狰狞地喷出了窗口，成片的灰尘漫天飞舞……我的老天爷，这可如何是好！老伴儿去世没几日，怎么就闯下这么大祸？他的腿软得不行，一步也走不了。

大老远的，一头白发的老邻居向他跑来，像是对他的急促进行着回应。

他不仅腿软，浑身也软，他眼睁睁看着老邻居，看着她那一头晃动的白发，一屁股瘫坐在地上。

"终于碰见你了，我知道你去了早市，特意来找你。"

"火，火……"他知道她要跟他说什么。

"你慢慢听我说。"

都着火了，我怎么能听你慢慢说！他沮丧极了。

"你别着急啊，你慢慢听我说。今天早上，我从早市上回来，进了屋，就听见谁家水壶叫，没完没了地叫，我打开房门，原来那叫声来自你家屋里。"

他想，你就快说吧，都这个时候了，怎么还慢条斯理！

老邻居说："这时，一个女人从楼下走上来，她在你家门口站下，好像也听见你屋里的水壶叫声，掏出钥匙，打开了你家房门，我简直不敢相信，她居然能打开你家房门！"

"什么，你说什么？"

"你家进人了。这女人以前我见过，来过好多次，都是趁你不在家的时候。我一直想跟你说这事，都没好意思多嘴，我猜想，你肯定不知道家里来的这个人，现在回去看看吧，她正在你家里。"

叶之谦最关心的还是那要紧的事。他的嗓子奋力喊出那急切的声音：

"火，火……"

4

老邻居把他从地上扶起来，他耳鸣、眼花，身体有种虚脱的感觉。他费尽力气来到家楼下，抬头看向自家寂静的窗口，彻底相信了老邻居的劝说。他家里并没有他想象的那样着起了大火，没有，一点火星都没有，真是谢天谢地。他颓然地钻进楼洞，摸着楼梯扶手，一点点上楼，终于到了家门口，站下。自从老伴儿去世，他总感觉她没有离开这个屋子，她还活在这个家里，他时常能看见她晃动的身影儿……他慌慌张张打开房门，刚往屋里踏进一只脚，屋里面有一个人走过来，静静地站在了他的跟前。他张大了的嘴巴，好半天才发出惊讶的叫声："张水仙！"

他脑袋恍惚着，搞不明白究竟是怎么回事。

便携车怎么拉出去，又怎么拉回来了，里面什么东西都没有。张水仙接过车子，把它立在门后，扶住他的胳膊，进到屋里，坐在沙发上，说："早晨薇薇给我打电话，说今天她对您特别不放心，我就开车过来了。"

叶之谦脑袋还是转不过弯来。

张水仙说："阿姨清醒的时候，瞒着您给了我一把您家的门钥匙，她说假如有一天她走了，最让她不放心的就是您。特别是您说您绝不再找老伴儿，绝不请保姆，绝不给薇薇添麻烦，绝不去养老院，她听了更不放心。"

叶之谦似乎听明白了一些，一个劲儿地木讷着点头。

张水仙说："阿姨怕您一个人打理不好这些水仙，嘱咐我有时间一定过来看看，给这些水仙换换水，加些营养液。阿姨说她虽然喜欢水仙，可您比她更喜欢！她让我一定替她看好这些水仙……有一件事是不是觉得奇怪，在您往水仙盆放种球的时候，阿姨也往里放了，是我替她放进去的，想不到后来放多了，阿姨若天上有知，她肯定会乐得合不拢嘴。"

这个老伴儿，说她什么好呢？！那天他为她送葬回来，在家里做的第一件事，就是给这十几盆水仙换水，进行打理。他告诉水仙们家里发生了不幸的事，他把从外面带回来的烧纸拎到阳台，存放在水仙们的身边，他发誓他会把养育水仙的兴致，一直在这空落的屋子里延续下去……

"你姑姑挺好吧！"他想起那个张老太太。

"她还住在医院里，精神状态比前些日子好多了。"

话说到这里，有了片刻的停歇，张水仙拿起她身边的包包，打开拉锁，从里面掏出手机，轻轻滑动屏幕，找到她要找的联系人，在一串视频的声响中，对方接通了，张水仙脸上随即光芒四射起来，她说："喂——薇薇好，我在这里，大伯挺好的，你不用担心。刚才煤气的确点着火，水壶快要烧干了，我来得还算是及时，你千万不要责怪大伯……"

叶之谦脑袋敞亮了，似乎明白了一切，释然了。窗外的天空依然像水洗似的透明，还布满了阳光，有一只麻雀倏地飞过来，落在外面窗台上，蹦跶几下，瞧了瞧屋里，起身轻快地飞走了。

张水仙急于去医院看张老太太，又像风似的刮走了。出门时，她说："我看大伯挺通情达理，您没像阿姨说得那么古怪。"

"是吗？"叶之谦站在门口回味这句话，对面的房门打开了，老邻居探出一头白发，她可能观察这边的动静有些时间了，神秘地问："没……没事吧？"

叶之谦鼻子酸胀着，他嘴里回答，"没事！"心里想的却是，医院旁边那套出租屋还空着，他在那里交了一年房租，签了三年租房协议，他跟房东说，也许他住的时间会更长。

眼泪怎么禁不住出来了……

· 作者简介 ·

夏鲁平，男，满族，1963年生，中国作家协会会员、长春市作家协会副主席。曾在《人民日报》《光明日报》《人民文学》《作家》《中国作家》《民族文学》《花城》等报刊发表作品百余万字。出版小说集《风在吹》《参园》《去铁岭》《棒槌谣》等。曾获中国作家出版集团征文奖、《人民文学》征文奖。多篇小说被《小说选刊》《中华文学选刊》转载并收入《中国当代文学选本（第5辑）》《中国短篇小说年度佳作》《金石榴·中国少数民族文学作品年度精选（2018）》《中国好小说（2019-2020）》等多种选本。部分作品被翻译成韩、阿拉伯、哈萨克等文字。